伊賀の鬼灯
眞海恭子
東洋出版

伊賀の鬼灯

目次

伊賀の鬼灯《ほおずき》 3
緋色《ひいろ》の絆 109
空忍者《からにんじゃ》 213
濁り水 265
冬の漁《いさ》り火《び》 333

伊賀の鬼灯《ほおずき》

「一、二……四……もっとか……」

闇を突いて走る紘平《こうへい》の耳は敏感に働いていた。

「六人だな……」

その男たちが放つ殺気を体中に感じながら、これで充分だと思える距離を走り抜いた彼は立ち止まった。そして地べたに座り込むと、目を閉じて待った。

追ってくるのは一人ではない。執拗な六人を倒すのは無理だった。相手は自分と同じく、選りすぐられた伊賀者なのである。それに、こうなる覚悟はとっくにできていたのだ。

「おい、お前たち、出てこい。それほどこの俺が殺したければ殺されてやる」

「へっ、一応掟《おきて》を心得ていやがるらしい」

黒い影が一人また一人と、音もなく近寄ってきて紘平を取り囲んだ。

「掟だと？　ふん、義や徳にまったく無感覚なお前たちは、こと伊賀のクソ刑罰を果たすこととなると目の色が変わり、侍《さむらい》そこのけの忠誠さを見せるようだな」

「うるせえ。おい、紘平、なぜあの餓鬼《がき》どもを逃がしたのだ。もっとも今頃は、どいつも伊賀を出ないうちに捕まって、あの世に送られてしまっただろうがな。お前はあいつらが将来、俺たちの食い扶《ぶ》持《ち》を稼ぐ貴重な資源だったのを忘れたのか」

「お前らの食い扶持？　笑わせるな。俺たち下忍の働きがもたらす稼ぎはいつもどこへ行くのだ。おまけに酷な修行と仕事のせいで満足に年も取らないうちに動けなくなるような俺たちを養うのは、ケチな上忍によってときたま思い出したように恵まれる雀の涙ほどのおこぼれではないか」

「黙れ！　いずれにしても、これでお前が伊賀の裏切り者だということがはっきりしたわけだ。昔から胡散臭《うさんくさ》い野郎だと思ってはいたがな」

「ああ、そうだ。これを裏切りと心得るなら、掟どおり処罰するがいい。だが死ぬ前にひと言云わせてもらおう。俺があの子らを逃がしたのは、伊賀の技《わざ》を身につけた人間をこの世から消してしまわないためだ。いいか、伊賀はやがて必ず滅亡する。その手始めとして、間もなく織田の軍勢が伊賀を潰しにやってくる」

「何だ、お前は俺たちが二年前に襲撃してきた信長の馬鹿息子とその軍をさんざん踏みにじり、惨敗させたのを、もう忘れたのか」

「信長がそのときに受けた屈辱を黙って放っておくと思うのか。今度は必ず大軍を出す。その数は四万を超えると聞いた。いくら技と策略に長《た》けた伊賀者でも、その軍勢の前ではひとたまりもあるまい」

「大げさにほざくのは、怖気《おじけ》づいている証拠だな」

「大げさだと？　誰よりも早耳のお前たちがまだ知らないとすれば、今度は信長が如何に慎重であるかが窺《うかが》えるってもんだ。それに、寝返った伊賀者が糸を引いていることも考えられる。高をくくるのは今のうちだけだぜ。だがたとえ万一、信長の兵力に耐えきれたとしても、近い将来、伊賀は滅亡する。内部から滅びる。お前らのような伊賀者の気質が伊賀を滅ぼすのだ」

「何だと？」

「そうさ。今、伊賀のために命を捨てる覚悟で織田軍と戦おうとしているこの俺を、下らない掟とやらで処罰せずにはいられないお前らのその狭量さが伊賀を滅ぼすのだ。伊賀が長年かかって育《はぐく》んできた超人的な忍びの技は、それに伴って育てられてきた非人間的な冷酷さと、深く根を張った猜疑心《さいぎしん》の中でいずれは窒息し、自滅するだろう」

「ほざくな！」

その叫びと同時に、いくつかの刃《やいば》が飛んだ。呻《うめ》き声すら上げず不動のままの姿を崩さなかった紘平の息の根はそのとき止まった。伊賀者による伊賀者の制裁が終わったのである。

六人の下忍たちが立ち去った闇の中で、紘平の身体はグラリと揺れて静かに倒れ、地上に黒い塊《かたまり》を作った。

そばの木に止まっていた一羽の烏《からす》がその骸《むくろ》の上にふわりと舞い降りたようだったが、よく見ると、それは小さな痩せこけた少女だった。

「紘さん……」

真紗《まさ》は紘平を抱いて声もなく泣いた。

駿河の西に位置するその町は、神社や寺を囲んで数々の店が並んでおり、多くの参詣客で賑わっていた。

一人の白髪の老人が、先ほどから立ち止まって目前に蠢《うごめ》く人混みをじっと見ていたが、やがて年に似合わぬ素早さでその中に身をすべらせ、雑踏の中に紛れ込んでいった。

「おい、じじい！」

しばらくして、繁華街を離れた静かな道を、緩慢な足取りで歩いていたその老人は、後ろから呼び止められた。

「やい、爺《じじい》と云っておる！」

「は？……私のことでござるかな」

老人はやっと振り返った。

「そうだ。ほれ、あんたがさっき巾着《きんちゃく》きりに盗られた財布だ。すり戻してやったぞ」

財布が飛んできて老人の手の中に落ちた。

「ええっ？　それは何とまあ、確かにこれは私の……。少しも気がつきませんでした。ありがたいことです。今どき珍しく奇特なお方がいらっしゃるもので……」

「じゃあな、あばよ」

「あの、ちょ……ちょっとお待ちください」

「何だ」

「何ぞ、お礼がしとうございます」

「いらん」

「まあ、そうおっしゃらないで。それでは私の気が済みません。この財布の中にはほれこの通り、とても大切な書付けが入っておりましてな、これを失えば大変なことになっていたところでした。私はあなた様に命を助けられたようなものでございます」

老人はその書付けを取り出して、大事そうに胸元にしまい込みながら云った。

「そうか」

「それで、こう云っては失礼にあたるかもしれませんが、お礼としてこの財布をこのまま貰ってはくださらんでしょうか。中味はほどよく詰まっておるはずです。ただ、その代わりと云っては何ですが、どうでしょう、この爺に、その辺で昼飯でもおごってはくださらぬか。そろそろ腹が減ってきたが、一人で食う気にもなりませんのでな」

老人はスリのスリに向かって、彼が投げたのと同じ要領で財布をポンと抛《ほう》るとスタスタと歩き出した。

走り去ろうとしていた相手はあわてて財布を受け止めたあと、一瞬ポカンとしていたが、やがて老人のあとについて歩き出した。

二人が入った飯屋《めし》は、かなり人気があるものと見えて客は多かったが、その割には静かだった。

「本当にいらんのか」

二人分の飯を注文した老人と向かい合って座った正義の味方は、目の前に置いた分厚い財布と老人の顔を疑わしげに見比べながら云った。

老人はやや砕けた口調になって答えた。

「やると云っておる。だが、なぜ盗り戻してくれたのじゃ。お前さんもかっぱらいの仲間と見たが……」

「そうさ。だが老いぼれから物を盗るほど落ちぶれてはおらん」

「そうか。さあ、食うといい。お前も腹の空いた顔をしておる」

「うん」

「お前、歳はいくつだ」

「さあ」

「どう見ても十二、三歳以上とは思えぬが……」

「十四になった」

「どうだ、旨《うま》いか」

「旨い」

「名は何という?」

「人の名を尋ねるときは、まず自分が名乗るものだ」

「や、失礼つかまつった。わしは市衛門《いちえもん》だ」

「商人か」

「そういうことじゃ」

「俺は千吉。無職だ」

千吉のえらそうな態度を面白がる風もなく、老人は忙しく箸を動かしている少年をじっと見ていた。

「千吉……」

「ん？」

「……いや、何でもない。もう一杯お代わりするか」

「うん……。いや、もういい。身体が重くなる」

飯屋を出たとき、市衛門はもう一度繰り返した。

「千吉……」

「ん？」

「……いや、何でもない」

「云い出した言葉を終わらせないのは爺さんの癖か」

「そうらしい」

「じゃあ、あばよ。飯と財布ありがとう。これからは、わざとスリに近寄るのは止めな。あはは」

笑い声を響かせながら、千吉は瞬く間に走り去った。

老人と別れた千吉は、町をはずれて東へ向かった。そして一ヶ月以来自分が住処《すみか》としている森を少し通り過ぎて、小高い丘陵の上に立ち、平野を流れる川を見下ろした。

――紘さんは、あのあと、ほかの道を取って自分も逃げると云っていたけれど、あの人が伊賀を捨てるなぞ、とても考えられない。そうなると、俺たちを逃がした咎《とが》で、上忍か仲間に捕まって刑罰を受けたのではないだろうか……。紘さん……。

千吉は息詰まりそうな胸を拳《こぶし》で強く押さえてから、その考えを払いのけた。

――それはそうと、あのとき剣谷《つるぎだに》で、橋から落ちて崖のどこかにひっかかっていたらしい俺を救ってくれたのは一体誰だったのだろう。一緒に逃げた庄太、凌次《りょうじ》、尭《ぎょう》、錬《れん》は今どこに?……。皆、無事に逃げおおせただろうか……。

あの日――皆と無言橋を渡り終えようとした瞬間……そうだ、爆音……確かに爆音を聞いたのだ。そして突然目の前が真っ暗になったのは覚えている。それから……。

……それからどれくらいの時間が経ったのか、千吉は自分の身体が崖面を擦《こす》りながら、少しずつ、ずり上がっていくのに気がついた。

それが夢なのか現実なのかが知りたくて目を開こうとしているのに、瞼《まぶた》は一向に云うことを聞いてくれなかった。

やがて身体に食い込んだ縄の痛みを感じ始めたとき、千吉は崖の上に引き上げられたらしく、誰かの手で地面に横たえられた。

「これ、目を覚ませ、寝ている場合ではないぞ!」

声を抑えた叱咤《しった》が耳に入ってくると、千吉の両頬が何度も叩かれ、身体が激しくゆすぶられた。

千吉がやっとのことで目を開いたとき、まず深い闇と、次に、自分の上に屈み込んでいる黒い人間の影がぼんやりと見えた。

その人間は顔を近づけて千吉の息を聞き、その手首に指を当てて脈を測っていたようだったが、やがて、今しがた千吉の身体から解いたばかりの縄を使って、あっという間に少年を自分の背中にくくりつけた。

「行くぞ！」

男は闇の中を飛ぶように駆け始めた。

それから半刻《はんとき》の間、男は休みもせず走り続けた。

「み……水……」千吉がかすれた声で云ったとき、男は走るのを止め、千吉を背中から下ろし、腰の水筒を差し出した。水を飲んだ千吉はひと息ついて、闇の中の男を見上げた。

「……ほかの四人は？」

「しゃべっている暇はない。どうだ、歩けるか？」

「走れる」

「そう来なくっちゃ」

二人は立ち上がった。そして森の中を二羽の蝙蝠《こうもり》が飛ぶように走り出した。

東の空がうっすらと明るさを増してきた頃、突然、千吉は耳のそばを掠《かす》っていった数本の矢のうなりを聞き、咄嗟《とっさ》に地面に伏せた。伏せたまま、連れの男を目で探していると、横のほうで声がした。

「かまうな、逃げろ！　行け！　北でも南でも地の果てでもいい。ただ死ぬな、せっかく助けてやった命だ、大切にしろ」

男はそう云い終わらぬうちに、ドサリと倒れた。

千吉は地を這い、男のそばまで行った。矢が二本、首と胸を射抜いていた。

男はあえぎの下から最後の力を絞って云った。

「行け！　急げ……生き残るんだ……伊賀も甲賀も消えてはならぬ……」

千吉は動かず、その手を堅く握り、最期を看取った。朝霧の中にうっすらと浮かんだその顔は千吉の見知らぬ男のものだった。


その数時間前、前もって密かに計画されていたように、丑《うし》の刻（午前二時頃）を待って家を出た五人の子供たちは、紘平に指示された道のない道を、疾風のように駆け抜けていた。

「近々織田の大軍が攻めて来る。信長が伊賀に対して抱いている恨みは狂気そのものだ。今度こそ伊賀は間違いなく、国中に流される血の海の中に消えていくだろう。お前たちはここで死んではならぬ。お前らはこれまで受けた数々の修行によって、人間の中に潜む驚くべき可能性を垣間見たはずだ。これからは、身体でやりおおせたことを全ての分野でやり遂げるがいい。何度も繰り返したように『間諜《かんちょう》』になるのが俺たちの目的ではない。我々は、くだらない武将たちの手足となって身を削り、無駄に命を投げ出すためにこれらの技《わざ》を習得してきたのではない。お前たちはこれからも人間を磨き続け、心身の可能性を果てしなく伸ばすのだ。そうすることによって、人として命を与えられたことへの極上の返礼をするがいい。

内面の静寂を決して失うことなく、心の耳を澄ましてひたすら森羅万象の囁《ささや》きを聴け。心の目を開き、物の深奥を見通すのだ。どんな微細な音も動きも逃してはならない。全ての物に存在する意味があるはずなのだ。護身の最たる師である昆虫や鳥、あらゆる動物や植物と親しみ、謙虚に彼らから学ぶことを忘れるな。そして己《おのれ》を捨てて大気の中に溶けていけるまで成長したとき、お前らは我々の修行の目的が何であったかを知るだろう。さあ、行け、生き延びるのだ。夜明け前までに無言橋を渡れ。渡ったら四方に散るんだ。ほかの下忍たちはお前らの脱走に間もなく気づくだろう。彼らに捕まれば必ず殺される。気を許すな。そして生きるのだ。とびきりの人生をな。では、さらばじゃ」

紘平は籠の鳥を放つように、腕を開いてそう云った。そして五人の子供たちが見る間に消えていった闇の中をいつまでも見つめていた。

「さらば……伊賀の末裔《まつえい》たち……」

千吉は平野を見下ろしながら、あの日紘平が云った言葉の一つひとつを、頭の中でいつまでも反芻《はんすう》していた。

それから十年ほど前に遡《さかのぼ》った伊賀の沼津村では、六蔵という四十八歳の下忍頭《げにんがしら》が幼い子供たちの「忍び」の指導をしていた。その六蔵が子供らに強いる訓練は、昔からの方針通り、残酷で情け容赦のないものだった。その手厳しさに耐えきれず、千吉は三歳半ばで死にかけていた。伊賀ではそうして死ぬ子は珍しくなく、死ねばさっさと葬《ほうむ》られるだけだった。忍びになるには、どんな苛酷な訓練にも耐えられる強者だけが必要なのであり、無能だと判断された子供には用がなかった。おまけにそれらの多くは、伊賀者たちが忍者を養成するために、よその国から攫《さら》ってくるか二束三文で買ってきた子供たちだったから、無駄になった子が死んでも、心を動かすことはなかったのである。

だがそのとき、上忍や下忍の批難を平気で無視して、瀕死の千吉を拾ってくれた一人の下忍がいた。当時四十六歳で、普通の忍者なら体力を消耗しきって引退するはずの年齢を超えてもなお、柔軟な体と磨きのかかった術にいささかの衰えも見せていなかった紘平である。

助けられた千吉はそれ以後、自分と同様に彼に拾われていた落ちこぼれの子供たち数人と共に、村はずれにある紘平の家の周りで修行を重ねてきたのだった。

紘平はほかの指導者たちと違い、度の過ぎた苛酷な訓練を強いることなく、子供たちに伊賀伝統の技を教え込む不思議な能力を持ち合わせていたし、同僚の前では決して見せない心の繋がりを、密かに教え子たちと結んでいた。そればかりではなかった。日々に紘平が放つ言葉の端々には、人間と自然を結ぶ摂理が活き活きとはずんでおり、それが、知らぬうちに子供たち一人ひとりの叡智《えいち》を育て、早熟な思考性と個性を養っていたのだった。つまり紘平は、非情さと厳しさだけに育まれた伊賀の忍びとしては、異端者ともいえる存在だったのである。

忍びの仲間は日頃から、自分たちとはどこか違う紘平を煙たがってうとみ、「田子作《たごさく》忍び」と呼んで軽蔑さえしていた。忍者としても目覚ましい活躍を続けていた彼が、畑仕事を忍びの仕事より重視しているような態度を見せていたせいかもしれなかった。地の利の乏しさを埋めるために忍者という仕事を生み出した伊賀者が、もとはといえば百姓か地侍でしかなかったことも、拾った子供たちを餓死させないためには僅《わず》かでも耕作から得る収穫が必要だったことにも考えを巡らす者はいないようであった。

紘平の父の竜二《りゅうじ》は伊賀の忍びだったが、二十八歳のとき、間蝶として仕事に回されていた武田領で命を落としていた。残された子供は三人いたのだが、紘平の兄と弟は、訓練中に死んでしまい、母親を支えるのは紘平だけとなっていた。しかし、支えられていたのは常に息子のほうで、この母は、尽きることのない優しさと、動じることのない芯の強さを見せ続け、どんな条件のもとでも、紘平を温かく包む力を失わない女性だったのである。

その母は十六歳の年に、近くの村から沼津村の百姓に嫁に貰われて来た娘だったが、酒乱の夫の横暴さに耐えきれず、何度も逃げ出しては捕まることを繰り返していた。夫がそんな自分から目を離さなくなり、逃げることがかなわなくなったと知ると、彼女は納屋に閉じこもり、断食を決行して動かず、死を決したため、その態度に腹を立てた夫に、半殺しの目に遭った挙句、近くの川に捨てられた。それを救い出して引き取り、やがて妻としてくれたのが紘平の父だったのである。

それ以後、酔狂の前夫が娘に近づくことはなかった。単なる耕夫の身で、優れた下忍の女に触れればどうなるかぐらいの分別は持っていたのだろう。

以来、誰にもはばかることなく堂々と自分をかわいがって守ってくれた竜二を、この娘が心から愛したのは云うまでもなかった。その竜二の死後、彼女は捨て身になって実りの少ない田畑を耕し、貧しさをものともせず、紘平を慈《いつく》しんで育てることだけに専念して、短い生涯を生き抜いたのであった。

紘平が、伊賀のしきたりをものともせず、千吉や埋葬寸前のほかの子供たちを拾ったそのふてぶてしさの奥には、こうした両親の愛と勇気がそのまま生きていたのかもしれなかった。

以前から紘平に拾われて訓練されていた子供たちはそれぞれ成長して一人前の下忍になると、上忍に有無を云わさず没収され、間諜としてあちこちの武将のもとに送られていた。

従って、現在、彼のもとに残っていた子供は遼次、錬、尭、庄太、そして千吉の五人であった。彼らは紘平を「紘さん」と呼んで心から敬《うやま》い、慕っていた。それは、紘平に命を助けられたからばかりではなかった。苦しい修行ではあっても、紘平が教えると、一つひとつのことが深さと輝きを持ってきて、子供たちの好奇心は強く煽《あお》られ、血の出るような努力をすることを少しも躊躇《ためら》わなくなったし、不可能だと思っていた技ができるようになるたびに、自分の中に云いようのない勇気と自信が生まれてくるのがたまらなく嬉しかったのだった。それに、師弟の間が、深い信頼という絆で結ばれていたことが、彼らにとっては何よりの励ましとなっていたのだ。

千吉と尭と庄太はよそから誘拐されてきた子供で、自分の生まれた場所も、親が誰であるのかも知らなかったし、遼次は母親に連れられて沼津村に逃げてきた父なし子であり、沼津村で生まれた錬でさえ、親の顔を知らない孤児だった。それ故、彼らの師である紘平が、かけがえのない父とも母とも見做されていたのは当然のことだったろう。

紘平に訓練された子供たちは、十年足らずのうちに、あらゆる分野で驚くほどの目覚しい進歩を遂げ、ほかの下忍に勝るとも劣らない技を身につけるに至った。

伊賀国が、最初に織田軍からの侵攻を受けたとき、先頭に立って活躍し、その兵を粉砕した伊賀者の中に、まだ子供同然でしかなかったこの少年たちの顔があったことを知らない者はいなかった。

平野を縫う川の流れを目で追っていた千吉は、顔を上げて空の雲を眺めていたが、やがてフフッと笑った。

——庄太……。あの雲の形は泣き虫庄太の顔に似ている……。

紘平に引き取られていた庄太と千吉は、ほかの三人より一、二歳年下だったから、幼い頃は一緒にいることが多かった。

庄太は始め、千吉がそうであったように、赤子に毛の生えたぐらいの年で六蔵の恐ろしい修行に立ち向かわされていた。六蔵の残忍なほど厳しい訓練に耐えるのがやっとで、怯《おび》えきっていたほかの子供たちは、泣くどころではなかったのだが、庄太だけは実によく泣いた。だからいつも怒鳴られ、殴られ、蹴られるといった折檻《せっかん》を受けていたし、村の者からは始終馬鹿にされていた。

「あれが忍者の卵だと？　望みはないぜ、お陀仏になるのも時間の問題さ」

そんな庄太が実際に訓練中、泣くことさえできない仮死状態に陥ったとき、紘平が彼を引き取りに来た。

そして庄太が泣くと、彼は笑って云うのだった。

「泣いて何が悪い。涙は心が流す血なんだ。泣きたいときは誰にも遠慮せず、思いっきり気の済むまで泣くがいい」

紘平の言葉に驚いて、きょとんとしていた庄太は、それ以来あまり泣かなくなった。

「千ちゃん、ちょっと森まで来て。いいもの見せてあげるから」

五歳になった或る日、千吉は庄太に誘われた。

「うん」

森に着いたとき、庄太は得意そうに云った。

「ほら、かわいいだろう？」

「うん、本当にかわいいね」

それは五匹の捨て猫で、破れた籠の中で、聞き取れないくらいの声をあげながら、弱々しい動きを見せていた。しばらくの間、二人は、自分らの手と同じくらい小さな子猫を一匹ずつそっと手の平に乗せて撫でていた。

「この子ら、こんなに痩せて……。きっと腹が空いているに違いないよ。何か食うものをかっぱらってくるか」

「うん、千ちゃん、行こう」

二人が駆け出したとき、遠くから、呼子が聞こえた。

「いけねえ、休憩はもう終わりだ」

仕方なく、二人は訓練開始を告げる紘平の笛を目指して走り出し、猫のことを忘れてしまった。

翌日、自分たちの食事の残りを大事そうに持ってきた庄太と千吉は、子猫がみな死んでいるのを見て、愕然として立ち尽くした。

そのとき、声を上げて泣き出したのは、何と千吉だった。

「千ちゃんが泣くのはこれが初めてだね。猫がとても好きだったんだね」

「……うん」

「分かるよ。じゃあ、気が済むまで泣くといい」

庄太は千吉の肩を、宥《なだ》めるように撫でていたが、そのうち二人は抱き合って泣いていた。

――一緒に泣いてくれたよな、庄太……。お前には云わなかったが、実は俺、初めてあの捨て猫たちを見た瞬間から、なぜかそれが俺たち五人そのもののように思えていたんだ。それがみんな死んじまってさ……たまらなかったんだよ。でも、今思うと、あの子猫たちは俺たちの身代わりとなって死んでくれたような気がする。だから、俺たちみんなそろって長生きするんだ。きっと……。そうだろう？　庄太――。


千吉は空から目を離さずに、そのまま草叢《くさむら》に寝転がった。

――あの雲は……尭の横顔だ。

尭は痩せて色の黒い、無口であまり笑わない子供だった。しかし、稀に彼がしゃべったり微笑んだりすると、周りにいる者は、あたかも、そこから放たれる光に照らされたような印象を受けてむしょうに楽しくなるのであった。

尭は手足が強く、走れば、べらぼうに速かった。彼が十歳になった或る日、一日か一日半の道のりにある、山向こうの甲賀まで文を届ける役を引き受けたはずの彼が、昼になってもほかの子供たちと一緒に家の裏で薪を割っているのを見た紘平は怒鳴りつけた。

「こら！　尭、いつまでそこでぐずぐずしているのだ。さっさと甲賀に行け！」

「は？　はい。あの……甲賀からの返事は、紘さんの部屋の机の上に置いておきましたが……」

尭は師に向かってきちんとお辞儀をしたあと、そう云った。

「む……何？……ふむ、そうか」

紘平は、驚きを隠すためか、ひどく尊大な態度になってそう云うと、気取った足取りでその場を去った。

それを見ていた小忍者たちは、声を抑え、腹を抱えて笑い転げたものだった。

――尭、お前は得意のその足で、確かに逃げ切ってくれただろうな。いつかどこかできっと逢えると信じているよ……。

尭の横顔を形作っていた雲がいつの間にか広がって、薄雲に覆われた青い穴が幾つかできた。それを目で追っていた千吉は、思わず呟《つぶや》いた。

「……あれは、俺たちがこしらえた落とし穴みたいだな……」

そして二年前、織田軍襲撃を迎えて戦った日々のことを思い出していた。

信長の次男信雄《のぶかつ》が伊賀を攻める計画を進めているという情報がもたらされた時点で、すでに伊賀者たちは動き始めていた。紘平が伊賀国のあちこちの上忍、下忍たちと合戦の計画網を張りめぐらしている間、五人の少年たちは作男たちと一緒になって、至る所に罠を仕掛け、大掛かりな落とし穴を掘る仕事にかかっていた。そして、敵の声が聞こえる頃にはその仕事をすっかり終了して、木の上や土《ど》塁《るい》の陰で彼らを待っていたのであった。

伊賀の地形を知らない織田兵の多くは、敏捷で抜け目のない伊賀者に林や森の中におびき寄せられ、迷ったり逃げ道を失ったりしているうちに、危険な罠にひっかかるか、落とし穴に転落して封じ込まれるかした。

その戦線の真只中で、千吉がふと目にした場面が今、懐かしく蘇ってきた。

一人で数十人の兵を見事にたぶらかして、幾つかの巨大な落とし穴のある場所まで導いてきたのは錬だった。

錬はそのとき十三歳だったが、年よりずっと上に見える、体格のがっしりした力持ちだった。

やがて織田の兵たちが計略どおり罠にはまり、あちこちから飛び出してきた伊賀兵に押されて叫び声を上げながら穴に落ちていった瞬間、その錬が素早く掴まえたものがあった。

よく見ると、それは一人の少年だった。千吉と同年ぐらいの、青っ白《ちろ》い顔をした、何とも頼りない子供だった。錬はその子を大きく宙に放り投げて怒鳴った。

「馬鹿め、半人前のうすのろのくせに雑兵の真似なんかしやがって。いいか、ここだ、違う、こっちだ、こっちのこの道を取って逃げろ。また伊賀を責めようなんて気を起こしたら、今度は俺がじきじきに料理してやらあ」

子供はガタガタと震えながら、呆気に取られたように錬を見ていたが、やっとのことで踵《きびす》を返すと一目散に走り去った。

戦いが伊賀の勝利に終わり、ふた月ほど経ったとき、錬は、自分たちと一緒に畑を耕している見慣れぬ子がいるのに気がつき、じっと見ていたが、突然大声で笑い出した。

「やい、うすのろ、お前か。そこで何をしている?」

「畑を耕しています」

「断わりもなく?」

「紘平先生が作男として使ってくれるそうです」

錬はそれから、この勇吉という子を「うすのろ」と呼ぶことを止めなかったために、紘平に何度も叱られていたが、一方で、まめにその子の面倒を見てやっていたようであった。

――錬、お前が、そのいかつい顔と乱暴な言動の奥に隠していた優しさを知らない者はいなかったぜ。お前は本当にいい奴なのさ。俺といつか力比べをやりたいと云っていたな。俺の負け勝負だということは分かっているが、もう断わらない。今度逢ったら喜んで相手をする。だから――。

千吉の目は薄らいで消えてゆく雲から出てきた青空に止まっていた。

――あの青空は、遼次の目のようにきれいで澄んでいるな……。

遼次は五人の中で最も年長だった。とは云っても今やっと千吉と庄太が十三歳、尭と錬が十五歳、遼次は十六歳になったばかりであった。

遼次はその若さにもかかわらず、いつも年長らしく落ち着いたところのある、頼りになる人間だった。紘平が間諜の仕事に送られて家が留守になると、遼次が訓練を率先した。彼の技はどれも完璧に近く、人技《ひとわざ》とは思えないほどの確実さと軽さを持っていたが、その優秀さにもかかわらず、彼は皆と一緒の訓練を一度も怠ったことがなかった。

遼次は沼津村から南へ十里以上下った所にある村の、若い上忍の子だったが、父が死んだとき、上忍の跡継ぎをめぐって下忍たちの間に争いが起こった。夫がその下忍たちに殺されたことを信じて疑わなかった母は、子供たちの身を案じて、当時三歳だった遼次と乳飲み子の真紗を連れて逃げ出し、沼津に迷い込んだ。ところが、そこで遼次はすぐに忍者修行に取られ、妹の真紗も、三歳にならぬうちに訓練に加えられた。

母が病で亡くなったのは、遼次がまだ六歳のときだった。母の葬式の日、遼次は妹を連れて村を逃げ出したが、すぐに捕まった。仕置きとして穴倉に入れられたまま忘れられていた二人を連れ出したのは、勿論紘平だった。

しかし紘平に引き取られてからも、真紗は残酷な訓練に怯え続けていたせいか、頑《かたく》なに押し黙って誰とも口を利かず、小さな痩せた身体を、いつもどこかに隠して人目を避けていた。

紘平はそんな真紗をそっとしておいてやり、好きなようにさせていた。

千吉は目を閉じた。すると、じっと動かない、真紗のつぶらな瞳が瞼の奥に浮かんできた。

――そうだ、あの日からもう四年……いや五年が経ったのだな……。

それは、秋が終わりを告げ、木に残った最後の枯葉が、冷たい風に散らされていた頃だった。

皆が眠っているうちに目を覚ました彼は、そっと家を抜け出して林まで行くと、木々の間を狂ったように駆け巡っていた。千吉には幼い頃からこうしてときどき、夜中や未明に目を覚まして、外をがむしゃらに走り回る癖があった。それが、まだ物心もつかない頃に強制された無謀な訓練が子供の心に植えつけた死の恐怖のなせるわざであったことを、本人は知るよしもなかった。

そうとは知らず同じような恐怖から抜けきれずにいるほかの四人も、それぞれが違った形で、胸に巣食うその怪物と対面していた。

庄太が泣き、尭がときどき姿を隠し、錬が急に大声でわめきながら木刀をふり回し、遼次が大木に向かって自分の頭を血が出るまでぶつけるのも、みな、そうした後遺症によるものだったのである。紘平はそのことを誰よりもよく見抜いていたから、子供たちにそうした発作が起こっても、見て見ぬ振りをしているだけだった。

気が済むまで走ったあと、家に戻ろうと一旦林を出た千吉は、なぜか後戻りをしてきて、たった今通り過ぎたばかりの池の端に立ち止まった。

――いる……。誰かがこの中にいる……。

忍者は早くから、感覚の働きを研ぎ澄ますための訓練を受けている。しかし、千吉のこうした勘の鋭さには、並はずれたものがあり、師の紘平が密かに兜を脱いでいたくらいであった。

そこは中池と呼ばれて、少し離れて点在する大池や小池と区別されていたが、深さにおいてはほかの二つをはるかに越えていた。

千吉は、落ち葉と静かなさざ波だけが水面を覆うその池をじっと見ていたが、やがてそっと水の中に入っていった。

波を立てないように泳ぎ回っているうちに、彼は水底にうずくまった一人の人間を見つけた。

どうやら大きな石を抱いて眠っているようだった。それを目にしたとたんに彼は水底をめがけて突進して行った。

水中に石を抱いて潜り、自分で自分を失神させて呼吸を止め、追う敵から隠れるという忍者の逃避の技があって、そうした訓練をしている忍者を邪魔することは堅く禁じられている。それを知らない千吉ではなかったが、彼が見たのが忍者とは思えないほど小さな人間だったからである。彼は近づくと、その胸に抱かれた石を取り除け、うずくまっていた者を抱いて浮き上がった。

「真紗？……」

それは、死んだようにぐったりしている小さな真紗だった。

千吉は大人を呼びに行こうかと瞬間迷ったが、そんなことをしている暇のないことぐらい、子供の彼でも判断できた。それに八歳の忍者は、普通の八歳の子供とは比べものにならないほどの実践体験と判断力を持っている。

彼は、自分が知る限りのあらゆる手段を用いて、真紗を生き返らせようと無我夢中で闘った。そして、必死の努力の末に、やっと真紗がかすかに息を吹き返したときには、千吉は嬉しさのあまり、思わずとんぼ返りをしたほどだった。

千吉は、真紗の細い手足をさすりながら、少女の意識が戻るのを、辛抱強く待った。

「千ちゃん……」

目を開けた真紗は聞き取れないほどの声で云った。

「千ちゃんも死んだの？」

「おあいにくさま。二人とも生きているよ」

「そう……しくじったの……」

「そんなに死にたかったの？」

真紗は僅かに頷《うなず》いた。

「真紗が死んだら遼兄ちゃんが悲しむじゃあないか」

「遼兄ちゃん……」

真紗の目から涙が噴き出し、顔を濡らして四方に流れた。

「俺だって真紗が死んだら悲しいよ」

「千ちゃんも？……なぜ？……」

「なぜって……。それは、真紗のこと好きだからさ」

「真紗が……好きだって？」

「うん。紘さんも庄太も尭も錬もみんな真紗が好きなのさ」

「……嘘だ」

「嘘なもんか。本当だ。信じないなら、みんなに訊いてみるといい。真紗を好きな人たちを捨てて一人でどこかに行っちまおうなんて……ひどいよ」

真紗は大きな目で千吉をいつまでも見ていたが、やがて身体を起こして、ふらふらと立ち上がった。

「家に帰ろうね」

「……うん」

真紗は自分の手をそっと千吉の手の中に滑らせた。冷たくて小さくて、今にも壊れそうな手だった。千吉はその手を温めるように柔らかく握って一緒に歩き出した。


それから三日ほどが過ぎた。その日、いつものように朝飯の支度をするために炊事場に集まってきた子供たちはびっくりして首を傾げた。温かい飯と菜、それに、いい匂いのする汁が床板に置いてあったからだった。

「気味が悪いな。誰が作ったんだろう」

「毒が入っているのかもしれないぞ」

「はて、女にかけてはあんなに意地を張っていた紘さんも、とうとう嫁さんを貰ったのかな」

小忍者たちは口々にそう云いながらしばらく躊躇っていたが、旺盛な食欲には勝てず、とうとう先を争って食べ物に飛びついた。千吉も例外ではなかったが、夢中で飯を頬張っている最中に、台所の隅に小さくなって座っている真紗に気がついた。

「真紗、お前の仕業《しわざ》だったのかい。ありがとう。こっちにおいでよ。一緒に食べよう」

真紗は悪戯《いたずら》が見つかった子供のように、慌てて逃げ出そうとしたが、そのとき、空になった椀を載せた盆を持って紘平が台所に入ってきた。

「お前たちの中に、こんな優雅なことをする者がいたとは驚きだ。朝飯が部屋まで配られるとはな。俺の教育がよほど行き届いていたということらしい。それともひょっとしてこの中に突然頭がおかしくなった奴がいるのか」

千吉は紘平に、逃げていく真紗を目で指し示した。

「ふむ、そういうことか。……つまり今後、お前らは自分たちで炊事をする必要がなくなったらしい。つまり、その時間分、お前たちが常々念願していた農作に、より一層の力を注げるようになったというわけだ。いや、目出度い、目出度い」

紘平は、一斉《いっせい》に顔を曇らせた子供たちを尻目に、カラカラと笑って出て行った。


——ふた月ほど前に、紘さんは「二度と戻ってくるな」と云って真紗と勇吉を甲賀に送ったけど、無事に着いたかな……。いつか真紗に逢う日が来るのだろうか——。

別れる日、千吉をじっと見ていた真紗の黒い瞳が胸をチリチリと焼いた。

真紗を始め、自分にとっては兄弟以上の深い絆で結ばれている仲間を一人ひとりと思い浮かべているうちに、千吉はうとうとと眠り込んでいた。

夢の中で、千吉は再びあの中池の水中にいた。

下を覗くと、またしても水底に誰かがいる。

――あれ？　また真紗か。性懲《しょうこ》りのない子だな――。

近づいてみると、黒い大きな石をしっかりと抱いて真紗がさめざめと泣いている。その黒い石を真紗の手から取り除けようとした刹那、千吉ははっとして思わず両手を放した。

それは石ではなくて、紘平の亡骸《なきがら》だったのである。紘平の身体は、やがて大きく広がって、翼のような手で真紗と千吉を包み込んだあと、二人を残し、水の中をゆっくりと舞うように上がって行き、やがて煙のように消えてしまった。

夢から覚めて、ガバッと跳ね起きた千吉は、「ぎゃーっ」という叫びを上げて、辺りを盲滅法《めくらめっぽう》に走り始めた。

「紘さん、駄目だ！　逝っちゃ駄目だ。頼むから俺たちを捨てないで。紘さん、逝かないで、逝っちゃいやだよう……」

千吉は、溢れ出る涙で頰を濡らしながら、息が切れて地に倒れ込むまで森の中を駆け回っていた。

それから何日も、千吉は森に閉じこもったきり、そこを出なかった。

初めて町に下りる気になったのは、空腹に耐えられなくなった日の朝だった。

山道を下りていた千吉は、しばらくして懐の手裏剣《しゅりけん》を握ると、素早く振り返った。

「何者だ、出て来い！」

一本の木の後ろから、荷を背負った行商人らしい中年の男が出てきた。その軽い静かな足の運びに千吉は目を止めた。

「乱波《らっぱ》（注・関東辺りの忍びをそう呼んだ）か？」

「いや、甲賀者だ。お主《ぬし》は……？」

「伊賀……だ」

「伊賀者……やはりそうか。ちょっと伺うが、国を離れてどのくらいになられる？」

「ふた月足らずだ」

「国からの便りは？」

「ない」

「なら私の云うことを腹を据えてよく聞かれるがいい。よろしいか。お主の知る伊賀は日本の地図から抹消されましたぞ。伊賀の民はことごとく織田の軍勢に殲滅《せんめつ》され、村々は焼かれ、伊賀国は織田領となった」

「……殲滅……」

「そうだ、伊賀者は、織田の大軍に向かって、ありったけの血飛沫《ちしぶき》を浴びせかけながら、無残に散り果てた。甲賀は信長に食われ、伊賀の忍者は信長の手にかかって絶滅したのだ」

「……いつ」

「まだ半月にもならない」

「……分かりました」

千吉は男に向かって深く頭を下げた。

そのまま動かない千吉をじっと見ていた男も、やがて頭を下げて速やかに去っていった。

「お達者で……」という声が千吉の耳に残っていた。

「あなたも……」

呟くようにそう云ってから、千吉はへたへたと地べたに座り込んでしまった。夜になってやっと立ち上がった彼は、圧し潰したような低い声で呟いた。

「殺す……必ず殺してやる……」

そして再び森の中へと消えていった。

夕闇の迫った町には、最初の灯りが点り始めていた。

一軒の小さな飯屋から出てきた千吉は、ふと鼻をヒクつかせて、周りを見回した。

――潮の匂いだ。

伊賀を脱出したあと、駿河まで殆《ほとん》ど休みなく、海沿いに逃げて来た千吉だったが、今、久し振りに海が見たくなり、潮の香を頼りに歩き出した。

海辺を照らす落日は、赤みを帯びた黄金《こんじき》の光の脚を、重い雲の切れ間から煌々《こうこう》と伸ばしていた。その光を無数の金粉に変えて水面で踊らせている海原に向かい、千吉は我を忘れて佇んだ。

――不思議なもんだ……。空だとか海、大河のような広大なものを見ていると、考えることが普段と変わってくる。そしてなぜか、遠く離れている人や物たちが、限りなく近く恋しく思えてくる――。

そう呟いたとき、人の足音が近づいてきて、千吉の横で止まった。

「しばらくだな、千吉」

「……何だ、爺さんか」

「何だはないだろう。何だお前、痩せたな。僅かのうちに、ぐっと大人になったようだ」

「そうでもないさ。それより市衛門さんがやつれた」

「ほう、そう見えるか」

「また、大事な書付けを盗まれたのかい」

「年寄りをからかうものではない」

そう云いながら、市衛門は笑った。

「……千吉……」

今度は千吉が笑い出した。

「次に来るのは『……いや、なんでもない』……だろう?」

「いや、それは止めた。時間がない。実は、お前さんに折り入って頼みたいことがあるのだ」

「盗みか?」

「いや、そうではない。だが千吉にしかできないことだ」

「俺にしかできない? ちょっと待て。爺さんは俺を知っているのか。それとも俺の親戚か?」

「いや、そのどちらでもない」

「分からん……」

「ともかくわしの家まで来てもらえぬか。話はそれからだ。謝礼は充分する」

市衛門が千吉を連れていった家は、古寺が木々の間に見える林に近い、あまり大きくはないが瀟洒《しょうしゃ》な家だった。

裏の小さな柴折戸《しおりど》を開けて中に入った市衛門は、まず、離れの座敷に千吉を通した。

「ここがわしの部屋じゃ。まあ、ゆっくりとくつろいでくれ」

老人は行灯《あんどん》に灯を入れて障子を開けると、千吉に座布団を勧めようとして、手を止め、独りで苦笑した。

「早速だが、頼みというのは……」

老人は言葉を探すように、腕を組んで黙り込んだ。千吉は何も云わず、じっと待った。

「つまり……ひと口に云って……要するに……わしの孫になりすましてほしいんじゃ」

「孫になりすます？」

「そうだ。死んだ孫に……だ」

「ああ、そうか。孫に死なれて悲しいから、俺が孫の幽霊を演じて爺さんのお守りをするというわけか。やだね、そんなの。女々《めめ》しくて気分が悪くなる。断わる」

「待て、早まるな。わしの守りをしてもらおうとは思っておらん。娘……息子を亡くした娘のお遥《よう》のためなのだ。ほんの僅かの間でよい。お遥はもう間もなく死ぬ。だから死ぬ前のひとときを喜ばせてやりたいだけなんじゃ」

「病気か」

「そうだ」

「息子も病《やまい》で死んだのか」

「そうだ。急死した。あまりに思いがけないことだったせいか、お遥は屍《しかばね》を見ることを拒絶した上、息子の死を頭から信じようとしない。ただ、あの子は旅へ出たのだと云い張り、どこかで生きていると思い込んでいるのだ。だが、大切な息子の姿が見えなくなった衝撃で、お遥は病の床についてしまった」

「………」

「滑稽《こっけい》だと思われても仕方がないが、実は先日、町でお前を見かけたとき、急にこんな突飛《とっぴ》な考えが湧いてきたというわけだ」

「その孫息子の年恰好と……」

「そうだ、千吉の顔と年恰好が、昌之《まさゆき》というその孫にそっくりなんじゃ……」

「お遥さんの命は……？」

「もう、日にちの問題だと医者は云っておる」

「気の毒な話だ。だが、それは無理だよ。たとえ、俺がその茶番劇を演じることを承知したとしても、俺はもとより親も家もない浮浪人で、森や野良を塒《ねぐら》としている盗人《ぬすっと》だから、野蛮な上に無作法だし、学もない。そんな人間が商家の一人息子を演じるなど、逆立ちしたってできるはずがないじゃないか。見え透いた芝居を見せられるお遥さんだって、ムカッ腹《ぱら》が立つか、心を傷つけられるだけだとは思わないかい？　爺さん」

「思わん」

「へ？」

「お遥は少し前から、夢と現《うつつ》との区別がつかなくなっている。それに……それに、お前はただの浮浪者ではない」

千吉は自分をじっと見据えている市衛門の顔をじろりと見返した。

「本当に俺にできると思うのか」

「できる。確かだ。ただ、お前の思ったように自然に振舞ってくれればそれでいいのだ」

「俺の思ったように」

「そうだ。誰の真似もする必要がない」

「本人が死んだんじゃ、真似の仕様がないよな。それにしても分からん」

「分からずともよい。ただ一つ、昌之は母のことを母上と呼んでいた。お母様でも母さんでもない。そしてお遥に会うのは、彼女の気分が比較的良い、朝のひとときだけでよい」


翌日、朝食を済ませた千吉は、市衛門に伴われて母屋に向かった。

風呂に入って、着物だけは新しいものに着替えさせられてはいたが、それ以外は、普段の千吉だった。

母屋の廊下を歩いているうちに、ふと気がつくと、一緒にいたはずの市衛門がいなくなっていた。

「消えたか……」

廊下を進んでいくと、緑の馨《かぐわ》しさが快く鼻をつく中庭があり、それに面して、障子の開け放たれた部屋があった。

「ここだな……」

千吉は障子の手前まで来てふいに立ち止まると、くるりと踵を返して歩き出した。今自分のやろうとしていることが急にばかばかしく思えてきて、後戻りをしかけたのである。

――俺はこんな所で何をやっているのだ。ほかにやらなくてはならぬことがあるというのに……。

すると廊下の先に、こちらを見て立っている市衛門の姿が見えた。

「ちぇっ、爺め」

千吉はあきらめると前に向き直って戻り、部屋の中をそっと覗いた。

そこには三十半ばと思われる美しい女性が、寝床の中で昏々と眠っていた。

――死期を間近に控えた人間というのは、こんなに無心できれいなものなのか――。

そして、しばらく覗き見の姿勢で、まだ婉然《えんぜん》とした若さが香るその白い細面《ほそおもて》に見とれていたが、やがて足音を忍ばせて部屋に入って行った。

寝床から少し離れて座を取り、お遥に見入っていた千吉は、突然ビクリと体を硬くした。

お遥の目がゆっくりと開かれて、その眼差しが優しく千吉に投げられたのだった。

「ごめんなさい昌之。私ったら、また眠り込んでしまったようですね。済まないけれど、聞きそびれたところを、もう一度繰り返して聞かせてくれるかしら」

「………」

「気を悪くしないで続けてね。あなたは、私に断わりもなく突然旅に出てしまったのですから、その土産話を二度や三度繰り返すぐらいのことは嫌がらないことになっていたでしょう」

「はい。……勿論、それは……」

「さあ、お願いしますよ」

千吉はゴクリと唾を呑み込んだ。

「……あの……ええと、どこまで話しましたっけ」

「何とかという北の森で出逢った、とても変わった鳥の話でした」

「はあ……。そうでした。それは、とても変わった鳥でした。……真っ白い鳥なのに、羽全体が虹色に輝いていていて……」

「きれいな長い……長い尾が垂れていたのでしたね」

「はい。そうでした。とてもきれいな長い尾が……」

「その鳥は鳴くのですか？」

「はい、いいえ、……はい。つまり、とても美しい声で歌うのだそうですが、それが全ての人に聞こえるわけではないらしいのです」

「魂の静けさと、聞く耳を持たない人には届かない声なのですね」

「……その通りです」

「それは多分鳳凰鳥《ほうおうどり》の仲間なのでしょう」

「鳳凰鳥？……ですか……」

「霊鳥のことですよ。あなたがまだ幼い頃、そのお話をしてあげたのを忘れてしまったわけではないでしょう。その鳥を見た人は命が延びて、とても仕合わせになるということを……」

「忘れては……おりません」

「ああ、今、やっと分かりました。あなたはその鳥に出逢うために旅に出たのですね」

「……はい……実は、そうなのでした」

「よかった。これであなたには長寿で仕合わせな人生が約束されたことになるのですね。私はあなたが生まれたときから、何となくそんな気がしていましたよ」

「そうでしたか。……でも……しかし……本当のことを云いますと、私は、あのきれいな鳥を見たとたんに、母上にも是非見てもらいたくなって、急いでここに戻って来たのです。もう少し元気になったら私と一緒に、あの鳥のいる北の森まで旅をしてくださいますか?」

「勿論ですとも。喜んで行きます。あなたは、そういう風に、小さい頃から親思いの子でしたが、今でも少しも変わらないのですね。私は何て……何て仕合わせな母なのでしょう……いつ……それ……」

言葉が次第に聞き取れなくなっていき、お遥の目が閉じられた。

軽い寝息が聞こえ始めたとき、若い女中が千吉に会釈をして、静かに部屋に入ってきた。そして薬を乗せた盆を枕元に置いて、お遥のそばに座を取った。

千吉は、そっと立ち上がって部屋から出ていった。

「その不思議な村はどこにあったのですか？」

翌日、お遥は前の日と同じように目を覚ますなり、座っていた千吉に向かって微笑みかけ、柔らかな声で問いかけた。

「は？……はい。その不思議な……その村は、西……そう、たしか西の方角にありました」

「どういう風に不思議だったのですか？」

「どういう風に？……はい。ええと……そこでは、夜になると、梟《ふくろう》みたいな顔をした子供たちが、高い木のてっぺんからてっぺんへと飛び移って遊んでいるんです。そうして朝になると、子供たちはスルスルと木から下りてきて、森の中にある三つの池の水の上を何度も歩いて渡り、それに飽きるとやがて村に帰っていくのです」

「まあ、水の上を歩くのですか。なんて羨ましい子供たちなのでしょう。昌之もその方法を習ってきましたか？」

「はい……試してみたのですが、なかなか思うようにはいきませんでした」

「その子供たちはほかに何ができるのですか？」

「……かくれんぼと高飛びです。かくれんぼと云っても並のかくれんぼではありません。すぐ近くにいるのに、どの子も煙のようにすっかり消えてしまって、決して誰にも見つけられることがありませんし、高飛びに至っては、自分の身長の何倍をも軽々と飛ぶことができます」

「まるで人間ではないようですね。それでも人間なのですか？　笑ったり泣いたり、我々の言葉を話すこともできるのですか？」

「はい。確かに人間の言葉を話します……よく泣く子もいますし、大声で笑う子もいます」

「不思議ね。私は常日頃《つねひごろ》から、昌之がそんな面白い子供たちを友達に持つことを願っていました。学問や剣ばかりを教えられて、息をつく暇がなかったあなたを見ているのが辛くてね」

「……心配しないでください。ちゃんと友達になってきましたから。その友達は皆、私が母上を連れて戻って来るのを楽しみにしていると云ってくれました」

「嬉しいこと。楽しみです。その子供たちに逢うのが……」

お遥はまるで子供たちを目の当たりに見ているような顔つきになって、微笑みながら目を閉じた。


「その湖がどうかしたのですか？」

翌朝、お遥は目も開けないうちに、いきなりそう尋ねて、千吉を飛び上がらせた。

「は？……はい。つまり、その……それは鬱蒼《うっそう》とした森に囲まれていて、簡単には人目につかない湖でしたが、深くて、びっくりするほど水が澄んでいました」

「底を覗いてみましたか？」

「はい……」

「何がありました？」

「は？……はい。ゆったりとそよぐ長い水草に交じって……そうでした……町が、そう、町が見えました。きれいな家々が並んでいて、店の軒先の提灯《ちょうちん》や、寺の石段もそのままでした。遠くに畑や林も見えました」

「みんな沈んでしまったのですね」

「はい。そのようでした」

「あなたはその湖の底に潜ってみたのでしょう？」

「……はい、……潜ってみました」

「それで？」

「……驚いたことに、そこには、人が……生きた、様々な人たちが住んでいました」

「やはり……。やはりそうだったのですね。この醜い戦乱の世を避けて、ひっそりと、仕合わせに暮せるという極楽はそこにあったのですか」

「……そのようでした」

「そこには誰でも行けるのですか？」

「……いいえ、誰でも、というわけには……」

「そうでしたね。よほどの勇気と覚悟がないと、行ってもすぐに溺れてしまうのでしたね」

「はい……」

「どんな勇気と覚悟が必要なのでしょう？」

「は？……それは……つまり……この世で身に集めた所有物を、残らず捨てて、身軽になる勇気です」

「ああ、そうでしたわ。人間の持つ富や宝を捨てない限り、そこには行けないのでしたね」

「はい……その通りでした。そして俗念や邪心、我欲のようなものを持っている限り……」

「まあ、若いあなたがよくそこまで見抜けたのですね。市衛門さんの教育が、あなたの中に深く浸透したと見えて、昌之はすっかり大人になったようです。私はとても誇りに思いますよ」

「はあ……」

千吉はびっくりしてお遥を見た。

――「市衛門さん」？　するとあの爺さんはお遥さんの父親ではないということなのか？――。

「不思議ですね。こうしてあなたと話していると、まるであなたのお父上がそこにいらっしゃるような錯覚を持ってしまいます」

お遥は満足しきって微笑みながら目を閉じかけたが、急にその目を大きく見開いて千吉に向けた。

「昌之はそこであなたのお父上に逢いませんでしたか？」

「は？……父上……い、いいえ、残念なことに、見つけるひまが……」

「そうでしたか。今度は二人でゆっくり逢いに行くことにしましょう。あなたのお父上は間違いなくそこに住んでいるはずですから……」

「はい……私もきっとそうだと思っています」

お遥は頷きながら、ゆっくりと目を閉じた。

お遥と千吉の会話は、こうした風変りな形を取ってそれから毎日続けられたのである。

母屋《おもや》の一室を与えられていた千吉はその間毎日、離れの座敷に行ってみたが、どうしたことか、市衛門の姿はどこにも見られなかった。

お遥と千吉の寝食の世話をする数人の女中だけが出没する家の中を徘徊していると、千吉はまるで自分が、主《ぬし》のいない幽霊屋敷に寝起きしている居候《いそうろう》のように思えてならなかった。

——いくら仕事とはいえ、こう毎日、口から出任せの御託《ごたく》を並べ続けているのはやりきれない。たとえそれが善意からであっても、法螺《ほら》は法螺なのだから……。人を欺《あざむ》くことには慣れている俺でも、今度ばかりはちょっと勝手が違う。いやに後ろめたくてならない。いい加減に止めたいもんだ。畜生、一体、あの爺さんはどこにいるんだろう——。

そう思っていらいらしているはずなのに、毎日朝になると身だしなみを整え、なぜかいそいそとお遥の部屋へと向かっている自分にふと気づいた彼は、苦笑した。

千吉には見えていたのだ。お遥が実の母ではなくても、初めて知った母親という存在に、深く心を動かされている自分の姿が——。

全ての母親がお遥と同じではないのかもしれなかったが、母というものが子に与えてくれるに違いない温かい心の安らぎを、酔いしれる思いで全身に感じ取っていた千吉なのであった。今、昌之になりすました自分が、自分に降り注がれるその温かさを貪《むさぼ》り始め、心のどこかで、お遥の命の続く限り、この役割を演じ続けたいと願っていることも知らないわけではなかった。

それに、雲をつかむようなこの奇想天外な会話から、時として立ちのぼる真理にも似た匂いが、千吉の心を捉《とら》えて放さないのであった。

我知らず必死になってお遥の問いに答え、お遥の言葉を聞いているうちに、千吉は自分の心を覗き込むことを覚えたし、現実と夢との仕切り戸をはずすことを、躊躇いもなくやってのけていた。それは、彼が今までに経験したことのない作業だった。

——それにしても、昌之という息子は仕合わせな子だったのだな。優しい母親にあれほど理解され、愛されていたなんて。とても信じられないくらいだ——。

もう一つ、千吉を毎朝お遥の部屋に急がせる小さな理由があった。

蝋のように白く精気のなかったお遥の顔に、最近、ほんのりと血の気がさしてきたのを千吉は見逃していなかったのだ。それが思い違いでない証拠に、千吉が来て十日余りが過ぎた或る日、お遥は寝具の上に座って千吉を待っていたのだった。

「ほら昌之、ご覧の通り、私は今日、このように無理なく起きられたのですよ」

「そうですか。顔色もずっとよくなられたようです。よかったですね」

「もうじき昌之と一緒に旅に出るのですから、私はしっかりと体を鍛えなくてはなりませんもの」

「そうです。お見せしたい所が山ほどあります」

嬉しそうにそう云いながらいつもの場所に座る千吉を目で追っていたお遥は、溜息をつくように云った。

「あなたの所作は、何とあなたのお父上にそっくりなことでしょう。信じられないくらいです」

「は……」

今日はどんな難題が出されるのかと、内心構えながら、千吉は何気なく自分の前に置かれていた湯のみを手に取った。すると、突然お遥の顔色が変わって、その口から鋭い叫び声がほとばしり出た。

「いけません。いけないと何度云ったら分かるのです。それは私の湯のみです。私の……私の湯飲みなのです」

そして震えながら、顔を覆って泣き出した。

いつもの女中が走りながら部屋に飛び込んできて、手際よくお遥を宥めたあと、薬を飲ませ、優しく夜具の中に寝せた。呆気に取られている千吉の前で、お遥は泣き泣き眠りについていった。

千吉は無言で、尋ねるように女中を見た。

「どうぞ、お気になさらないでくださいまし。こうしたことは初めてではございませんので……」

女中は動揺した様子も見せず、優しく云った。

千吉は自分の部屋に退《さ》がりながら呟いた。

——せっかく元気になりかけていたのに、惜しいことをしてしまったようだ。それにしても、俺はとんでもない所に迷い込んだようだな。まず、俺をここに引っ張り込んだあの爺さんの正体が分からない。そしてお遥さんが市衛門の娘でも商家の女将《おかみ》でもないことがほぼ明らかになった。どこかの武士の妻であることに間違いはあるまい。息子の昌之の死についてもどこかはっきりしないものがあるし、お遥さんの旦那が一体誰なのか、どこにいるのかも謎だ——。

千吉は、女中たちのいる納戸部屋に向かった。何でもいいから知りたくて、彼女らにしゃべらせようと思ったのであったが、娘たちは自分らの雇い主についてもお遥についても、まったく何も知らないらしく、ポカンとして千吉を見るばかりだった。

その日千吉は外出して界隈《かいわい》を歩き回った挙句、森に戻って、思う存分暴れ回ってきた。

翌朝お遥の部屋に出向いた千吉は、昨日森からの帰りに摘んできた鬼灯《ほおずき》のひと枝を手にしていた。お遥はその日寝たままだったが、目を開くなり、いつものように彼に向かって優しく笑いかけた。昨日の湯飲みの出来事は、きれいに忘れてしまっているようだった。

何かを云いかけようとしたお遥は、千吉の膝の上に置かれた鬼灯に気づき、顔色を変えて息を止めた。そして静かに涙を流し始めた。

——まずい。またへまをやってしまった——。

千吉はあわてて鬼灯の枝を隠そうとした。

「あなたはお父上に逢ってきたのですね。いつものようにあの人は前触れもなく現れたのですね……。その鬼灯はあの方がくれたものでしょう?」

「は……はい。そうです……。母上のためにと……」

「いつまでも変わらず優しい心を見せてくれる、愛《いと》しいお方……。くれぐれもそのことは、矢島家には内密にしておいてくれますね」

「はい……勿論です」

千吉は鬼灯の枝を、差し伸べられたお遥の手に渡した。

お遥は少女のように頬を染めて、赤い小さな鬼灯を一つひとつ撫でながら、うっとりと夢の中を彷徨《さまよ》い始めたようだった。

千吉はそんなお遥を残して、部屋をあとにした。


——矢島家か……。ここの表札にある本間という名は多分、市衛門爺さんのものだろう。すると矢島家というのはお遥さんの家族なのかもしれないな。少し探ってみるか——。

その日千吉は、川を越えた所にある寺町の南と東に広がる武家屋敷を一軒一軒見て回り、日暮れまでに、矢島という表札のある家を二軒見つけていた。

千吉はその両方の屋敷に忍び込み、住人と家屋をざっと偵察してきた。

——お遥さんに関係があるとしたら、大きい方の矢島屋敷のようだ。


それから更に五日が過ぎた。

六日目の朝、千吉がお遥の部屋に行くと、眠っているお遥のそばに、市衛門が座っていた。

市衛門は千吉を見ると、指を口に当てて無言を命じ、廊下に出てきた。

「夕べから、急に容態が悪くなった。いよいよ……ということらしい」

「そんなはずはない。最近ずっと具合が良くなっていたのだから」

「思い違いだろう」

「思い違いではない」

千吉は一衛門をそこに置いて部屋に入って行き、いつものように座ってお遥をじっと見た。しかし、その目はいつまでたっても開こうとしなかったのである。

「……母上……」

千吉は震える声でそう呼んでみた。

その瞬間、閉じたままの瞼がピクリと動いて、お遥の顔にかすかな微笑みが浮かんだ。

「ようやく旅立ちのときが来ました。さあ、あなたの手を貸して……」

はっきりとした声が響き、細い手が千吉の方に僅かに動いた。

千吉はその白い手をそっと握りしめてお遥の顔をじっと見つめた。すると、お遥はうっすらと目を開けて千吉に微笑みかけた。

「あなたと素晴らしいお話しができたお陰で、私はやっと昌之を見つけることができました。ありがとう。お礼を申します。あなたは私の心の息子でした。あなたの影を抱いて、私は昌之のもとに参ります。これからも私たちと一緒に夢の旅を続けてくれますね……」

澄んだ声でそう云い切ったあと、お遥の様子が急変したのを見た千吉は、度を失った。

——母上……お遥さん——。

千吉の全身から血が引いていき、蒼白になった唇が震えた。

——お遥さん、それはない……。もう少し、ほんの少しでいいから、この心の準備ができるまで、待っていてほしかった——。

市衛門は、俯《うつむ》いた千吉の頬を伝う一筋の涙に気づかぬふりをして、「すぐに医者を呼んでくる」と云いながら、あわただしくその場を去って行った。


「役目は終わったようだから俺は行く」

お遥の弔いが矢島家で執り行われている間、森の中を駆け巡ってきた千吉は、翌日市衛門に云った。

「お前、また痩せたな。お遥の死に、お前がそれほど心を痛めるとは思っていなかった」

「痛めようと痛めまいと俺の勝手だ」

「これから行く所があるのか」

「ある」

「信長を討つつもりか」

「何?」

千吉はきっとした顔を向けて市衛門を睨みつけた。

「顔に書いてあるわ」

「市爺は忍びなのか?」

「武士だ。いや、武士だった。優れた忍びの友を多く持ち、彼らの能力を高く評価する者の一人だ」

「能力か……。それは忍者と称した者たちの命と共にこの世から消え去ってしまったのさ」

「大方《おおかた》はな。だが、生き残りはあちこちにいる。お前はその生き残りを集めて恨みを晴らそうとしているのだろう?」

「恨みを晴らして死ぬのは気持ちがさっぱりすることだからな」

「そうだ。だがそのことによって解決するものは何もない。次の恨みを生み続ける下らないことでもある」

「それはそうと、爺さん、あんた一体、お遥さんの何なんだい?」

「親代わりだ。わしは昌之の学問を受け持っていた。お遥の父親は清水といって、わしの親友だった。若い頃、嫁と娘を産褥《さんじょく》で一度に亡くしたわしを、ひとときも離れずに、元気づけてくれたのが清水だった。自然、娘を亡くしたわしにとって、お遥は我が娘同然となっていた。

彼とわしはな、侍を同時に辞めたんじゃ。それから一緒に茶を栽培して大儲けをした。ところが清水夫妻は息子が十八歳、お遥が十六歳の年に流行《はや》りの病にかかり、相次いで死んでしまい、間もなくお遥の兄も跡を追って他界した。その後、清水の親戚が、一人残ったお遥を無理やり引き取り、間もなく或る武士と結婚させてしまった。二十歳も年上の爺とな。つまり、お遥は売られたんじゃ」

「その夫が矢島だったのか……。織田に仕えているのだな」

市衛門は驚いて千吉を見た。

「お前、どうしてそんな事を……？」

「いいから、続けてくれないか。そして子供が生まれたというわけか。昌之という……」

「そうだ。しかし、お遥はその子を連れて、わしの所によく来ていた」

「年寄りの旦那が気に入らなかったのか」

「というより……」

「子供が矢島の子ではなかったのだな」

「……お前……」

「いちいち驚くな。お遥さんの夢言葉には、どれも裏布が縫い付けてあった。それを裏返して見ただけだ」

「……確かに、矢島の子ではなかった」

「父親は誰だ？」

「知らぬ……。見たことがないのだ。決して姿を見せないが、ちゃんと実在する人間だ。いつ、どこで知り合ったのかは知らないが、二人が相思相愛の深い仲だったことは、火を見るよりも明らかだった。だが事情を知らない矢島は、昌之の誕生に小躍りして喜び、その子を舐めるようにかわいがった。

昌之が成長し始めると、わしは、お遥の望みで、昌之の学問の師として矢島家によく行くようになった。その間《かん》、お遥の愛人は、矢島家やわしの家に、年に数回忍び込んできて、誰にも気づかれず子供と逢い、お遥と熱い密会を重ねていたようだった」

「昌之はなぜ死んだ?」

「さて……」

「殺されたのか……」

「そうかもしれん。毒死のような顔だと医者は云っていた……」

「誰がやった?」

「分からん」

「矢島がお遥さんの不義に気づいたのでは……」

「そんなことはない。それに矢島は大分前から安土城に行っており、当時は留守だった」

「矢島にはもう一人の息子がいるな」

「そこまで調べ上げたのか。そうだ、酒と賭博と女に溺れて遊び回っている二十五歳の息子がいる」

「その母親はいるのか」

「とっくに死んだ」

「昌之が元服したのはいつだった」

「五ヶ月ほど前だ」

「死んだのは？」

「三月前になる。千吉、何をそう詮索するのだ。お前には関係のないことではないか」

「………」

「お遥に情を移し、そこまで哀れに思ってくれるお前の気持ちは有り難い。だが昌之を殺した犯人を捜し出して仇を討つことなど考える必要はない。もう全ては終わってしまったのだ」

「……仇はもう討った」

「何？……今何と云った？」

市衛門は驚いて、千吉の顔をまじまじと見つめた。

「待て、千吉。お前、早まったことをしてくれたのではないだろうな。あの馬鹿息子は犯人ではないぞ。あいつは、親の銭をくすねることしか考えぬ放蕩者で、自分の代わりに父の跡を継いでくれる弟が生まれたことを感謝していたくらいなのだ」

「馬鹿息子には触れていない」

「では誰に触れたのだ」

「誰にも触れてはいない。歩いただけだ」

「歩いた？」

「そうだ。夜、矢島の屋敷を静かに歩いただけだ。ふわふわとね」

「わしをからかうな」

「からかってはいない。歩いていたら、俺を見た家中の者が、昌之の幻影を見たと思ったらしく、びっくりしたが、すぐに念仏を唱えながら遠ざかった。ただ一人、或る女だけが俺を見て腰を抜かした。そして俺の顔を穴のあくほど凝視しながら顔色を変えて、何かわけの分からぬことを口走り、そこいらを這いずり回って逃げた挙句に、『寄らないで、あっちへ行って昌之さん、お願い、近寄らないで、謝ります。この通り。お願いですから成仏して、勘弁して、勘弁して』と何度も繰り返した末に、狂ったように泣き始めた」

「それは誰だ?」

「馬鹿息子の乳母らしい」

「乳母?　あのお滝?……そうだったのか。そう云えば、お滝はひと頃、矢島の女房代わりをしていたし、今は自分の乳を飲ませた息子とも……」

「翌日、夜になるのを待って、また屋敷をぶらついてみた。するとその女は気が触れたように暴れ出し、髪を振り乱して屋敷中を逃げ回った。そして三日目に俺を見たとき、わめきながら裸足で家を飛び出してしまった。確かに発狂していたようだ」

「ふむ、そうか……」

市衛門はしげしげと千吉を眺めた。

「幻影か……。さすがだな。そうか……、これでお遥と昌之を失ったわしの悲しみも、少しは癒《いや》されるかもしれぬな」

「お遥さんは、湯飲みのことを話していたようだったが、毒殺の現場を見たのだろうか」

「それは知らぬが、お遥は自分の不倫がばれて、いつか夫に罰されることを常から覚悟していた。だから、自分の湯飲みに入れられていた毒を、あやまって息子が飲み、身代わりとなって死んだものだと思い込んでいたようだった」

「情夫はどこにいる?」

「それが、なぜかここしばらく姿を見せないようだ。お前は、あのお遥に自分の母の影を見ていたのだな。だからそこまで執拗に……」

「確かに俺は、お遥さんのお陰で、生まれて初めて母親の愛と温かさに触れる幸運を得た。心から感謝している。俺の人生がそのことによって大きく変わっていったとしても不思議はないだろう。だが、あの乳母の女狐を狂わせずにいられなかったのは、そのせいだけではない」

「何?……ほかに何かあるのか?」

千吉は黙ったまま目を閉じて、瞼の裏に、伊賀の沼津村の曙光が広がってくるのを待った。


真紗を池から救い上げてからまだ数ヶ月しか経っていなかっただろう。その日も夜明け前に、林の中で思う存分暴れ回ったあとで帰り始めた千吉は、ふと、どこかに人の気配を感じて、そっと近づいて行った。すると林のはずれで、一人の男が木にもたれて、やっと染まり始めた空をぼんやりと眺めていた。

――紘さんだ。間諜の仕事が終わって帰って来たんだな。見つからないうちに家に戻らなくっちゃ――。

千吉は足音を忍ばせて遠ざかろうとした。そのとき、紘平が気づいたらしく、「何者だ！」と叫びながら振り返った。

千吉は答えようとしてふと思い留まった。紘平がまるで幽霊でも見たような奇妙な顔をして自分を凝視していたからである。

「まさ……」

千吉は叱られるのを恐れて風のように走り去った。

――真紗だって？　よほどくたびれているらしい。闇では恐ろしく目が利くはずの紘さんが、俺を真紗と見違えるなんて――。

その日のことが、記憶の中から突然浮かび上がってきたのは、お遥が千吉の持ってきた鬼灯の一枝を見て涙を流したときだった。

紘平の家の畑の隅には、彼の母親が植えたという一連の鬼灯が毎年可憐な姿を見せていた。或る日、子供たちが真っ赤に熟れたその実を無断で食いあさっていると、それを見た紘平が近寄ってきた。

「おい、少しは俺のために残しておけ。いや、食うためではない。俺はこの花を見るのが好きなんだ。なぜかって？　それはだな、いくら待っても中の実《み》が見えない不思議な花だからだ。しかし、なぜかいつまでも開こうとしない花蕾の微妙な色の変化をじっと見ていると、中でひっそりと成熟していく実が手に取るように感じられる。その実はつやつやと美しく熟れても、外部からの手が加えられない限り、誰にもその姿を見せることなく生涯を終えるのだ。無論、秋まで無事に生き延びられた鬼灯は、地に戻る前のひととき、その袋が網状に透けた美しい御簾《みす》となって、中の赤い実をそっと見せるような乙《おつ》なこともやってのける。とにかく、鬼灯は、自分が、この上なく完璧な偉業を成し遂げたことに頓着《とんちゃく》することもなく、ただ精一杯生きたことに満足して消えていくんだ。心の深みを誰にも見せることなく密《ひそ》かに人生を終える人間のようにな。分かるか。それに、あの中には、実とそれを守り続ける花蓋が織り成す美しい秘話が隠されているように思えてな……」

「でも、いつまでもじっと見ていたら、食わないうちに鳥に取られちゃうよ」

「錬、だからお前はどこまでも、奥ゆかしさということに縁のない奴だと云うんだ。幻滅小僧め」


「……ふむ、そうだったのか。お前の師である紘平という忍びが、お遥の愛人で、昌之はその子だったと云うのだな」

「とんでもない思い違いかもしれない。そんな偶然があるはずがないとも思うし、下らない推量である可能性のほうが強い。だが、希望を持つのは勝手だろ」

老人はしばらく黙っていたが、やがて呟くように云った。

「思い違いとは限らないさ、しかしそれが本当なら、不思議な因縁だ。もっとも、お前は最初に見たときから、そんな変な因縁をぶら下げて歩いているようなところがあったがな」

「そんなもの、ぶら下げた覚えはないが……」

しばらく二人の間に静寂がすべり込んだ。

「千吉……」

「お得意が始まった。何だい」

「信長の首のことをしばらく忘れる気はないか」

「また仕事かい？」

「まあな……」


数日後、千吉は、家の前にある林の後ろに連れていかれたが、そこで、思いがけない光景を見て、目を白黒させていた。

剥げかかった看板のある古い道場の内外に、三十人以上の幼い子供たちが、芋の子を洗うようにごろごろしていたのである。

「千吉、見るがいい。これらは全て、戦乱の産物だ。その産物を、わしは茶畑の収入で養っておる。勿論、ここにいるのは、今国中に溢れている孤児や捨て子のほんの一部でしかないのは云うまでもない。天下を我が物にせんとする愚か者が多すぎて、戦禍と孤児は増える一方だ。わしはな、千吉、なるべく早いとこ、誰かにこの日本国を統一してもらいたいのじゃ。たとえそれが織田であっても武田であっても、そのほかの誰であっても構わんと思っておる。ただ、もういい加減にこの戦国の世を終わらせたいのだ」

そう云いながら、市衛門は千吉を置いて、子供たちの群れの中に入っていった。孤児たちは口々に何か叫びながら老人の周りに群がってきた。

「市爺ちゃん、ほら見て、魚、魚だよ、今日川で釣ってきたんだ」

「銭だよ、市爺ちゃん、銭一つ上げる。藪の中で三つも拾ったんだよ」

「ねえ、爺ちゃん、あの人誰？　一緒に遊んでもらっていい？」

市衛門は千吉の承諾もなしに頷いた。

とたんに、子供たちは、「わーい」と叫びながら千吉に向かって走ってくると、蚤《のみ》がたかるように飛びかかった。

「兄ちゃん、遊んで、遊んで」

しかし、その騒ぎは、あっという間におさまった。

「いない……いなくなったぞ」

「兄ちゃんが……」

「消えた、消えちまったよ」

子供たちは一瞬、皆狐につままれたような顔をしてつっ立っていたが、やがて一斉に市衛門の所に駆けつけた。

「爺ちゃん、爺ちゃん、大変だ、あの人が消えたよ」

「消えた？　誰が？」

「さっきの兄ちゃんだよ」

「そうだよ、あそこにいたのに、急にいなくなったのさ」

「本当に消えたんだよ」

「パッとね」

「そう、パッと消えたんだよ」

子供たちは口々に喧しく同じ言葉を繰り返した。

「どれ、どれ、あそこか？」

「うん、あそこ……あれ？」

「いるではないか、お前たちどうしたんだ、しっかりしろ」

「……だって……さっき確かに……」

「さあ行け、あれは偉い人なんだから、少し礼儀正しくするんだぞ」

「はい……」

なぜか妙におとなしくなってしまった子供たちは、用心深く歩き出し、少し距離を置いて千吉を取り囲み、神妙に挨拶をした。

「こんにちは……」

「やあ、こんにちは。どうだ、みんな、あっちの林で木登りでもして遊ぶか」

「わーい、行こう、行こう、木登りだ」

「木登り、木登り」

千吉は、飛び跳ねながらついてくる子供たちの先頭に立って歩き出した。

市衛門は目を細めてニッと笑いながら、その行列を見送った。


千吉は信長の首を刎ねる夢を忘れていたわけではなかった。

しかし、彼は市衛門のそばを離れなかった。

孤児や捨て子の面倒を見ることが、意味のないこととは思えなかったし、何より、お遥に逢いに来る男をどうしても見届けたかったからだった。その男が生きていれば、必ず市衛門の家に現れるはずだ。そこを見張っていれば、もしかしたら紘平に逢えるのではないかという希望を、捨てきれなかったのである。


「市衛門さん、畑にできる土地はないかい」

お道とお勝という飯炊き婆さんから食べ物を与えられるとき以外は、ただ喧騒の中で跳ね回ってばかりいる子供たちを見ていた千吉は、或る日そう尋ねた。勿論、市衛門はすぐに道場の近くにある土地を都合した。

伊賀では、子供でも畑仕事をした。だからといって彼は、伊賀の真似をさせるつもりではなかったが、これらの子供たちが、自分の食い物ぐらいは自分で産出できるのは悪いことではなかろうと考えたのだった。

そうして始めた耕作を、子供たちに念入りに教えているうちに、彼らの間に思わぬ秩序が生まれてきたのを千吉は喜びを持って眺めた。しかし、子供にせがまれると、彼はいやがらずに木登りやかくれんぼをしたし、たまには海に遠出をして泳ぎもした。

ふた月ほど過ぎた頃千吉は、自分の周りで始終うろうろしていて離れようとしない十歳前後の少年の一団がいるのに気がついた。

「お前たち、あっちに行って遊べ」

千吉は振り払うように云ったが、彼らは動かなかった。

「千吉さん、教えて」

「何を?」

「剣」

「そんなもん、知らん」

「嘘だ、千吉さんは何でもできる人なんだ」

「そうだ、おいらたちの目には狂いがないんだ」

「千吉さんが剣の名人だってことぐらい分かっているんだよ」

「剣を習ってどうする？」

「強い兵《つわもの》となって戦場で勇ましく戦うのさ」

「戦ってどうする？」

「英雄として死ぬのさ」

「うん、そうだ。戦《いくさ》で勇ましく戦って死ぬのは、男の誉れなんだよ」

「お前たち、死にたいのか？」

「……死にたい？……それは……」

「誰のために戦うのだ？」

「武将のために決まってらあ」

「どの武将だ？」

「強けりゃあ誰でもいいのさ」

千吉は黙り込んでしまった。

——そうなのだ……。これが戦国の世に生まれた子供たちなのだ。彼らはこうした考えの中で生まれて、育ってきた。それ以外の人生を知らない。この俺だって、紘さんに拾われることがなく、あの貴重な教えを受けていなかったら、この子らと同じ考えを持って生きていたに違いないのだ。考えてみれば、伊賀の忍者たちでさえ、死ぬことなんぞ何とも思っていないし、「仕事をくれる武将なら誰でもいい」という考えを持っている点では同様ではないか——。

「よし、そのうちに剣以上のものを教えてやるからあっちに行け」

千吉は、複雑な思いで子供たちを追い払った。


「市衛門さん、儒学とは何ですか?」

老人は千吉の意外な言葉にびっくりしたようだった。

「それはな、明《みん》の孔子という人物が始めた学問一般で、主に政《まつりごと》や道徳、哲学などの教えだ。だがなぜそんなことを聞くのだ?」

「市さんは、それを学んだのですか?」

「まあ、そういうことだ」

「それは人間の視野を広げてくれるものですか?」

「そうだな、そういう云い方もできるかもしれん」

「ではそれを教えてください」

「お前はすでに広い視野を持っておる。紘平という人の影響だろうがな。だがお前がそれを望むのなら、わしは断わらぬが」

「是非……」

「千吉、お前、字は読めるのか」

「ほんの少し」

「では、それを学ぶのが先決だ。そのあとは書を読むがいい。だが、わしからお前に教えるものがたくさんあるとは思っておらん」


字を習い、論語や老子の教えを学んでいるうちに、時は矢の如く過ぎていった。

しかし、いつまで待っても、お遥の愛人……千吉にとっては紘平……は一向に姿を見せなかった。

池の中で真紗に抱かれていた紘平の夢が正夢だったことを認めざるを得なくなってきたが、心のどこかでまだ「もしや?」という小さな希望の火を消すことができないでいた千吉だった。

千吉は漢字を拾い読みしながら思った。

——俺たちはこうした学問はしたことがなかったが、この中に書かれていることはすでに身体で学び取っていたような気がする。ただ、紘さんを通して学んだものには、これらの難しい真理と叡智の代わりに、型破りの歓びと自由があったな……。

目を閉じると、紘平の声が響いてきた。

「いいか、好きな木を選んで隠れるんだ。さあ行け!」

一斉に森の中に駆け込んだ五人の子供たちは、瞬く間に木の上に姿を隠した。

「行くぞ!」

追いかけるようにして紘平の声が響いた。そして間もなく、森の中に踏み込んだ紘平の手にした棒が、小忍者が隠れている木を一本一本叩き始めた。

「だめだ。お前も、お前も、そしてお前もだ。みんな下りてこい」

やがて木から滑り下りてきた五人の子供たちは、くやしそうに唇を噛んだ。

「なぜあの木にいたことが悟られたんだろう。完璧な隠れ方をしたはずなのに」

「そうさ、俺、微動すらしなかったし、息も止めていた」

「俺だって同じさ……」

「修練された耳と目がそうした隠者の存在を感じ取るのはそう難しいことではないのだ。そうだろう？　千吉。もし木に隠れているのを誰にも嗅ぎ出されたくなかったら、お前たちのやることはただ一つ。人間であることを捨てて、木になればいいのだ」

「木に？……」

「そうだ。木と一体になるのさ。幹の内を流れる樹液の音を聞き、木の囁きや呼吸が聞こえるまで、そして根から葉脈の突端まで淀みなく流れ続ける木の精気に触れられるまで木に近づくのだ」

「……そんなことができるのですか？」

「やってみるんだ。木は彼らなりの生き方をしている。その生き方には人間の知らない神秘が隠されているはずだ。その神秘に限りなく近づく努力をして、少しでも木に同化することができれば、隠れる技をわざわざ学ぶ必要もなくなるだろうよ」

初雪が厚く伊賀を覆い尽くした日の未明、外から強烈な声が響いてきた。

「起きろ！」

あわてて寝床から這い出してきた五人は、そこに目を輝かせて立っている紘平を見た。

「見るがいい、この見事な水を」

「……水？……」

子供たちは目をこすりながら呟いた。

「そうだ、お前達は、この雪や氷、霰《あられ》、雹《ひょう》、霧、雲までが紛れもない水の変化《へんげ》であるという当たり前のことに、心から驚嘆したことがあるか」

「………」

「海に怒濤《どとう》を響かせ、河川に渦巻き、湖になりを潜める水は、こうして自在に姿を変え、我々を翻弄《ほんろう》しながら大地を潤すのだ。自然の躍動を止《や》めることのないこの水が見せる千の威力と美が、俺たち人間の中にも潜んでいるとは思わないか。闇となり光となり、花となり石となれる力が……。崇高なる師と仰いで余りある水の姿がこれなのだ」

五人は、曙光を受けて浮き上がってきた純白の雪を、まぶしそうに見つめながら、黙って深く頷いたものだった。

――こうして俺たちは日ごとに「自然」に近づいていった。心の耳と目を精一杯開きながら……。そして、そうすることが、知らぬ間に俺たちの技を磨いていったのだ――。

千吉は次第に学問の時間を減らしていき、子供たちと接する機会を増やして、一見無邪気な遊びをするように見せかけながら、護身の術を教えていった。

子供たちも、そうとは知らずに乗ってきて、次々と難しい技をこなし始め、剣を習うつもりだったことをすっかり忘れてしまったようだった。

「先生」

「誰のことだ？」

「千吉さんのことです。みんな先生と呼んでいます」

「止めろ、俺は先生なんかではない。千吉だ。分かったか。お前らと俺との年の差はせいぜい三、四歳だということを忘れるな」

「はい」

「それで何か用か」

「千吉さんは忍びだと云う人がいます。それは本当ですか？」

「そうだったかもしれん」

「……忍びの術を教えてください」

「もう充分教えてある」

「もっと本当の技《わざ》を……」子供たちは食いさがった。

「本当の技を学んでどうするんだ」

「忍者になります」

「何のためだ?」

「……それは……」

「忍者になって、行き当たりばったりの武将に仕えて武将の敵を殺し、その武将のために見事な死に方をするためか?」

「………」

「お前たちは生きるのがそんなにいやなのか」

「そうではないけど……。男が戦いもしないで長生きするのは恥だと……」

「誰かがそう云ったんだな。では今、この千吉が『それは恥ではない。生きることは価値のあることだ』と云ったら、お前らどうする?」

「はあ?……」

「あっちに行け、そして自分の頭でじっくり考えるんだ。生きていればいいこともいっぱいある。この世に生を受けたのは、死ぬためより、生きるためではないのか。どっちにしても、いずれ人は皆死ぬことになっているんだ。急いでどうする。いいか、人や俺の云うことばかり聞いていないで、自分で考えることを学ぶんだ。俺がお前たちに教えたのは護身だ。愚かな大人たちが生んだ戦乱のこの世を生き抜いていくために欠かせないことだと判断したからだ。忍者が開発した技の中で最も意味のあるものだと思っている。身を守りながら生きて、生きることを楽しんで何が悪い?」

その頃から、子供たちは戦雄になって死のうという理想を口にすることがなくなっていった。彼らは千吉と同様にせっせと畑を耕す一方で、千吉が提供する様々な遊びをしながら、目に見えぬ技《わざ》を身につけていったのだった。

「大変だ！　千吉さん、来て、早く来て、早く、畑に……」

子供たちの中で、普段は落ち着きのある宋吉があわてて走ってきた。子供の喧嘩には決して立ち入らなかった千吉は、「自分たちで勝手に片をつけろ」と見向きもしなかった。

しかし宋吉はほかの仲間と一緒になって千吉の着物を掴んで、放さなかった。

千吉が引っ張られて畑にやってくると、子供たちに取り囲まれて暴れている見慣れぬ少年がいた。よく見ると十二、三歳ほどのその子の片手には畑から抜いたらしい蕪《かぶ》が幾つか握られており、もう一方の手で竹の棒を振り回しながら、近寄る者を払い除けていた。

「あの……あの背中を見てください」宋吉が囁いた。

見ると、その背中にくくりつけてある幼児の頭が、少年が動くたびに、ぐらぐらと変な揺れ方をしていた。

「待て、誰も近寄るな」

そう云いながら、千吉は静かに少年に向かって歩いていった。

「お香代《かよ》が腹を空かしているんだ！」

少年は近づいてきた千吉に向かってわめいた。その目はギラギラと光り、誰にも譲ろうとしない決意が、ありありと読めた。

「背中に負ぶっているのがお香代か？」

「そうだ！」

「食べ物なら欲しいだけやる。お香代を下ろすといい」

「厭だ！　俺の妹は俺が面倒を見る。誰にも渡すものか」

その言葉を聞いたとき、千吉は思わずたじろいだ。それが、幼い頃に聞いた遼次の言葉そのままだったからであった。遼次は、紘平に引き取られてからも、しばらくはまだ、誰も信頼できないでいたらしく、妹の真紗を抱いたまま、手放そうとしなかったのである。

「下ろしなさい」

「厭だ！」

千吉は近寄ると、素早く竹棒を掴んでその手から奪い取り、暴れる少年を抑えた。

「放せ！　止めろ！　放せ……」

あがく少年に構わず、千吉は見る間に縄を解いてしまい、背中の子は、後ろに回っていた宋吉の腕の中に落ちた。そして千吉は、宋吉に飛び掛ろうとする少年を抱きとめた。

「よく見るがいい。お香代はもう死んでいる」

「何だと？　嘘だ！　嘘だ！　こん畜生、殺してやる！」

彼は蕪を持ったまま、力任せに千吉の胸を殴り始めた。

千吉はしばらく少年のなすがままにさせておき、やがて囁くように云った。

「お香代は疲れたんだ。だから今まで自分を守ってくれた優しい兄ちゃんを守る側に回ったんだ。いつまでも駄々をこねていると、お香代に笑われるぞ」

少年は一瞬びっくりしたように千吉の顔を見上げたが、とうとうその腕の中に顔を埋めて泣き始めた。千吉は少年の身体を抱きながら云った。

「みんなで手厚く葬ってやろうじゃないか」

その言葉を聞いた少年は、すすり上げながら畑に膝をついた。そして、うなだれたまま素直に頷いた。


お香代の亡骸《なきがら》は灰となって、病や衰弱などで死んだほかの子供たちが眠る林の中に埋められた。

その兄の名は新介と云い、年は十三歳だった。侍だった父が戦《いくさ》で死に、間もなく母に死なれて以来、盗賊に家を奪われて追い出され、小さな妹を連れて一年以上もあちこちを彷徨ってきたらしかった。

市衛門に養われることになったこの新しい孤児はその日から、千吉とその取り巻きに従って、従順に行動した。そして、驚くほどの速さで千吉の教える術を身につけていった。

新介は千吉に邂逅のことを絶えず思い出させた。そして、胸の内を外に出さないその子が、温かい心と侍の子としての潔《いさぎよ》さと知性を隠し持っていることも間もなく見抜くようになった。

千吉が子供たちと生活するようになってから、一年余りが過ぎていった。

彼がときどき留守をするようになったのはその頃からだった。

「千吉、お前、とうとう動き出したな」

或る日、拾った子犬を抱いて近づいてきた市衛門が、千吉に話しかけた。

「は？　いえ、別に……」

「隠したって無駄だ。ここのことは心配するな。お前のおかげで、弟子たちがあれこれ面倒を見てくれるようになった」

「弟子？」

「お前の弟子だ」

「そんなものはいません。みんな友達です」

「そうか、よし。その友達がな、良い子に育っているのだ。だから心置きなく行ってこい。そして命あらば、再びここに戻ってこい。待っておる」

「はい……」

市衛門は、遠ざかりながら、子犬に向かって歌いかけていた。

「……生きて楽しんで何が悪い……」

しばらく前から千吉は、駿河の周辺の地域をあちこち巡り歩いて、仲間になるような忍びを探していた。しかし、彼が出逢ったどの忍びとも、彼は心を通わせることがなかった。忍びという人種が心を通わせるような存在でないことは分かっていたが　信長ほどの大物を相手取って仇討ちを決行するためには、同腹となる者同士が最低の信頼と結束によって繋がれている必要があったのだ。

仕方がないから、千吉は伊賀者を捜した。しかし、思った以上にその数は少なく、たとえ見つかっても、彼らの殆どが、千吉の考えを冷笑で迎えるのが落ちだった。僅かな銭を貰って大名や商家に雇われ、番犬まがいの間者として働くようになっていた彼らは、その銭に死ぬほど執着していたのであった。彼らと接するたびに、千吉の目の奥には、織田軍を導いて伊賀を破滅に導いた伊賀の裏切り者たちの姿と、焼け野原となった伊賀の風景が映し出され、索漠《さくばく》とした気持ちになるのであった。

——往時の伊賀は、実質共に幻となった——。

しかし、その言葉とは裏腹に、千吉は落胆も絶望もしていなかった。それは、自分の目的とするものが、仇討ち以外の、まったく別の所にあることに、はっきりと気づき始めていたからだった。

——俺が、こうして彷徨《さまよ》い歩いているのは、信長征伐の仲間を募るためなんかではない。信長なんぞ糞食らえだ。真剣にあいつを殺すつもりなら、俺一人でやればいいのだ。だが、俺の真の目的はそこにはない。ただ、見失った四人の仲間と、紘さんを捜し出す以外のことはどうでもよかったのだ。伊賀の夢と生きる歓びを育《はぐく》んでくれた彼らこそが、俺の命を支えているからなのだ——。

そう呟いたときだった。先ほどから目の前を、杖《つえ》にすがって危なっかしい足取りで歩いていた按摩風の男が振り向いて、見えぬはずの目で千吉を見た。

「あ、あなたは……」

それは以前、千吉に伊賀の滅亡を伝えたあの甲賀者だった。

「ご存知かな。信長が——死にましたぞ」

「えっ？……何と……信長が？」

「昨日、自分の武将の明智光秀という男の奇襲を受けて、本能寺で自刃したそうだ」

「……そ……そうですか」

男はかすかな笑いを顔に浮かべ、ゆっくりと会釈をすると、くるりと前に向き直り、「お達者で……」と云うなり、杖を肩にかついでさっさと歩き去った。

「あなたもお達者で……」男の姿が見えなくなる頃、千吉はポツリと答えた。


翌日、市衛門が同じ知らせを告げに来た。

「聞きました」

「手間が省けたようだな。嬉しいか、それとも口惜しいか」

「いえ、そのどちらでも……」

「分からん奴だ」


その日の訓練を終えた千吉と新介は、森の中の切り株に腰を下ろしていた。

「新介はここの生活にも大分慣れたようだな」

「はい。すっかりと云ってもいいくらい慣れました。ここに辿り着けた自分の運命に感謝しています」

「故郷に帰りたいとは思わないか？」

「私の故郷はここです。長い辛い旅のあとで、人の心の温かさに出逢えたここそが私の故郷です。それに、ここにいる子供たちは一人残らず私の兄弟です。だから、一生彼らの面倒を見ていきたいのです」

「そうか」

「千吉さんは、間もなく旅立たれるのでしょう？」

「そのように見えるか」

「はい」

「ではそうすることにしよう。市衛門さんをお前に預けてよいか？」

「勿論そのつもりにしておりました」

「ありがとう。これで安心して行ける」

それから新介は、いつも戦に出ていて顔さえろくに見ることのなかった自分の父親について語り、千吉は自分の師と仲間のことを語った。

「千吉さんは仕合わせな方ですね」

「うん。彼らが生きていれば、もっと仕合わせだ。そのときは、必ずお前に紹介する」

「是非お願いします」

「新介……今後のことだが、もし俺の身に……」

「何もあるわけがありません。香代をあなたに付けておきましたから守ってくれるはずです。だから、必ずあの子を返しに戻ってきてくださいよ。さあ、私と一緒にもう一度あの山の麓まで走ってください。今度こそ勝ってみせますから」

「よし！」

二人は同時に立ち上がった。


それから五日後、千吉は市衛門に云った。

「旅に出ます」

「ふむ、そうか。伊賀に戻るのだな。だが信長はいなくなっても、まだ油断はできん。明智は必ず報復されて殺されるだろう。信長の継承も波乱なくては治まるまい。京付近は荒れるぞ」

「分かっています」

「それほど故郷が懐かしいか」

「はい……」

間髪を入れずにそう答えた自分に、千吉はびっくりした。

「行くがいい。そしてその気があれば、戻ってきてくれ」

「必ず……。市衛門さんから学ぶことは、まだたくさん残っていますから」

「いや、わしの茶園をお前に譲ったから、跡を責任持って続けて貰いたいのじゃ。それに……わしの最期……わしの最期だけはお前に看取ってほしいのでな」

「……光栄です。あと五十年は待ってもらう条件で承諾します」

「たったの五十年？」

鼻に皺《しわ》を寄せながら市衛門は不満そうに笑った。

少年たちは千吉の目的を察したのか、彼の旅立ちに不平を云おうとしなかったが、心の痛みは隠さなかった。

「千吉さん、必ず帰ってきてください。そしてこれからも、ここでみんなと遊んでください」

「分かった。では、ほかの子供たちを頼んだぜ」


勢いよく歩き出した千吉の腰の竹筒の中には、道場の少年たちが自分で干して、その一個一個にそれぞれ自分の印を書き入れた撒《ま》き菱《ひし》（注・菱の実を干したもので、忍者が撒いて、追っ手の足を傷つけるために用いられた）がぎっしりと詰まっており、懐の中には苦内《くない》という忍具のほかに、新介がくれた彼の家伝だという、珍しいほど小型の短刀が忍ばせてあった。

出発して間もなく、千吉は明智光秀が信長の武将、羽柴秀吉によって仇討ちされたことを耳にした。

――ということは羽柴が将軍になるということなのか……。家康はどう出るのだろう――。

そんなことを考えながら、千吉は深く険しい山道を選んで歩いていた。もしかしたら道中で、姿を潜めている仲間たちに逢えるのではないかという望みがあったからだった。

しかし、途中、意味もなく千吉を殺そうとする素性の分からない兵に何度も襲われたり、怪しげな山伏や牢人、胡散臭《うさんくさ》そうに彼を見る農夫や樵《きこり》たちと睨みあってすれ違ったりはしたが、仲間に出逢うことはなかった。

伊勢に入って山沿いの道を急いでいた千吉は、夕方になって、ひどい豪雨に見舞われた。突然襲ってきたその雨は、森林の密生した葉に無数の穴でも開けてしまったかのような勢いで、激しく地面を叩いていた。

避難できる場所を求めてあちこち迷い歩いていたが、充分に濡れてしまってからやっと、雨を避けられそうな小屋が見つかった。今にも崩壊しそうな粗末なものだったが、雨の勢いぐらいは避けられそうだと判断した千吉は、その小屋を目がけて走った。

堅く閉じられた戸を力づくで軋ませて開け、中に入ると、ムッとするような悪臭が鼻を突いて上ってきた。真っ暗なその中は何も動かずシンとしていたが、千吉は人の気配を感じ取った。

「少しの間雨宿りをさせてください」

そう云って入り口の近くに丸くなって座り込み、止みそうもない雨を眺めていると、少し間を置いて、小屋の奥からしゃがれ声が返って来た。

「勝手にしやがれ……」

殺意を感じないことと、相手が死にかけた老人のようであることに安心した千吉は、着物を脱いで裸になり、濡れた着物を絞って小屋の内側に吊るすと、ゴロンと転がり、地面を覆っていた藁《わら》を引っ被って、死んだように眠り込んだ。

板壁の隙間から射してきた朝日を顔に受けて目を覚ました千吉は、湿った着物を身につけて外に出た。晴れた空がまぶしく顔を打ち、夏の暖かさが心地よく身体を包んだ。

千吉は「世話になった」と声を掛け、歩き始めた。

すると、奥からしゃがれ声が響いてきた。

「何か食うものはないか……」

千吉は持っていた袋から、濡れて柔らかくなった干飯《ほしいい》と干し魚を取り出して、小屋の奥に行った。

薄暗い光の中には、死んだように動かない皺だらけの醜い老人の顔があった。

食べ物を置いて、戸口を出掛かったとき、ふと千吉は立ち止まり、ゆっくりと振り向いた。

——六蔵……?

幼い自分を死ぬほどの目に遭わせ、その後も拷問まがいの訓練で、拉致《らち》してきた子供たちを苦しめてきたあの逞《たくま》しい下人頭の六蔵がこの薄汚い老人?……。

千吉はそのまま歩き去ろうとしたが、なぜか思い留まった。そして再び男のもとに引き返してきた。

男は寝ていたのではなかった。丸く低い背中を奥の壁で支え、一本の棒を抱えて両足を前に投げ出すようにして座ったまま、ギラギラと光る目で闇を見ていた。

「六蔵……か？」

「……俺を知っているのか、お前は誰だ？」

六蔵の目と身体が初めて僅かばかり動いた。

「お前が殺しそこなった千吉だ」

「ああ、紘平に拾われて伊賀を逃げ出した出来損《できそこ》ないか」

「そうだ」

「死んだんじゃあなかったのか」

「あいにくだな。ここで何をしている？」

「傷だらけのこの身体が見えんのか。百人以上の織田の兵を相手にしたこの身が……」

「いつからここにいるのだ」

「伊賀が潰されてから、一旦飛騨に逃げたが、最近ここまで戻ってきたのだ」

千吉は六蔵を正面に見据えるようにして座り込んだ。

「信長が死んだことも、明智が殺されたことも知っているのか」

「知っておるわい」

「伊賀の最後を見届けたか」

「ああ、地獄そのものの、血と火の海をな」

「紘さんが戦うのを見たか」

「あいつは戦わずして死んだ」

「何?」

千吉は思わず跳ね上がった。

「あいつはお前たちを逃がして伊賀を裏切った。だから制裁を受けて……」

「殺されたのか!」

「そうだ」

千吉は六蔵に飛びかかってその胸倉を掴んだ。

「誰に?」

「知らんわい」

「とぼけるな! 俺は知っているぞ。お前たちが殺したのだ! お前たちが何人もかかって、下らない制裁とかいうものを盾に取り、誰よりも有能な伊賀者である紘さんを殺したのだ」

「………」

「そうなんだな、云え! 何か云え! 云うんだ! 誰が殺したんだ!」

千吉は掴んだ胸倉を力いっぱい締め上げた。

「ム……放せ、苦しい……俺たち……俺がやった」

「お前? ほ、本当にお前が? お前がやったというのか!」

千吉は獰猛な叫び声を上げて、狂ったように六蔵を殴り始めた。

殴っているうちに、涙が噴き出してきて、六蔵の顔が見えなくなった。六蔵の弱い抵抗に、殴る気がしなくなったとき、千吉は手を引いて座り込んだ。

「織田の大軍に潰される伊賀の運命を見抜いた紘さんが、俺たちを守ることで伊賀者を少しでも保存しようとした行為を、お前は裏切りと呼ぶのか。制裁とはそうしたものなのか！　阿呆！」

「俺は……制裁のために殺したのではない……」

「何だと？　では何のためだ」

「俺は昔から紘平が憎かった。あいつは何をやっても俺を凌《しの》いでいた。全てにおいて勝《まさ》っていた。それが我慢ならなかった。おまけに、あいつの育てた忍びは俺の忍びたちより優れていたばかりか、誰もが彼を慕っていたのだ。俺が必死になって育て上げた忍びですらそうだった。俺はそんなあいつが死ぬほど憎かったのだ」

「嫉妬？……嫉妬から紘さんを殺したというのか。しかも、制裁という口実を借りて？……し……信じられない……そんな奴が伊賀の忍びだと……」

千吉は言葉に詰まって呻いた。そしてもう我慢ができなくなった。

「殺してやる！　お前のような見下げた奴は死ぬがいい！　死ね！」

大きく振り上げた拳を、ありったけの力を込めて相手の顔に振り下ろそうとした千吉は、動くことさえできずにいる六蔵の、あまりに惨めで情けない様子を目にして、思わず顔を背《そむ》けた。

「六蔵、お前は俺に殺される価値さえないのだ。反吐《へど》が出そうだ。お前はただ憐れな奴なんだ。勝手にここでくたばるがいい！」

そう云うと千吉は、止まらない嗚咽を抑えもせずに、異様な声を発しながら、小屋を走り出て行った。

「千吉！　待て、待ってくれ。頼みがある。待て……」

六蔵の濁声《だみごえ》が跡を追ってきたが、千吉は振り向きもせずに走った。彼の頭の中では、紘平の澄んだ声が響き渡っていたのだった。

「――いいか、俺たち全ての人間の心に忍び寄る嫉妬という曲者《くせもの》に気を付けろ。それは劣等感が生む妬《ねた》み以外の何ものでもない。嫉妬が甲冑《かっちゅう》を着て暴れ出せば、とんでもないことをやってのける恐ろしい力となる。その感情は優秀なものの前で素直に敬服することを知らぬ小心者や傲岸《ごうがん》な人間の中で最もよく育つ。しかし、そうしたものの虜《とりこ》になって行動するようになれば人間は必ず腐る。甲冑の中が虚栄と欺瞞《ぎまん》の掃《は》き溜《だ》めでしかないからだ。そこには如何なる成長もない。それから解き放たれたかったら、自分の無能さと弱さを知り、優れたものを認めるしかない。そこから努力が始まるのだ――」

一丁ほど行ってから千吉は立ち止まった。しばらくじっと佇んでいたが、やがて踵を返し、元来た道を引き返した。

「頼みとは何だ」

開いたままになっている戸口に立って、千吉は吐き出すように云った。

「俺を……俺を伊賀まで連れていってくれ。頼む。もう一度伊賀を見たいんだ。あそこで死にたい……のだ」

「歩けないのか」

「左足と右手が殆どかなわん」

千吉はしばらく答えなかった。

「頼む……」

「分かった。だが、まだ道のりはあるぞ」

「かまわん。途中で死ねばそれまでのことよ」


千吉は、六蔵を支えて伊賀へ向かった。

自分の命よりも大切にしていた人間を殺した男は、心身ともにボロボロになっていた。千吉が彼に投げつける怒りや憎しみ、恨みは手応えもなく、人間の姿を失いかけた幽霊のようなその男の身体をスイと通り抜けてどこへともなく消えてしまうのを、臍《ほぞ》を噛みながら見ているしかなかったのだった。

途中千吉は、汚れた六蔵の身体を川に入れて洗い、ふもとまで駆け下りて盗んできた清潔な着物に着替えさせた。傷の膿んだものは、切り開き、薬草を塗って手当てをした。

「こんなことをしてもらったのは生まれて初めてだ……」

六蔵はポツリと云った。

「俺だって初めてだ。お前が臭くて、くっついて歩くのが耐えられないからやるまでのことさ」

千吉に抱えられて道を歩いていると、六蔵は立ち止まって溜息をつくように云った。

「羨《うらや》ましいもんだな……」

「何がだ?」

「紘平は自分の死を嘆いてくれる者がいる。俺なんか……」

「まだ紘さんのことを羨んでいるのか?」

「そうだ。今になってみると、技の優劣なんぞどうでもよかったと思うのだ。一番辛いのは、この世に誰一人として俺のことを想ってくれる人間がいないことだ」

「お前が誰も想わない人間だからだ」

「ん?……ふむ、そういうことだろうな。それにさえ気づかなかったのだ……」

「六蔵、ちょっと聞くが、逃げようとした俺たち五人を殺そうとしたのもお前たちか?」

「いや、それは別の奴らだ。俺たちを紘平の制裁に送ったのも、子供を殺すため、ほかの下人を送ったのも上忍だ……今はそいつも織田軍と戦って死んでしまったがな」

「それで、その五人は……」

「無言橋で彼らに襲われ、どいつも谷底に落ちて死んだと聞いた」

すでに七月も半ばだった。木々の葉は濃い緑で幹という幹を覆い尽くして、強い陽射しを遮ってくれていた。

伊賀に近づくにつれて、六蔵の衰弱が目立ってきた。やがて食べ物がよく喉を通らなくなってきたとき、千吉は痩せた六蔵を背に負って歩き始めた。

「頑張れ、もうすぐ無言橋だ」

「大丈夫だ。あの橋さえ渡ればこっちのものさ」

六蔵のその言葉には、強がりばかりではない希望の響きがあった。

無言橋は、剣谷《つるぎだに》という、底が見えないほど深い峡谷に忍者が架けた細い吊り橋で、そこを一挙に渡りきる技を持つ忍者以外の者が利用することは、まずなかった。周りの森に巣食っていた盗賊ですら、その橋を渡ることを控えた。

無言橋を利用する者は、無言で渡ることを心得ていたためにその名がついた。剣谷には、どんな小さな音でも驚くほど大きく反響させる作用があったために、渡っている間に敵に狙われることが多かったからである。

――四人は本当に、剣谷に落ちて死んだのだろうか……。俺だけが運よく助けられたということか。いや、そんなはずはない。橋を渡った際のしんがりは、確かに俺が務めていたような気がするのだが……そうだとすると――。

背中でうとうととしている六蔵の苦しそうな息遣いを聞きながら、千吉は考え続けた。

一刀のもとに剣で深く切り裂かれたような谷が目の前にあった。

千吉は六蔵を負ぶったまま、無言橋に足を踏み入れた。

「待て、降ろしてくれ、俺はこの橋を自力で渡りたい」

千吉は逆らわず、六蔵を背中から降ろした。

そろりそろりと、六蔵の歩調に合わせて橋を進んでいると、周りの景観が驚くような速さで白く霞《かす》んできた。

「霧だ……」

その霧はやがて彼らのいる高さまで上がってきて、視野が暈《ぼや》けた。

「大丈夫か」千吉は尋ねた。

「大丈夫だ。今になって、この谷でお陀仏になった奴らの仲間入りをするつもりはねえや」

六蔵がそう答えたとき、橋がグラリと揺れて、その身体が消えた。咄嗟に六蔵の手を掴んでいた千吉は、片手で橋綱を握りながら、橋からぶら下がっている老人の身体を引き揚げ始めた。

「痛い、よせ、もう駄目だ……。放せ、もうよい。千吉、放せと云っておる。ここまで来られただけで満足だ。それにどうせ死ぬ身ではないか」

「黙れ！　そんなに動くな、やりにくいではないか」

必死に身体を動かしていた六蔵はあきらめかけていた。

「もうよいわい……」

そのときだった。二人は驚いて息を止めた。

雲のような霧を震わせて、不気味な声が谷中に響き渡ってきたからだった。

地獄の底から湧いてくるとしか思えない、夥《おびただ》しい数の人間の声だった。

千吉は一瞬、それが谷の近くを通る修行僧の唱える念仏がこだましたものかと思ったが、それを聞いている場合ではなかった。

千吉は六蔵が驚いておとなしくなった瞬間をすかさず捉え、その身体を橋の上に引き上げてしまった。

六蔵はそんなことにも気づかぬように、憑《つ》かれたようにその声に聴き入っていた。

「おお、これは……これは経文を読む死者の声だ。間違いなく高野聖《こうやひじり》の読経だ。信長に惨殺された二千人の高野聖の声なのだ。分かるか……。谷をゆるがすこの怨念の怒号が聞こえるか。おお、死んだ伊賀者の声も混じっておるわ……」

「六蔵にまだ死ぬなと云っているのか」

「そうかもしれぬ……」

そう云って、六蔵はニヤリと笑った。

「俺の仲間の四人の声も混じっているか」

「さて……。それは聞こえん」

「なら、あいつらは生きている」

「そうかもしれぬ……」

今度は千吉がニヤリと笑った。

それから先は、千吉が帯で二人の身体をしっかりとくくりつけ、高野聖の読経の響き渡る霧の密界を影のように進んでいった。


予想通り、伊賀の地は姿を変えていた。その荒れ野に残る焼け跡には、まだそこここに、主《ぬし》を失った織田の兵が目を光らせていた。

しかし、その間を縫って、ぼちぼちと小屋や家を建て始めている生き残りの農夫たちの姿も見えた。

伊賀では、千吉は六蔵の気持ちを察して彼を背中から降ろし、支えて歩いた。そんな二人を見た一人の女が、食べ物を恵んでくれて、励ましの言葉をかけてくれた。

故郷の村があと一里ぐらいに近づいたとき、六蔵はついに膝をついて崩れ、そのまま意識を失ってしまった。

「おい、しっかりしろ。駄目じゃないか。もうすぐだというのに」

千吉は老人を背負って走り出した。走っていると、意識を失った千吉を背負って走ってくれた見知らぬ人の顔が脳裏を通り抜けていった。

沼津の村に着いたときには、もう夕闇が迫っていた。

六蔵が住んでいた上忍の家は焼け跡らしい黒い土と雑草の中に姿を消しており、周りを囲む土塁ばかりが目についた。その前に立っていると、一人の老婆が近づいてきた。

「それは忍びかい？」

「下忍頭だった……按配がよくない」

「大分参っているようだね。ひとまずあそこの家に運んでおくれ。面倒見てあげるよ」

千吉は、ほかの村から流れてきたらしい、見知らぬ婆さんのあとに続いて、焼け残った一軒の家の小さな部屋に六蔵を寝かせた。

老女が水に浸した布で六蔵の顔を拭いていると、ゆっくりと開いた目が千吉を探した。

「ここは沼津だ。とうとう着いたぞ」

千吉の言葉に嬉しそうな笑みを浮かべた六蔵は、やっと聞き取れるくらいの声で云った。

「面倒かけたな……お前との旅は俺の冥途の土産となったぞ……」

「冥途に行く前にもう一度元気を取り戻してくれ。ここでやることが山ほどあるんだ。一人だけ楽な思いをしようなんて考えをおこすなよ」

「ふむ……」

頷いて疲れきったように目を閉じた六蔵を老婆に預けて、千吉は外に出た。

紘平の家に向かっていく千吉の胸の内は複雑だった。千吉や六蔵に飛びついて帰還を喜んでくれる村人がまだ一人もいなかったのだ。一年半前までの忍者たちを知る者が一人もいなくなったと考えるのは、あまりに酷いことだった。

やがて村のはずれに向かった千吉は、かろうじてその姿を留めている懐かしい紘平の家を見て胸が高鳴るのを感じた。近づくにつれて、それが焼けて黒焦《こ》げとなった家の骨組みでしかないことがはっきりしてきても、感動は消えなかった。

家の前に立つと、変貌したその家には、思い出となるにはあまりにも近い過去がまだ生々しく息づいており、千吉の胸は張り裂けてしまうのではないかと思われるほど痛んだ。

そうしてぼんやりと佇んでいると、青い闇に包まれた家の真中から、亡霊らしいものが、むくむくと起き上がって立ち、じっと千吉を見つめているようだった。

「紘さん……」

そう呟いたとき、亡霊はふわふわと近づいてきた。

そして絞るような声で叫んだのだった。

「千ちゃん……」

そう云いながら千吉の胸に飛びかかってきた亡霊は、声を上げて泣き出した。

「真紗……」

千吉は泣いている少女の肩を力を込めて抱きしめた。

「生きていてくれたんだね……」

「一度救われた命は無駄にしないわ……」

「逢いたかったよ……」

「私も……」

真紗はひとしきり泣いたあと、涙を拭いながら、千吉を裏の畑に連れていった。夜の帳《とばり》に包まれたそのひと隅には、小さな油火が、供えられた草花を照らしてチラチラと揺れていた。

「これは紘さんの……?」

「そう……」

「この横にあるのは?」

「勇ちゃん……」

「そうか、甲賀に行かなかったのか」

「織田兵と戦って死んだ……」

「錬が帰ってきたら、『うすのろめ、余計なことをしやがって』って怒るだろうな」

「うん、きっとカンカンになる……」

千吉は蝋燭《ろうそく》の前にかがんで、長い間合掌していた。

顔を上げると、目を閉じている真紗の顔がともし火に照らされていた。しばらく見ないうちに、すっかり美しい娘になった真紗の顔には、苦悩の痕が憂いの表情となって浮き出ていた。

やがて真紗と一緒に焼け跡に入った千吉は、笑いながら云った。

「毎日ここで星を見ながら寝ているのか？」

「ううん、いつもはあそこの道具小屋の中で寝ているんだけれど、今日はなぜかここに居たかったの……」

「そう……。すぐに、家を建て直してやるからな」

真紗は嬉しそうに頷いて微笑んだ。

二人は黙ったまま、手を握り合っていつまでも星を見ていたが、千吉の問いに答えて、真紗は言葉に詰まりながら、紘平の死、伊賀を襲った虐殺、勇吉の死の模様を語り始めた。

——真紗は伊賀の最後を見届けた生き証人となった。その魂はきっとズタズタに引き裂かれ、傷ついているはずなのに、こんなにひたむきに生きようとしている。真紗、俺はこれからその傷の一つひとつを剥ぎ取ってやることを誓うぞ。誓うとも——。

「真紗、もういいよ。それ以上話さなくていい。ずいぶん辛い思いをしたんだね。よく頑張った。これからは辛いことを忘れる努力をするんだ。俺が手伝うからな。それに、紘さんも勇吉もこれから我々の中でずっと生き続けるのだし、伊賀だって、俺たちの心の中では決して荒廃することはないのだ」

「うん……」

「さあ、もう寝る時間だ」

千吉は真紗を道具小屋に連れていき、その中に作ってある寝床に真紗が横たわるのを待ってから、近くの草の上に横たわった。

「お休み」

「千ちゃん……」

「ん？」

「生きていてよかった……」

「俺も心からそう思っているよ」


翌朝早く、千吉は畑に行った。

黎明《れいめい》の蒼いくすんだ光の下で見ると、紘平と勇吉の墓は、美しく色づき始めた鬼灯の群れに取り巻かれていたのだった。千吉は袋からひと房の毛髪を取り出し、二人の墓のそばに埋めた。それは、千吉の命を救ってくれた見知らぬ男が息を引き取ったときに切り取ったものだった。

そうして手を合わせていると、真紗が数人の村人を連れてきた。

「千吉、無事だったか」

「千吉！　やっぱり生きていたのだな」

「そんなこと当たり前でしょ。千ちゃん、みんな待っていたのよ」

「やっと忍びの顔が拝めたというわけだ。祝わなくちゃな」

皆が千吉を奪い合うように抱きついて喜んだ。

以前にはあまり付き合いのなかった作男と女房たちばかりで、その中に忍びが一人もいないことを見て取りながらも、千吉は故郷に帰った気持ちになれたことを心から喜んでいた。


しばらくして千吉は、皆を伴い、六蔵のいる家にやってきた。

「残念ですが、つい先ほど、息を引き取られました。せっかく帰ってきたというのに……」

面倒を見てくれるはずだった老女は拍子抜けがしたように云った。

千吉は村人のために六蔵の顔にかけられた白布を取り除けた。

皆が手を合わせて念仏を唱えているのを聞きながら、その下忍頭の険しい顔をじっと眺めていると、この男こそが、長い伊賀の伝統を頑なまでに守ってきた、最も伊賀的な伊賀の英雄ではなかったのかと思われてくるのだった。


信長がいなくなってもなお織田領であることに変わりない伊賀は、要所を兵に抑えられていたし、生き残りの忍者を弾圧しようとする彼らの態度は横柄で厳しかった。それは、主《ぬし》を失った者が不安に駆られて向ける鋒先《ほこさき》のような危険性を孕《はら》んでいた。

そんな織田兵を尻目に、千吉はその日から、紘平の家の取り壊しにかかった。真紗が面倒を見ていたと見える孤児たちが、一人ひとりと手伝いにやって来たが、その中には、明らかにどこかで忍びとしての訓練を受けていたらしい子供たちも混じっていた。

――この家は少し大きめにせねばなるまい。駿河でやってきたことの繰り返しをここでやることになりそうだな……。

そう思いながら、千吉はすでに仕事の手順を彼らに説明していた。

やがて、仕事の合間に「休憩だ。遊ぶぞーっ」という千吉の声が響くと、それに続く子供たちの「おーっ」という、駿河とは少し違った歓呼がこだまするようになった。

十日ほど経って、休憩時に、子供たちと鳥の鳴き声を真似ていた千吉は、突然立ち上がって子供たちを制した。

「シーッ、静かに」

子供たちは静かになったが、本物の鳥はあちこちで鳴き続けていた。

「聞こえるか、あの鳴き声が……。二羽……二羽だ！」

千吉は、手を口に当てると、ヒヨドリの声を真似てから一瞬待った。どこかで二羽のヒヨドリがそれぞれ二度答えた。

「間違いない、あいつらだ！」

千吉は走り出した。

やがて飛んだり跳ねたり、地面に転がったりしながら、尭と庄太と千吉が現れた。

「お前たちの先輩のお帰りだ」

子供たちは、二人を取り囲んで四方から叫んだ。

「お帰りなさーい」「お帰りなさーい」

「遅かったじゃないか、心配したぞ」

「俺は蝦夷《えぞ》に行っていたんだ。そこは遠いんだぞ。それに信長亡き跡の京の様子を少し見てきた」と堯が云うと、

「俺は奥羽から戻ってきた。俺も京の情勢を探りに行ったんだが、そこで堯に出逢ったのさ」庄太が加えた。

そのとき息を切らして駆けつけた真紗が立ち止まると、はずんだ声で云った。

「お帰りなさい……」

「真紗……よかった。無事だったんだね」

「あなたたちも……」

真紗は涙ぐみながら、嬉しそうに笑った。

堯と庄太はひと息ついてから、紘平のことを聞かされ、うなだれてしまった。

「伊賀の制裁か……俺たちのために……」

「そうだ。真紗は一部始終を見ていたらしい」

千吉はそれ以上二人の心を掻き乱すことを避けたくて、制裁の主犯であった六蔵のことについて語ることは控えた。

紘平と勇吉の小さな墓の前から、いつまでも動こうとしなかった堯と庄太が、自分たちの取った道

とその過程について語り始めたのは、夜が更けてからだった。千吉が無言橋で知らぬ者に助けられたことを話すと、尭が、背中に残る二つの矢の傷跡を見せながら云った。

「紘さんは、俺たちの先輩である自分の弟子をあちこちに配置していたらしいのだ。俺を救ってくれたのもそのうちの一人だったらしい。彼らの全ては織田軍と戦って命を落としたものと思われるが……」

話はいつまでも終わる気配を見せなかった。

働く者の数が増えて、家の骨組みができ始めたとき、屋根の柱を持ち上げていた者の一人が桁外《けたはず》れの大声で「どっこいしょ」と云った。

その男に目をやった千吉は、一瞬呆れていたが、次に腹を抱えて笑い出した。

「錬！　そこで何をしている。生きていたのか……こん畜生、心配させやがって」

その声を聞いてやってきた庄太と尭が、錬に飛び掛かった。

「錬、本当に生身か？　生きているのか？」と云いながら、錬を思いっきり叩いたり突いたりした。

子供のようにはしゃいでいる四人の忍びを見ていた孤児たちは、目を見合わせながら囁いていた。

「……あれで忍者か？」

予想通り、錬は紘平と勇吉の死を知っていきなり立った。しかし、彼は何も云わず、林に向かって駆け出しただけだった。やがて四人の耳に、錬のわめき声と、棒で木を叩くカーン、カーンという音が伝わってきた。

遼次はいつまでたっても姿を見せなかった。

そのことを誰も口にすることなく日が過ぎていったが、そのうちに家が少しずつ形を見せてきた。道場のような大部屋が加えられて、孤児たちは、近くの村からもやってきて、勝手にそこに居つくようになっていた。そのために、中には手に負えない子もかなり見られたのだったが、忍びの訓練を受けていたほかの子供たちに、見事に制御されて、道場には適当な調和が保たれているようだった。

織田軍が攻めてきたときに不在だった忍びたちも、三々五々と伊賀に帰ってきたが、しばらくすると、その殆どがどこへともなく再び姿を消していった。

蝉時雨《せみしぐれ》の降る午後、林の池で汗を流していた千吉は、突然水から飛び出した。

そして家の近くで見つけた真紗に向かって叫んだ。

「真紗！　あっちだ、走れ！　走るんだ」

一瞬、何が起こったのか分からずにポカンとして千吉を見ていた真紗は、「あっ」と云うなり、気が狂ったように走り出した。

遠くで「兄ちゃん！」「遼兄ちゃん……」という声を聞いたとき、千吉は心の中で叫んだ。「やっぱり俺は、新介の云った通り、とてもとても仕合わせな人間なのだ！」

そしてニッコリと笑って、近寄ってきた錬と尭と庄太と肩を抱き合った。

自分の命を犠牲にして、紘平は「死ぬな」と云って五人を逃がした。その言葉を守り、生きて帰って来た五人は、今、鬼灯の前に集まっていた。

長い黙祷の時が過ぎた。それは一人ひとりが胸に秘めた思いを紘平に伝えた時間だったのだろう。

「鬼灯が見事に熟れている……」庄太が云った。

「そうなのか……あの赤い袋は紘さんだったのだ……」千吉が云った。

「そうだ。中にあった、ちっぽけな俺たちを育ててくれた紘さんだったのだ……」錬が云った。

「こんなに赤く美しくなれ……と囁きながら育ててくれた……」庄太が云った。

「そうだ、死ぬまで実を守り続けるこの花萼こそが、紘さんの魂だったのだ……」尭が云った。

「この小さな袋の中には、俺たちがこれから見出さねばならない、果てしなく深遠で豊かな世界が息づいているのだ……」千吉が云った。

「あの中でこれからも、紘さんと俺たちとの美しい秘話が語り続けられるんだ」遼次が云った。

「黙れ、もう食えなくなるではないか」錬が云った。

伊賀、沼津村の五人の忍者たちはその後、戦乱が残した親のない子たちを育てながら、駿河と伊賀の道場を結んで、技を磨かせ、友好を深めることに力を注いだ。

彼らは、信長の死後将軍となった羽柴秀吉側にも徳川家康側にも付こうとせず、関が原の戦いには勿論、大阪冬の陣にも夏の陣にも加担しなかった。

ただ、江戸幕府が敷かれ、国から戦乱が姿を消すと、服部半蔵との繋がりができて、幕府内の問題解決に何かと彼らが駆り出されるようになった。そうしたことから、二つの道場で育て上げられた若者の多くは、江戸城下の治安を警護するようになり、同心としても活躍するようになった。


しかし、千吉、遼次、庄太、尭、錬の五人は、幕府や大名に仕えることはしなかった。

彼らは日本中の捨てられた子供たちを支えながら影のように生き、自然の秘密を探る隠密となり、人間の中に潜むあらゆる能力の可能性を極めるための訓練を終生止めることはなかったのであった。


ひとこと、五人がそれぞれ良い父親となったことを付け加えておく。森を走り回る千吉の二人の子を見守る母親の真紗の顔から笑顔が絶えなかったのも今は遠い昔となってしまったが……。

緋色《ひいろ》の絆

「息をしていないようですよ……」

「やはり死んじまったのかな……」

「よっぽど打ち所が悪かったものと見える」

「まだ若いのに、運がなかったのだね、かわいそうに……」

そんな声が遠くから聞こえてきたとき、友紀《ゆき》はぼんやりと目を開けた。

「や、目が開《あ》いたぞ、生きている。生きていたんだ」

「よかった、よかった。これで一安心だ」

それからしばらく周りで人のガヤガヤと騒ぐ声を聞いていた夕紀は、動こうとして激しい頭痛に襲われ、顔をしかめた。

「娘さん、大丈夫ですか?」

友紀は尋ねた人に「はい」と答えたが、どうしたわけか声が伴わなかった。


それからどのくらい経ったのか、再び夕紀が目を開けたときは、人のざわめきはなくなっており、深い静けさが周りを包んでいた。

「まあ?……」

夕紀は思わず息を呑んだ。頭の上に、びっくりするほど美しい若者の顔が見えたからだった。

——夢……?

そう思って、またゆっくりと目を閉じたとき、声が聞こえた。

「気がつかれましたか」

——夢ではない。

「……は、はい」

夕紀は半ば夢見心地で起き上がろうとしたが、男が両手でそれを阻止した。

「しばらくは、そのまま動かないでいてください。医者さんからそう云われております」

「医者？……」

「そうです。一刻《いっとき》ほど前、あなたはこの近くで事故に遭われたのです。突然坂の上から暴走してきた大八車を避けようとして身をかわした私が、そのはずみに、そばを歩いていたあなたに強くぶつかってしまいました。そのため、よろめいて倒れたあなたは、道脇に突き出ていた岩に頭をぶつけ、そのまま意識を失ってしまわれたのです」

「まあ……そうでしたか」

夕紀は、障子を通して入って来る午後の光がやんわりと照らす部屋の中を見回した。

「ここは……」

「私の家です。すぐにここまで近所の人と一緒にあなたを抱え込んだというわけです。汚い所ですが、すっかり元気になるまで、どうぞここで養生していってください。私にできる限りのことは何でもいたしますから」

「……ご親切にどうもありがとうございます。けれど、私はもう大丈夫です」

夕紀はそう云って布団の上に起き上がり、立ち上がったが、ひどい眩暈《めまい》に襲われてすぐにストンと尻餅をついてしまった。

「ほら、まだ動いてはいけないと云ったでしょう」

「いえ、本当にもう大丈夫です。私は家に帰ります」

夕紀は座り直すと、両手を揃えてお辞儀をした。

「大変ご迷惑をおかけしました。ではこれで」

「どうしてもお帰りになるのですか。それでは私がお連れしましょう」

そう云うと若者は土間に下りて、草履を履く夕紀を手伝い、抱えるようにして戸口まで連れていった。

「本当に大丈夫ですか」

「はい」

「私は清七と申します。まったく申し訳ないことをしてしまいました」

「いいえ、あなたが悪いのではありませんわ。私は……私の名は……あら？」

夕紀はピタリと立ち止まった。

「私の名前は……」

夕紀はきょとんとして清七を見た。

「私の名前は……何でしょう？」

とたんに二人は顔を見合わせて笑い出した。

笑ったあと、真顔に戻った友紀は考え込んだ。しかし、どう努力しても、自分の名前が出てこない。

友紀は困ったように首を傾げていたが、もう一度「あら……」と云った。

「私の家……家は……どこでしたっけ……」

おどけるようにそうは云ったものの、友紀はもう、不安そうな顔を隠さなかった。

「ほら、だから云っております。あなたは記憶を失われたのです」

「転んだぐらいでそんなことが起きるはずが……」

「今のあなたがそのいい例ではありませんか。頭を強く打つと、往々にしてそういうことがあるのです。だから記憶が戻るまでここに居てください。毎日医者さんに来てもらいますから」


結局、友紀は清七の家に厄介になることになってしまった。

記憶を失ってはいても、その頭のどこかには、見も知らぬ若い男の家に若い娘が転がり込むことを躊躇《ちゅうちょ》するぐらいの分別は残っていたのだが、友紀の頭はかなり朦朧《もうろう》としていたばかりか、時折激しい頭痛に襲われていたのだった。それに何より、帰る家の在処《ありか》が分からないのでは闇雲にそこを飛び出しても路頭に迷うのが関の山であることは、清七に繰り返して説得されるまでもなかったからであった。

清七は様子が心配だからしばらくは仕事を休むと云ったが、友紀はそれを拒んだ。

「とんでもないことです。私の頭はおかしくなったかもしれませんが、身体はこの通りまったく問題がありません。お願いですから、どうぞ安心してお出かけになってください。私はここでじっと寝ていることを誓いますから」

清七はまだしばらく渋っていたが、友紀に向かって、自分の留守の間は決して起きないようにと再三念を押して出ていった。


空腹のときのためにと、清七が置いていってくれた二個の大きな柿を眺めながら、友紀は呟いた。

「何て親切な方なのでしょう。美男であるばかりでなく、これほど優しい人にこうしてお世話になれるなんて、まさに不幸中の幸いとしか云いようがないわ。それにしても、私は一体どこの誰なのかしら。家族が心配しているとしても、帰る術《すべ》はなし……。困ったことになってしまった」

友紀は記憶を取り戻そうと努力を重ね、長い間熟考した。

倒れたときの友紀が持っていたものは、花模様の風呂敷に包まれた財布と小さな香袋だけだった。財布の中身は多いとはいえなかったが、決して少なくもなかった。しかしそれだけでは自分を知る手掛かりにはならない。

友紀はなおしばらく頭をひねっていたが、一行に埒《らち》が明かないことがはっきりすると、意を決して立ち上がった。

見回すと、自分が寝かせられていた六畳の間には、壁際に寄せられた仕事机らしいものがあり、その上に、造りかけの櫛《くし》だの簪《かんざし》だのが雑然と載っていた。

——あんなにきれいな人だから、清七さんはどこぞの役者さんではないかと思っていたけれど、実は錺職人《かざりしょくにん》さんなのかしら。

そう呟きながら、友紀はまず炊事場に行った。近くに落ちていたよれよれの帯らしいものを拾って襷《たすき》にすると、見事に散らかった器や、食べ残りがこびり付いている鍋などをあっという間に洗って片付け、部屋の掃除も済ませてしまった。

左手にある襖を開けてみると、布団や着物が乱雑に放り込まれ、物置同様になっている三畳ほどの部屋があった。そこを片付け、掃除をしているうちに、頭も先刻よりはずっとすっきりしてきた。

物置が部屋らしくなってくると、友紀はそこに布団を敷いて、仕事を終えた。ひと息ついた友紀は、それから襷をはずして身を整え、家を出ていった。

そして近辺の道を当てもなく歩いてみた。こうして彷徨《ほうこう》していれば、自分を知っている誰かに出会えるかもしれないし、住んでいた家ぐらいは思い出すのではないかと思ったからである。しかし、何一つ見覚えのある場所はなかった上に、誰一人として友紀に言葉をかけてくれるようなこともなかった。

——私はどうやらこの界隈の者ではなさそうだわ。明日も記憶が戻らないようなら、方角を変えて少し足を延ばして歩いてみよう。

夕暮れ近くになってあわてて帰って来た友紀は、清七の家に飛び込むと、途中で買ってきた野菜と魚で、夕飯の支度を始めた。

「居候は居候らしく……と。それにしても記憶を失っていながら、考えたり話したりすることはちゃんとできて、襷のかけ方や料理のやり方まで忘れていないなんておかしな話だわ。世の中には道理に合わないことがかなりあるものらしい。はい、でき上がり」

独り言を云い終えたとき、戸が開いて清七が入ってきた。

あわてて布団に潜り込んだが少し遅かった。

「起きていたのですか。あれほど云っておいたのに……あれ？　いい匂いがする」

清七は小さくなってかしこまっている友紀を見て笑い出した。

「これから蕎麦でも取りに行ってこようかと思っていたのですが」

「余計なことをしてしまいましたかしら」

「とんでもない。実を云って、こんなに嬉しいことはありません」

それから二人は向かい合って楽しげに食事をしたのである。

「ふむ、旨い。本当に旨い。あなたは料理がとても上手ですね」

「はあ?……そうですか?　ひょっとしたら、私はどこかの飯炊き女なのかもしれませんね」

清七は食べることに夢中で、ちらっと友紀を見上げただけだった。

食事が終わったときに初めて、清七は部屋や炊事場の変化に気がついた。

「あちこちがきれいになっていますが、私はそんなことをあなたにさせるためにここに引き止めたのではないのですよ」

「……はい、分かっております。すみません」

「それにしても、掃除の行き届いた家というのは気持ちがいいものだなあ」

「ひょっとしたら私はどこかの下女だったのかもしれません」

清七は苦笑して云った。

「私があなたの髪型がいいと云ったら、『私は髪結い女なのかもしれません』と云い、あなたの着物の柄がいいと云ったら『私は染め屋の娘かもしれません』と云うのでしょう。気持ちはよく分かりますが、いい加減に自分のことを詮索するのを止めてはいかがですか。全て記憶が戻らないかぎり、どうにもならないのですから。それより、名前がないのは不便ですから、仮の名前をつけませんか」

「はい」

「私につけさせてください。あなたに合う名前は……そうだな……ふむ」

清七の美しい目が自分の上にじっと止まったとき、夕紀は、思わず竦《すく》み上がってしまった。清七は、優男《やさおとこ》らしい美しさのみならず、時として、驚くほどの男らしさがさりげなく顔を覗かせる魅力を併せ持っていたのだった。

「『お琴』……『お藤』……『お鈴』……などどうでしょう？」

「はい。どれもきれいな名前ですね。お考え通りにしてください。実を申しまして、私は鏡を持ち合わせておりませんでしたので、自分がどういう顔をしているのかもまだ見ておりません。何とも掴み所のない話ですから、掴み所のない名前で結構です」

「掴み所のない名前？　そいつは面白い。ちょっと待ってくださいよ。『霞』、『霧』、『夕霧』、『影』……『千影《ちかげ》』、『露《つゆ》』、『朝露』ね、……ほら、色々ありますよ。そうだ、『千影』がいい、これはあなたにぴったりの名前だとは思いませんか。そうしましょう。あなたを『千影さん』と呼ばせてもらっていいでしょうか」

「はい。どうぞ」

どちらかというとあまり頓着のない友紀の返事だったが、清七はそれに気づかぬくらい、自分のつけた名前に満足しているようだった。

清七はもう一度友紀をじっと見ると立ち上がり、何を探すためか、左手の襖を開けた。きちんと片付いた部屋を見て驚いた彼は、自分がやろうとしていたことを忘れて立ち止まり、溜息をつきながら振り返った。

「ここまで……」

「申し訳ありません。手持ち無沙汰だったものですから……」

友紀は謝った。

「こんなことをされると、私は何だか独り者でないような気がしてきます」

「今後、気を付けます」

「勘違いしないでください。怒っているのではありませんよ」

「あの……」友紀は口ごもった。

「何ですか」

「今日から記憶が戻るまで、その部屋で寝させて頂いてよろしいでしょうか」

「とんでもないことを云わないでください。私が傷つけた人をこんな所に押し込められるとでも思っているのですか」

「でも、そこはちゃんとした部屋ですが……」

「駄目です」

「はあ……」

友紀は逆らわなかった。急に疲れが出てきて頭痛がし始め、問答するのが辛《つら》くなってきたからだった。

清七は友紀に食事の後片付けをさせなかった。友紀は深く頭を下げて礼を云ったあと、素直に布団の中に身を横たえた。

清七は盆に載せた薬のようなものを運んできて、友紀の枕元に置いた。

「医者さんがくれたものです。この薬を飲んでください。私はこれからちょっと残った仕事を仕上げるために出かけてきますので、先に休んでいてください」と云って出て行った。

清七が帰ってきたのは、かなり夜が更けてからだった。彼は、音をたてないように注意しながら入って来ると、入り口を照らしていた小さな燭台を取って三畳の部屋に退がり、そっと襖を閉めた。

寝た振りをしていた友紀は、「おやすみなさい」と聞き取れないような声で呟いたのだったが、襖の後ろからはっきりとこだまが返ってきた。

「おやすみなさい」


翌朝、清七は友紀の用意した朝食を嬉しそうに食べた後、幾らかの銭を置いて仕事に出かけた。

「いくら私が掃除も食事の用意もするなと云っても、あなたは云うことを聞かない人のようですから、無駄なことは云いませんが、動き過ぎると治りが遅くなりますよ。それに、今日も医者さんが来ることを忘れないでいてください」

「はい。お気を遣っていただいて恐縮です」

清七が出かけたあと、間もなく医者が来た。

「記憶はいつ戻るかはっきり云えませんが、ほかに身体の異常は見当たらないようですから、あまり気にしないことです。ゆったりとした気分で、しばらくここで清七さんの世話になっていればいいのです。あの人も喜びますよ」

医者を戸口まで送りながら「気分はとてもいいようですから、今後はご足労いただく必要もないかと存じます」と往診を丁寧にことわりながら礼を云った。

そして、医者の帰ったあと、「ゆったりとお世話になってばかりもいられないのでございます」と呟きながら外に走り出た。

その日は少し方角を変えて、人通りの多い寺町、飲食街、表店から裏店、しもた屋などの並ぶ路地から長屋の奥、町はずれや雑木林の中まで、自分の顔を幾分人目に晒すようにして散策して回ったが、何の収穫もなかった。

——ここが私の住んでいた所でないとすると、なぜ私はここに来たのだろう。ここで何をしていたのだろう。

いくら考えても無駄なことは分かっていても、つい問わずにはいられなかった。

清七は昨日より早く帰って来た。

「今日はとてもいい仕事ができました」

食事のあと、茶をすすりながら、清七は上機嫌で云った。

「清七さんは手職人さんでいらっしゃるのですか」

「その通り。錺師です。簪や飾り櫛を作っています」

「美しい簪が出来上がったのでしょうか」

「数日来、手こずっていた鼈甲《べっこう》の簪が、にわかに見事な形を見せて出来上がりました」

「よろしゅうございましたね」

「それが不思議なことに、あなたを見ているうちに、作りたいものが見えてきたのです」

「私を？」

「なぜか自分でもよく分からないのですが、急に幾つかの作品の案が湧いてきたのは千影さんのお陰なのです」

「まあ……」

清七は間もなく再び出て行き、昨日と同じように深夜近くになって戻ってきた。

あくる日外出した友紀は、小間物屋に寄って小さな手鏡を買った。そして人気《ひとけ》のない所でそっと鏡を取り出して覗き込んだが、がっかりして肩を落とした。

――もう少しは美人かと期待していたのに、これじゃあ……。清七さんは、なぜこんな私を見ていると簪の形を思いつくと云ったのだろう。分からない。

少なからず気抜けした友紀は、さっさと鏡をしまおうとしたが、そのときふと、左の目の下にある小さな黒子《ほくろ》に気がついた。

――確かにこういうのを「泣き黒子」と云うんだわ。ここにこれを持つ人は涙もろいと聞いたことがある。でも、こんなつまらないことはよく覚えているのに、なぜ肝心なことが思い出せないのかしら。

その肝心なことが思い出せないままに、数日が過ぎていった。

清七は、ここ二日ほどは、夜の仕事に行かなくなっていた。その分、二人が雑談する時間が増えたわけだったが、自分の過去が姿を消してしまっている友紀には話の種がなかったから、専《もっぱ》ら清七が話し、友紀は聴いたり質問したりするのであった。

「先月始めた仕事もかなりうまく仕上がりそうです」

その日も食事を終えた清七は満足そうに云った。

「それも鼈甲か翡翠《ひすい》の簪ですか?」

「いえ、珊瑚《さんご》です。普段は赤いものを使いますが、今は桃色珊瑚に挑戦しているのです」

「桃色の珊瑚ですか。きれいでしょうね。清七さんの作られるものは、主にどういう方が求められるのですか」

「色々です。下町の女たちもいますが、どちらかといえば、芸妓、役者、踊り子や師匠、大店の女将さんや娘さん、武家の奥方、娘さんなどが多いようです。花魁《おいらん》専用のものも作ります」

「まあ、花魁の簪も作られるのですか? 聞いているだけで、何かとても華やかな世界が見えてくるようです。そうなりますと、お作りになるのはどれもかなり貴重で高価なものなのですね」

「作る者は商品の値段のことはよく知らないのですが、客筋を見ているとあまり安価なものではないようです」

「形や細工はご自身で決められるのですか」

「以前は、従来から好まれて使われているものや、親方が決めたものをそのまま模倣して作っておりましたが、ここ一年ほどは、自分の思ったものを自由に作れるようになりました」

「作品は、それを飾る女《ひと》を想像なさりながら作られるのでしょうか」

「そうですね。相手の分かっている注文の場合は別として、いつもは、自分が気ままに描いた女性を頭に置いて作っています。しかし、私が好むのは、どちらかというと、非常に漠然とした女性の姿を夢見ながら作ることです」

「漠然とした女性……ですか？」

「そう。説明するのが難しいのですが、いわゆる……女《おんな》のあらゆる粋《すい》が生きているおぼろげな姿といったらよいでしょうか。そうして仕事をしていますと、作品が出来上がったとき、にわかに靄《もや》の中から思いがけない女性が形を取って姿を顕《あらわ》してくれたりすることがあります」

「まあ不思議。とても面白いのですね。女の粋……ですか。そういうものがあるのですね。殿方ならではの言葉ではあっても、少し考えてみる価値がありそうな気がします。錺職人というのはそのように自由な想像や夢の泡の中から作品を引き出すことのできる存在だったのですね。何と素晴らしいのでしょう。羨ましいかぎりです」

「千影さんは、この仕事の真の味わいが理解できるのですね」

「いえ、そこまではとても……」

清七は形のいい目を細めて微笑んだ。


それから四日後、ついに友紀は「千影」という名を返上することとなった。

清七の家の裏戸を出ると、伸び放題の草が全体を覆っている狭い空き地があった。夕方の秋風にそよぐその草の中に立ち、遠くの山を見ていた友紀はふと、キリギリスの美しい音にうっとりとして耳を傾けた。

すると、辺りにはないはずの小川のせせらぎが聞こえてきたのだった。

——キリギリス……鈴虫、草叢、小川……。このせせらぎは、我が家の裏を流れる小川の音だわ……。小川はそこから一丁ぐらいの所で伊都《いと》川に注いでいる……ああ、見える、見えてきたわ。そこは北戸町。そう、私の名は友紀。父は山科一渓《やましないっけい》という蒔絵《まきえ》師で、母は祥《さち》……。私はこの町のお武家さんの家に、父が渡しそびれていた注文の手箱を届けに来ていたのだわ。


帰って来た清七と夕べをいつものように談笑して過ごした友紀は、その夜、一睡することもことなく朝を迎えた。

翌朝食事を終えたとき、清七は友紀の様子がどことなく違うのを見て取ったらしく、しばらく黙っていたが、やがて低く云った。

「記憶が戻ってきたのですね」

「はい、やっと……。私は山科友紀と申します。住んでいるのはこの西側の丘を越えた所にある北戸という町です。私は蒔絵師の父が描き上げた手箱をこの町のお武家さんの家に届けに来て、帰るところだったようです」

「それで……もうお帰りになるのですか?」

「はい、そうできればと思っております。どうも長い間ご迷惑をおかけして申し訳ありませんでした。一方ならぬご親切に預かりましたことを心からお礼申し上げます。あなた様のような親切な方に出会っていなかったから、私はどうなっていたか分かりません。そればかりか、お陰様で、思いもかけなかった楽しい日々を送らせていただきました。どうもありがとうございました」

清七は何も云わずに友紀を見ていた。

友紀はもう一度頭を下げると、おずおずと家を出た。清七が黙りこくっているため、あたかもそこからこそこそと逃げ出してでもいるような気分になって、最後のしめくくりがつかず、困惑してしまった。

「千影……友紀さん、これを挿してみてください」

そう云いながら清七が後ろから追ってきた。差し出された手には、淡い桜色の簪が載っていた。

「まあ、これがお仕事の作品なのですね……」

「いえ、これは、あなたのために作ったものです。これを差し上げる日がなるべく遅く来てくれるようにと願っていたのですが——残念です」

友紀は驚いて清七の顔を見た。

清七は近寄ると「動かないで」と云いながら、慣れた手つきで友紀の髪に簪を挿した。

「とてもよく似合いますよ。私の思った通りでした」

「あの……」

「短い間でしたが、楽しかったですね」

美しい顔をやや曇らせて清七は云った。

「ええ、とても……」

「お元気で」

「清七さんも……どうぞおたっしゃで」

友紀はぎごちなく何度も頭を下げると、清七に見送られて、西へ向かって歩き出した。


戸を開けて家に入ると、友紀は灯を点して、誰もいない部屋に上がり、まっすぐ仏壇に向かった。そして線香を焚いて合掌した。

「父さん、母さん、手箱を届けに行った粕屋《かすや》町で、思わぬ事故に遭ってしまいました。でもたいしたこともなく、こうして無事に帰り着くことができました。守ってくださってありがとうございました。お礼を申します」

それから家の空気を入れ替えようと立ち上がったが、そのまますぐに座り直して、何を考えるともなく、ぼんやりと時を流した。

しばらくしてから、ふと思い出したように立ち上がった友紀は、姿見の前まで行って覆いを取った。

——まあ、なんて素晴らしい簪でしょう。

清七が自分の髪に挿してくれたそれは、桃色珊瑚を丸く磨いた単純なものだったが、透き通るような深みを見せる珠の美しさは目を瞠《みは》るほどで、その珠を抱いて上下に伸びる褐色の繊細な瑪瑙《めのう》は、銀杏《いちょう》の薄い葉を二枚ずらして載せた小枝となって、微妙な曲線を描きながら珊瑚の柔らかな色と形と見事に調和して、友紀の黒髪を心憎いほど引き立てていた。

「清七さん……これこそが、女の粋を知る人の作品なのですね」

友紀は鏡の中の簪を見つめながら、そっと囁やくように云った。

友紀は十八歳を少し越えていた。母を一年余り前に、父を五ヶ月前に亡くしてからは、ひっそりと独り身の生活を続けている娘だった。

父は生前、広くその手腕を認められ、多くの商人や武士に貴重がられていた蒔絵師だった。子供は三人いたのだが、上の息子と娘が、まだ友紀が生まれぬうちに流行《はやり》の病で夭折《ようせつ》していた。そのせいか、両親は友紀をことさらに大切にして、かわいがってくれたのだった。母に継ぐ父の死によっていよいよ天涯孤独になってしまったとき、友紀は生きている意味が分からなくなってしまい、自分も両親の跡を追って死ぬつもりだった。ところが、どうしたわけか死にそびれてしまった。

多分それは、友紀が独り身でありながら、決して独りでなかったせいかもしれなかった。逝ってしまったはずの父母がいつも身近にいてくれるような気がしてならず、ひどい淋しさを感じる機会がなかったのだった。

住むには、父母の残してくれた家があったし、食べていくには、父母が懇意にしていた幾つかの呉服屋の好意で、仕立物の仕事が貰えて、それで稼ぐ賃金があった。そういうわけで、倹《つま》しくとも生活には困らず、何となくその日まで生きてしまったのだった。

しかし、それは惰性によって生きてきたというのではなく、むしろ友紀の旺盛な生命力が日々の一瞬一瞬を深く味わう歓びで彼女を引きずってきてしまった結果だといってよかった。

友紀は生を取り巻く自然を謳歌するために生まれて来たような人間だったのである。そして美しいものなら、どんな些細なことも見逃さない目と心を持っていた。

彼女の記憶を取り戻すことに一役買ってくれたキリギリス一匹にしても、普段から友紀が、その鳴き声の妙《みょう》に人一倍深く感じ入り、驚嘆していなかったら、その頭は、記憶をああした形で召喚してくれなかったかもしれないのである。

記憶が戻って、無事家に帰り着いた友紀はまず、「お友紀ちゃんが神隠しにあった」と騒動していた隣近所の人たちを安心させ、しばらく消息を絶っていた仕事先に謝罪とことわりを入れたあと、いつものように張り切って新しい仕事に取りかかっていた。

「母さん、父さん、私が幼いときから好きだった針仕事は、こうして今とても役に立っています。今日また新しく仕事をくださった杉田屋のご主人は、私が魔法の手を持っていると云ってくださいました。……私にも『女の粋』というものが見えるようになったら、もっといい仕事ができるのでしょうか？」

そう付け加えた友紀は、唇を噛むようにして微笑んだ。

家に帰ってきて以来、友紀は毎夕欠かさず、家の裏を流れる小川のほとりに立つようになった。小川を縁取る草叢の中で美しい虫の音に聴き入っていると、それがまるで清七の家の辺りから聞こえてくるような気がするのである。そして目を閉じると、決まったように清七の顔がくっきりと浮かび上がってきて、友紀の胸を淡い歓びで満たしてくれるのであった。

――つまるところ、私は清七さんに想いを寄せてしまったらしいわ……。でもあんなに素敵な人に魅了されない女性がこの世にいるはずはないのだから、恥じないことにしよう。

友紀は自分の心に芽生えていたその恋が、行きずりの夢でしかないことも、清七とはもう二度と会わないだろうことも知っていた。だから友紀は、咲ききらぬままのその恋の蕾《つぼみ》を、清七が多くの女性たちと咲かせているに違いない華麗な恋の花々の陰にこっそりと置いて、誰にも知られず眺めていたいと思っていた。それだけで充分に仕合わせだったのである。

密かな恋の蕾はしかし、友紀の日常を今まで知ることのなかった輝きで潤し、着物を縫う手を変え、乙女の眼差しに一筋の恥じらいに似たものを加えていった。

その日は仕事に熱中して時間を忘れ、あわてて裏の戸を出たのは、もうとっぷり日が暮れてからだった。上弦の半月が昇っており、空一杯に広がった薄い真綿のような雲を照らしていた。すでに川岸の草叢では、秋の虫たちが鳴き声の饗宴を繰り広げていた。その澄んだ音色は、幾條もの透き通ったひらめきとなって草から抜け出し、夜の静寂《しじま》を縫っているようだった。

友紀は酔ったように聞き耳を立てていたが、そのうちいつものように目を閉じた。清七の顔が脳裏に浮かび上がってくるのを心待ちにしていた友紀は突然、はっとして目を開いた。虫の音が一斉にピタリと止んだのである。

そこには草叢を踏んで現れた一つの影があった。友紀はそれを見て息を呑んだ。

「あ、あなたは……」

「清七です。あなたに会いに来ました」

「は……この私に?……」

「はい」

きっと何かの間違いだろうと咄嗟に思ったが、胸が早鐘のように鳴り出して度を失ってしまった友紀の目は、おろおろと清七の顔と地面に映った清七の影の間を行き来していた。

「まあ、そうでございましたか、遠い所をようこそおいでくださいました。ここがよくお分かりになりましたね。さあ、どうぞこちらに……」

友紀は平静を装って、やっとのことでそう云うと清七を家の中に導いた。

二人が向かい合って座り、お茶を飲む段階になってもまだ、友紀はこの突然の再会を現実として受け取る困難と闘っていた。自分のような娘には手の届かないこうした男性は、いつの間にか、夢の中だけに存在してしかるべき人になってしまっていたのだった。

しかし、この予想外の再会という驚きから覚めきれないでいる友紀の前で、清七はもう一つのびっくり箱を開けた。

「私と夫婦《めおと》になってください」

「は……今、何とおっしゃいましたか？」

「私の妻になってほしいと云いました」

友紀は笑い出した。

「清七さんは、私をからかいにいらっしゃったのですね」

「からかってなんかおりません。私は真面目です」

清七の目を見た友紀の顔から笑いが消えた。そのとき初めて、自分がまだ清七という人間を知らなかったことに気がついたのである。友紀はまじまじと清七を見直した。

——天は二物を与えずとはこのことなのかしら。この人が持って生まれた美しさと男らしい魅力の陰には、恐ろしい脳の欠陥が隠れていたのだわ。お気の毒に——。

「突然飛び込んできてこんなことを云えば、私のことを気の触れた人間だと思われるかもしれません。それは当然です。私自身、自分のやっていることの無謀さに驚いているのですから。しかし、私は真剣です。私はあなたに恋をしてしまいました。『なぜか』などと問わないでください。それは自分でもよく分からないのですから。ただそれが真実であることは確かなのです。信じてください」

——かなり重症のようだわ。困った。どうしよう……。

清七は、怯えたように目を大きく見開いている友紀の存在を忘れたかのような勢いでしゃべり続けた。

「お友紀さん、あなたは、運命があの事故を通して私に引き合わせてくれた夢の女性なのです。私は今まで多くの女性に出会いましたが、二十六歳の今日に至るまでこんな不思議な気持ちになったことはまったくありません。そう、不思議で不可解でとてつもなく仕合わせな気持ちです。あなたなら、それを分かってくださるはずです。そうでしょう？　何だかそう思えるのです」

清七は大きくひと息ついた。

「もし承知していただけるのなら、すぐにでも、私の家に来てください。お友紀さんに家族がないことは調査済みです。私の稼ぎは悪くありませんから、私の妻になってくだされば、今やってらっしゃる縫い子の仕事をする必要もありません。ただ、私と一緒にいてくだされはそれでいいのです」

「……あの……あの清七さん。ちょ、ちょっと待ってください。私は今、頭がひどく混乱していてあなたのおっしゃることがよく呑み込めないのです。ただ、あの、ええと……私は今、この家を離れる気はありません。それから……」

「そうでしたか。構いません。そういうことでしたら私がここに越してくることにしましょう。そうだ、そのほうがいい。この家は私の借家よりもずっと広くて立派だ。そして私は仕事をここですることにします。私の仕事は店でなくてもやれるものなのですから。親方もきっと許してくれるはずです。そしてそのうちに自分の店を近くに持てばいいのです」

清七は嬉々としてしゃべりまくっていたが、ふと目が覚めたように友紀に目を移すと、やっとおとなしくなった。

「それとも、ひょっとして……お友紀さんは私が嫌いなのでは……」

「そ、そんな……」

「ほかに好きな人がいるのでは？」

「いいえ」

間髪を入れずにそう云ってしまってから、友紀はその即答を恥じ、赤面して俯いた。

清七はしばらく黙っていたが、やがて項《うなじ》に手をやりながら言葉を継いだ。

「それにしても、私はとんでもない恥知らずだったようですね。今まで私は自分のことばかり考えていたために、あなたの心を推し量る余裕がありませんでした。どうか許してください。私はひとまず頭を冷やすために帰ります。お騒がせしました」

清七は立ち上がった。

戸口を出る際、清七は振り返って云った。

「私がふざけているなどと思わないでください。今云ったことは全て、偽りのない真心から生まれた言葉です」

そして闇の中に姿を消した。

友紀は呆然として座り込んだままだった。

清七がもたらした突風によって吹き乱されてしまった友紀の頭の中は、秩序の櫛の入れようがなかった。

そうして時間が経っていくうちに、友紀は奇妙なことに気がついた。清七の頭がおかしいと断定する一方で、自分の意志におかまいなく、身体のあちこちで何かがじわじわと反応し始めていたのである。その反応は心臓の辺りまで集まってくると、そこで友紀の経験したことのない妖しげな動きを展開していたのだった。

——まさか……。私はあの人の云う興言を鵜呑みにするほどの世間知らずだったというのかしら。これが世に云う「女たらしの一手」というものかもしれないのに。

長い間、途切れ途切れの考えを繋ぎあわせていた友紀は、ふと驚いて顔を上げた。

友紀はそのとき自分が、清七のことを女たらしだとも、脳に欠陥がある人だとも思っていないことにはっきり気がついたのだ。彼は友紀の知る限りの人の中で、最も純粋で正直な人間の一人として目に映っていたし、更に呆れたことには、彼の云ったことを、自分がそっくりそのまま信じていたことであった。

——でもそうなると、どうしても一つ疑問が残る。つまり、清七さんが恋して妻にしたい相手がどうして「私」なのかということ。それは絶対に有り得ないことだもの。あの人は「なぜかなどと問うな、それは自分でもよく分からないのだから」と云ったけれど、こんな雲を掴むような話は聞いたことがない。

とすると、そこで考えられることは「勘違い」の一語に尽きるわ。そうなのだ、清七さんは誰かほかの女性に恋をして夢中になっているうちに、うっかりしてそれを告白する相手を混同してしまったのではないかしら。恋は人の心をひどく迷わせ錯乱させるものらしいから、そんなことがあったって少しも不思議はない。きっとそうなのだわ。あの人は、頭を冷やしたあとでその誤りに気がついて、蒼くなって謝りにやって来るに違いない。かわいそうに……。

友紀はやっと落ち着いてきた。そして冷たくなった茶を飲み干したあと、もう一度裏に出て月を見直し、上気した頬を涼しい夜風に晒《さら》して微笑んだ。

予想に違わず、あくる日清七はやって来た。

しかし、彼は謝らなかった。

謝る代わりに部屋の上がり框《かまち》に腰をかけると、いつまでも黙って友紀の返事を待った。

戸惑って、なす術を失っている友紀を、長い間じっと見ていた清七は、「また来ます」と云って再び帰って行った。

三日目に、清七は大きな荷物を肩に担いでやって来た。

「あなたの返事を待つ間、ここの隅で仕事をさせてください」

悠然と、荷物の中から仕事の材料を一つひとつ取り出し始めた清七を呆気に取られて見ていた友紀は、とうとう我慢ができなくなって噴き出してしまった。次いでそれが明るい笑いとなったとき、清七の嬉しそうな笑いが加わった。

「清七さん、あなたの気は……確かなのですか?」

「確かです」清七は澄まして答えた。

「そうなのですか……。では、私がご返事を差し上げますまで、どうぞ、こちらでお仕事をなさってください」


こうして清七は友紀の家に住むことになった。

記憶を失った友紀が清七の家に住み込んだように、今度は正気を失った清七が、友紀の家に住み込むことになったのだった。

——これも清七さんが正気を取り戻すまでのことに違いない。だから今度もあのときのように、二人で楽しい時を過ごせば、それでいいのだわ。

そう考えて自分を納得させると、友紀はときめく胸を手でそっと押さえた。

早速、父の使っていた四畳半が、彼の仕事部屋となった。そのほか、寝間として続きのもう一つの部屋も与えられた。そこは、友紀の父が当時、漆や、塗りの箱を置いていた、同じく四畳半の部屋だった。

そして友紀は今まで通り、六畳の茶の間で着物を縫うことにした。その茶の間は同時に二人の食事と談話の場となり、夜になると友紀は、従来からの自分の小部屋に退って寝るのであった。

清七は、店に顔を出すために、二日に一度粕屋町に戻っていたが、そのたびにどことなく沈んだ顔をして戻ってきた。それを見た友紀は、粕屋町の親方さんが、清七の無鉄砲なやり方に賛成していないせいだろうと推定していた。しかし清七は、一旦家に入って友紀の顔を見ると、たちまち晴れ晴れとした様子になり、陽気に話し、意欲を見せて仕事に取り掛かるのであった。

七日余りが過ぎた日、清七はどこからか一枚の白無垢の衣裳を持って帰ってきて云った。

「これが花嫁衣裳というものらしいです。これを着てください」

「は?……私が? 今すぐですか?」

「いいえ、三日後」

「三日後?」

「そう、祝言は三日後です」

友紀はあきれて清七を見た。

「あの……そういうことに決まったのですか?」

「はい」

あまりにも明白簡単な答えだった。

友紀はこのときも呆気にとられてしばらく清七を見ていたが、押し問答をする代わりに笑ってしまった。

「そう……なのですか」

——こんな冗談めいたお嫁入りは見たことも聞いたこともない。でも今の私に、それを拒むどんな理由があるというのだろう。お婿さんになる人は、私にはまるで似合わないほど素敵な人で、とても現実だとは思えない門出だけれど、これも人生なのではないかしら。もしかすると、今起こっていることの全てが何かの過ちで、いつか目覚める夢なのかもしれない。でも一つだけ確かなことがある。それは私が清七さんのことを心から好きになってしまったということ。だから、この人がそう望むのなら、この仕合わせを迷わず受け入れて、これからの運命を信じていけばいいのに違いない——。

友紀はやっと素直な気持ちになっていた。

祝儀の日が明日に迫った。清七はその日、朝から「今日はあちらでまだ片付けることが残っている」と云って、粕屋町に出向いたままだった。

父母や親戚のいない友紀は、祝言には何をするべきなのか分からず、形ばかりの酒や料理の準備をして、明日着る着物や足袋《たび》を揃えたあと、気もそぞろにいつもの針仕事にかかった。

清七が「私にも親がいないから二人だけの祝言にしたい」と云っていたせいで、知人にも隣近所の人たちにも何も知らせていなかった。

ところがどうしたことか、清七は夜になっても家に戻ってこなかった。借家の後始末などで忙しいのだろうと推察していたが、どこかで事故にでも遭ったのではないかという考えが一度頭をよぎってしまうと、友紀は心配で眠れなくなってしまった。

夜が明ける頃、うとうとと眠り込んだ友紀は、昼前になって目を覚ました。しかし、清七の姿は、家のどこにも見あたらなかった。

――どうしたのかしら……。

友紀は清七の身を案じて、気が気ではなかった。粕谷町と北戸町の間は五里ほどの距離がある。ほかの隣町とは違ってかなり遠い。その途中で事故に遭ったか、悪辣《あくらつ》な強盗にでも傷つけられているのではないかと、本気で恐れ始めたのである。

――この私だって思いも掛けない事故に遭ったのだから、そうしたことがあの人に絶対に起こらないとは云い切れないわ。

家の前に出て、しばらくうろうろしていた友紀は、思い切って粕屋町まで行くことにした。

急ぎ足に東の丘を目指して、粕屋町に入ると、真っ直ぐ清七の家に向かった。

しかし、その家の戸には、「貸家」という真新しい札が貼られており、人の気配はなかった。

「娘さん、その家を借りたいのかね?」

家の前に立っていると、後ろから中年の男が声を掛けてきた。

「あ、いえ……この家に住んでいた清七という職人さんを捜しているのですが……」

「ああ、あの色男かね。あの人は何日か前にここを畳んでどこかへ行ったよ。どこへ行ったかは知らないがね」

友紀はそれ以上何も尋ねず、礼を云って、元来た道を辿った。その前に粕屋町にある笄《こうがい》の店を幾つか当たってみようかとも思ったが、それは止めた。二つの町を繋ぐ道でも町でも事故らしいものがあった様子はなかったし、友紀にしてみれば、清七が無事でいてくれさえすれば、それでよかったからである。

帰りの道を取った友紀は、清七とどこかで行き違ったのではないかと思う気持に急かされて、我知らず走っていた。

しかし、息を切らして辿り着いた北戸の家には清七の姿はなく、彼が帰って来たらしい形跡も気配もなかった。

――分からない……。

友紀は部屋に座り込んで、じっと待った。

しかし清七は夜になっても帰ってこなかった。

――婚礼の日に姿を消すということは、あの人が、正気に戻ったということではないのかしら。つまり、自分の犯そうとしていた誤りに気がついたということ。それは大いに有り得ることだわ。いや、ほかには考えられない……。でも、そうだとしたら、正直に云ってくれればよかったのに。私はあの人を責めたり恨んだりはしなかっただろうに……。でもこうしたことは、面と向かってはとても云い出せないものなのかもしれない。

友紀は清七の行動を、起こるべくして起こった当然の理として、早くも受け入れ始めていた。

――この話が私にとって夢物語であることぐらい、どこかで覚悟していたのだもの……。

しかし、潔《いさぎよ》くあきらめて笑おうとした友紀の頬を、ゆっくりと一筋の涙が伝っていった。

「清七さん……」

その夜、友紀は清七の夢を見た。彼はしきりに何かを云っているのだが、それが聞き取れなかった。しかも、清七が語りかけているのが自分なのか、誰かほかの人間なのかも分からなかった。ただ、清七の手には紛れもなく友紀にくれた桜色の珊瑚の簪が握られていたのだった。

清七が姿を見せなくなってから七日が経った。

友紀は、清七とのことが悲しい夢に過ぎなかったのだと思うよう、毎日自分に云い聞かせていたが、すでに開きかけていた恋の蕾は、再び花弁を閉じることを執拗に拒んでいた。

夕方になると我知らず裏庭に出て虫の声を聞いている自分が、未練がましく清七の帰りを待っているように思えて、哀れでもあり恥ずかしくもあった。

その日、家にじっとしていることにいたたまれなくなった友紀は、気分の転換を図るために、外に出て少し歩くことにした。秋ののどかな好天気に誘われたのか、町は多くの人でごった返していた。

稲荷を祭ってある近くの鳥居の辺りまで来たとき、友紀は突然、息を呑んで立ち止まった。

「清七さん……」

人並みに揉まれるようにして東から歩いてきた清七の顔がちらっと見えたのだ。そのとき方向を変えた清七は、急ぎ足で繁華街に向かい始め、その後ろ姿しか見えなくなった。

友紀は我を忘れて、狂ったようにその跡を追って走っていたが、あわてふためいてしまったせいか、見る間にその姿を見失ってしまった。

友紀は、はやる息をおさえて立ち止まると、低く呟いた。

――分かりました、清七さん。やめます。もう追いません……。

そのとき、前方の人並みがどよめいた。

「何だ、何だ、どうした」

「これ、これ、どうなすった」

「しっかりして、娘さん」

「医者じゃ、どこかに医者はおらんかの」

「早くしないと死んじまうぜ」と云う声が聞こえてきた。

屈み込んでいる人たちの上から覗いてみると、一人の若い娘が倒れていた。

たちまち人だかりがし始めたが、皆、娘を取り囲んで騒ぐばかりだった。

友紀は人を掻き分けて近づくと、意識のない娘の手を取り、我知らず叫んでいた。

「すみません、この人をそこの私の家まで運んでくださいませんか。すぐに医者さんに診てもらいますので。頼みます」

「そうかね、あんたさんの知り合いかね。そりゃあ都合がいい」

そう云って、二人の男が娘の身体を持ち上げて、小走りに先を行く友紀の後に続いた。

運ばれてきた女を部屋に寝せた友紀は、隣家の女房にあとを頼んで、医者の元へ走った。

やって来た医者の康庵は難しい顔をして考え込んだ。

「ふむ、何とも不思議な症状ですな。それにひどい衰弱状態ですよ。こんなに立派なものを身につけているのに、何日も物を食べた形跡がありません。もしかしたら、その前に悪いものを食べるか飲むかしたせいかもしれませんが、それは本人が目を覚ましてから訊くよりないでしょう。家族は？」

「手分けをして捜してもらっています」

「どちらにしても、余命は僅かです」

「何ですって？　この方は怪我をしたわけではないのでしょう？　こんなに若いお嬢さんの余命が僅かだなんて、そんな……」

医者は何も云わず、気つけ薬のようなものを娘の鼻の辺りで動かしていたが、僅かに瞼が動き始めたのを見ると、立ち上がった。

「気がついたようです。もう少ししたら、この薬を飲ませて、粥や柔らかい物をどんどん食べさせてください。これ以上力を失えば、それが命取りとなりましょう」

「はい、分かりました」

医者を見送りながら、友紀は呟いた。

——命取り?……何て大げさな……。娘さんは、何かの拍子に、貧血を起こしただけに違いないのに。でも不思議……。この人も、あのときの私のように、道端で気を失うなんて。何かの縁としか思えない。でも私だってこんなに元気になったのだから、この人もきっとすぐによくなるに違いないわ。

病人のもとへ戻った友紀は、驚いて立ち竦んだ。

瞼と唇をピクピクさせながら眠り続ける娘の、まばゆいような美しさに初めて気がついたのである。

友紀はそのそばに座り、乱れて白い顔にかかっている漆黒のほつれ毛をそっと除けて後ろに撫でつけながら、じっとその顔を眺めた。

——私と同い年ぐらいかしら……どこかの大店《おおだな》のお嬢さんのようだけど……。

そう呟いたとき、娘の目がパッチリと開いた。輝く大きな黒い瞳が現れたが、それは何も見ていない虚ろな目だった。

「お気がつかれましたか」

娘は無言のまま頷いた。

「苦しいですか?」

答えはなかったが、その首がかすかに左右に動いた。

「びっくりなさったでしょう。もう大丈夫ですよ。安心してここでゆっくりと休んでいらしてください」

娘はしばらく無表情な目を天井に向けていたが、やがて長い睫が重過ぎるかのように再び目を閉じた。

「ご家族の方が心配しておいでかもしれませんので、お知らせしましょうか」

娘は黙ったまま顔をそむけた。

「私は友紀と申します。あなたのお名前は……?」

これにも答えは得られなかった。

娘はそれから堅く口を閉ざしたままだったが、それが記憶を失った者の沈黙ではないことを友紀ははっきりと読み取った。

それでも、娘は、夕方になってから、友紀がしつこく勧める粥をほんの少し飲み下してくれた。名前は何度聞いても云おうとしないので、友紀は心を決めた。

「お名前を云ってくださらないのなら、私が勝手に付けさせていただいてよろしいでしょうか」

娘はちょっと驚いたようだったが、すぐに頷いた。

「ええと……そうだわ。『千影』などどうでしょう。お気に召しませんか」

「ち……かげ」

「はい」

「きれい……」

「ではよろしいのですね。千影さん」

友紀は、千影となった娘の細い手をそっと握ったが、そのとき自分の頭の中を、清七が微笑みながら通り過ぎていくのが見えた。

千影はひどい衰弱のため、翌日も友紀の助けなしには満足に立てなかった。

友紀は工夫を凝らして消化のいい食べ物を次々と料理したが、千影はそのどれにも殆ど口をつけようとしなかった。

「お気に召さないのでしょうか」

「違う」

「は？」

「……私はすでに地……地獄の入り口に来て……いるのです」

「今、地獄……とおっしゃいました？」

千影は目を伏せ、唇を噛んで頷いた。

その瞬間に友紀の頭の中をかすめたのは、最近、たちの悪い「いかさま宗祖」に捉まった金持ちの娘たちが、疑わしいものを飲まされて分別を失い、家から金品を持ち出して宗祖に貢ぎ、気が狂ったあげくに姿を消すといった噂だった。

「あら、それは勘違いではございませんか？　千影さんはご存知ないのですね。地獄はここからまだかなり遠いのでございますよ。しかもあそこに行きますと、三途の川を渡るのがまた並大抵のことではないのをご存知ですか。それによほどの力がない限り、お望みの地獄の敷居をまたぐのは無理だと聞いております。ところが幸いなことに、地獄へ堂々と乗り込んでいくだけの力をつけてくれる食べ物がございましてね。それが偶然にも、まさにここに私がこしらえました特別の料理なのでございます」

不意打ちを食ったように、千影の虚ろな目が揺れた。

「もしあなたさえよければ、後ほど私が責任を持って三途の川までご案内させていただきますので、今はさあ、一箸でも二箸でもいいからこの食べ物を口に入れてください」

千影は友紀をちらっと見て、やがて低く笑った。

「あなたは変な人ね」

「あら、そうでしょうか」

友紀は千影がぼんやりしている隙に、その手に味噌汁の入った椀を押し付けて持たせながら、初めて見せてくれたその笑顔に見とれた。束の間に消え去った、美しい哀しい笑顔だった。

千影は頑《かたく》なに心の扉を開けようとしなかった。しかしこの娘の、生きることへの拒否がいかに動かぬものであるのかを知った友紀は、千影以上の頑固さを見せ始めた。

友紀は密かに戦いを布告したのだった。正体の知れない千影の絶望に、がむしゃらに対戦を挑んだのである。千影を死に追いやろうとする苦悩の原因が何であろうと、その過去や名前や素性がどうであろうと、そんなことはどうでもよくなっていた。

ただ、千影に元気になってほしかったし、生きていてほしかったのだ。だから、その目的を達成するために、友紀はどんな努力も惜しまなかった。

——千影さんは、運命が私に巡り合わせてくれた大切な人なのだ……。あら……。

友紀はその言葉をどこかで聞いたことがあるのを思い出して苦笑した。

——何かわけのありそうなこの人が、なぜか愛《いと》しく思えてならない。友達に……そう、友達になりたい……。これが私の本音なのだわ。それに、この人と一緒にいると、不思議に自分の悲しみが少しずつ薄れていくような気がするのだもの。

医者は毎日来てくれたが、診察の後には決まって、夕紀が目をそむけたくなるような意味深長な暗い顔を見せて帰るのだった。それでも友紀は希望を捨てなかった。

その日、夕暮れ時になってから友紀は何気なく云った。

「少し外を歩いてみますか？　いいものを聞かせてあげますから」

千影はいつものぼんやりした顔を宙に向けたまま、興味なさそうに頷いた。千影を支えながら裏戸を出て川辺に立ったとき、待っていてくれたかのように一匹の虫が涼しい音を上げた。

「あれは鈴虫？」千影が目覚めたように云った。

「そのようです」

「美しい音《ね》……」

千影の素直なその言葉を聞いたとき、友紀は思わず躍り上がりたくなった。

――この人の心が融け始めた。もう、あとはこっちのものだわ。

それから毎日、暮れ時になると、友紀は千影を裏に連れ出して虫の音を聞かせた。

そのうち友紀は、稀ではあったが、千影の眼差しが虚ろでなくなる瞬間を捉えるようになった。俯いて虫の音を聞くときや、夕焼けの雲を見るとき、友紀の縫う着物のきれいな模様を目で追うときなどであった。

「千影さん、ほら、新しい着物が縫い上がりました。ご覧ください。この綸子《りんず》の目の醒めるような緋色と、ぼかしの素晴らしさを……。小花の控え目な配置はただ奥ゆかしいとしか云いようがありませんわ。これほどのものは、千影さんのような美しい女性でないと、とても着こなせないのですよ。そうだわ、ためしにちょっと羽織ってご覧になりませんか」

友紀は無気力な千影を立たせて、その肩に、滑らかな絹の着物を掛けた。そしてそのまま千影の身体を後ろから抱えるようにして、姿見のある所まで導いていった。

「まあ……」

鏡の前に立った二人の娘は同時に感嘆の声を発した。

「何て美しい……」

千影は着物の見事さに打たれたように、我を忘れてじっと鏡に見入っていた。その目からはいつもの虚ろな影は跡形もなく消え去っており、代わりに燃えるような炎を宿した瞳がキラキラと輝いていた。

——なんて情熱的な目なのでしょう……。

友紀は姿見の中の千影を見ながら呟いた。

だがそのうち突然、千影の目が止まった。そして鏡の中の暗い一点を穴の開くほど凝視し始めたのである。するとその全身がわなわなと震え出し、それが止まらなくなった。千影の目は次第に大きく見開かれていき、鏡の中の友紀の背後に幽霊でも見たかような恐怖を映し出していたが、やがて震えながら、「ああ……うう」という奇妙な叫びを発して、後ろを振り向いた。上から次第に下りてきたその眼差しが夕紀の顔の辺りで祈るようにじっと止まった瞬間、千影の身体は、友紀にもたれるようにしてズルズルと床に滑り落ちてしまったのだった。

「千影さん、千影さん、しっかりして、どうなすったのですか?」

友紀はあわてふためき、崩れた千影を抱き抱え、何度も名を呼んだが、反応はなかった。

息を切らして呼びに行った医者はすぐに来てくれたが、千影の脈を測る以外は何もせず、そのきれいな顔を眺めるだけだった。

「かわいそうに、この若さで……」

「何をおっしゃるのです。発作でしょう? 今度もこの前のときと同じく、ちょっとした発作に違いありません。すぐに目が覚めます。食事もしてくれるはずです。昨日、今日と、ずっと快方に向かっていたのですから……。本当です。だから早く何とか手を尽くしてください。お願いです」友紀は我を忘れて叫んでいた。

しかし千影の容態は一気に悪化した。そして医者は手を下そうとしなかった。

千影の呼吸が乱れてきた。それを見た友紀は、途方に暮れておろおろするばかりだった。千影を失うのではないかという疑惑と恐れが、そのときになって初めて心の中に生まれてきたのだ。

——そんなはずはない……。そんなはずはないですよね、千影さん……あなたは私の友達になってくれるはずではなかったのですか……。

突然千影の口元が動いた。そこに耳を当てた医者が友紀を見た。

「あなたを呼んでいますよ」

友紀が頭を近づけると、千影は聞き取れない声で、必死に何か云い続けた。

やがて口の動きは緩慢になり、息とともに消えていった。

その唇をじっと見ていた友紀は、叫んだ。

「千影さん！　駄目、逝かないで！　逝ってはなりません。ひどい、ひどいわ……」

友紀は千影の手を取って正体もなく泣いた。

いつの間にか医者が呼んできたらしい隣家の女房が二人、自分の背中を撫でてくれているのに気づいたときにやっと、友紀は恥ずかしそうに泣き声を呑み込んだ。


友紀はそれから数日の間、近辺の人や友達の力を借りて、「姿を消した美人の若い娘さんを捜している人はいないか」と、方々を尋ね回ったが、名乗り出る者はどこにもいなかった。

名も告げずに逝ってしまった謎めいた娘を、自分の両親の墓の隣に葬ったあと、あたかも千影の眼差しが乗り移ったかのように、友紀はぼんやりとして日々を過ごした。

——千影さんは文字通り、死ぬほど苦しんでいた。それほど深い苦悩の正体とは一体どんなものなのだろう。あのときの目……怯えた目は何を意味するのかしら。やはり、千影さんはあのいかさま宗祖に魂を抜き取られた犠牲者の一人だったのだろうか……。それにしても、どこの誰かも知らないあの人の死が、なぜこれほど悲しいのかしら……。

そのとき友紀は、千影の息が止まった瞬間、自分の胸の中で、生の大切な糸がプツンと切れてしまったような印象を受けたことを思い出した。

――希望……。ああ、そうだったのだ。千影さんは私の希望だったのだわ。あの人が生きていてくれさえすれば、私も希望を持って生きていけるような気がしていたのだ。千影さんが元気になって、元通りの生活ができるようになったとき……そのときには、清七さんだって戻ってきてくれそうな気がしていた。いいえ、たとえ戻ってこなくても、そんな自分の運命を素直に受け入れられると思っていた。それが……みんな……みんな泡のように消えていった……。

涙が止めどなく流れた。

しばらくして、友紀は濡れた頬を手で拭いながら、腹立たしそうに立ち上がった。

「よく、こんなにいつまでもメソメソと泣けるものだわ。これはきっとこの泣き黒子のせいに違いない。なぜこんな厄介なものを身につけて生まれたのかしら……」

友紀は、けじめをつけるように二、三度「コホン」と咳払いをしてから、箪笥の引き出しを開け、杉田屋から手渡されていた布の一反を取り出して広げ、裁断の用意を始めた。


夜気の厳しい冷たさが地上に降りてくるようになると、川辺一帯にかかった薄い霧が、微風に吹かれて水面《みずも》を撫でる季節が来た。川縁の草は、それまで毎日美しい調べを聞かせてくれていた同居者が去ってしまった淋しさを憂《うれ》えるかのように、霧の陰でひっそりと揺れていた。

少し手を休めようと、縫いかけの着物を置いた友紀は、肩の凝りをほぐすように上体を動かしていたが、そばに白い縮緬《ちりめん》の端切《はぎ》れが落ちているのを見て、無意識にそれを拾った。手触りのいいその小布を、手の中でしばらくもてあそんでいた友紀は、見るともなくその布を見ていたが、ふと針箱の中から一つまみの真綿を取り出すと、布の後ろに当てて軽く包み込み、針で留めた。

きれいに丸く膨れた小さな球ができると、友紀はそれを持って立ちあがり、自分の部屋に行って机に向かい、細い筆を墨に浸して、筆先をゆっくりと布の表面に滑らせた。

たちまち人間の顔らしいものが生まれた。

「フフフ、かわいい……。あら、これ……これは……そう、清七さんの目にそっくり」

しばらく、自分の描いた顔に見とれていた友紀は苦笑すると、小さな頭をそこに置いて、仕事に戻ろうと腰を上げたが、なぜか急に思い直して、再び座り込んだ。

しばらくすると、茶の間の畳の上には、箪笥の引き出しから取り出された色とりどりの端切れ布が、所狭しと並べられていた。

その日以来、友紀は着物を縫うかたわらに、選んだ残り布で何かをせっせと作り始めたのだった。

人形である。それまで作ったことのないものであるだけに、勝手が分からず、思うようにいかなくて、始めは何度も失敗を重ね、作っては捨てることを繰り返していたが、少し慣れてくると、新しいその仕事がとても楽しくなり、時を忘れて没頭するようになった。

「出来たわ！」

ひと月余り経った或る日、友紀は小さく叫んだ。

目の前には、六寸ほどの、すらりと伸びた姿の人形が、明るい灰色縞の着物に暗色の帯を締め、無造作ではあるが粋に着流して立っていた。それは清七の面影と雰囲気を映した男の人形だった。

友紀は、どこからともなく突然姿を現したようにしか思えないその人形を手にして、しばらく珍しそうに眺めていたが、やがて茶箪笥の上に立たせて一歩下がり、「お久し振りでございます。清七さん」と云って、嬉しそうに頭を下げた。

それからの友紀は、針仕事をしながら、幾度となく清七の人形に目をやって微笑むようになった。

しかし、それから数日後再び、畳の上に端切れ布が散らばった。

――清七さんが淋しそう……。

そして更に一ヶ月の後、二つ目の美しい人形が出来上がったのである。

それは、裾に花模様のある、白っぽい淡黄色の着物に金襴の帯を締め、襟と裾から覗く紅《もみ》の色が鮮やかな、華麗で妖艶、そしてどこか可憐な娘の人形だった。

白いふっくらとした顔には、小さな鼻と赤い唇が微妙な突起を作って微笑んでおり、黒々とした目が妖しく光っていた。

――粋《すい》……女の粋とはこんなものなのかしら……。気づかなかったけれど、この目には、千影さんの目が宿していた、燃えるような炎と輝きがあるようだわ。

友紀は、その人形を清七の人形のそばに寄り添うように立たせて、一枚の黒塗りの台に並べて刺し込んだあと、二人を繋ぐように、緋色の小さな別布の両端をそれぞれの手に握らせた。

――これは恋する男女の道行《みちゆき》人形……。今頃きっと清七さんは、こんなきれいな女性に出逢って一緒になり、どこかで楽しく暮らしているに違いないわ。これこそが真の意味での「似合い」の男女なのだもの……。清七さん、もう私は悲しみません。これでいいのです。いつまでもお仕合わせに……。

友紀は微笑みながら二つの人形の頭をなでたあと、それを大事そうに床の間に持って行き、掛け軸の下に置いた。


寒さが一段と厳しくなり、雪が頻繁に降るようになった。

夕べの暗さが、長い夜の到来を告げたとき、友紀は灯りを点し、火鉢に炭をつぎ足して手を温め、縫い物を手に取った。しばらくして友紀は、表の戸が躊躇《ためら》いがちに叩かれるのを聞いて立ち上がった。

戸を開けると、そこには大きな荷を背負った、見知らぬ初老の男が立っていた。

「はい……?」

「こちらは川越《かわごえ》の清七さんのお宅でしょうか」

「はあ?……川越……ですか?」

「はい。簪を作る手職人の清七さんですが……」

「ああ、清七さんのことでしたか」

「私は信濃の川越から参りました友達の喜平《きへい》と申しますが、同郷の清七さんから、三月《みつき》ほど前にこちらの方に来るようにとの手紙を受け取りましたもので……」

「この住所に……でございますか？」

「はい。確か友紀様とおっしゃる方の家だと」

「友紀というのは確かに私ですが……。あの……外は寒うございます。ともかく、どうぞお入りになってください」

男は家に入ると、友紀に勧められるままに肩の荷物を下ろして部屋に上がり、火鉢のそばに座った。

友紀は急いで熱い茶を用意すると、老人の前に置いた。

「長旅、お疲れでございましたでしょう」

「ありがとうございます。ああ、いいお茶だ。清七さんはお留守のようですね」

「……は、はい。あの……只今、留守を……しております」

「清七さんからは、私のことについて何もお話がなかったのでしょうか」

「い、いえ……存じませんでした」

「私は信濃の田舎の方で、錺職人として仕事をしておりましたが、まったくうだつが上がらず……つまり、実入りがなくてやっていけなくなり、この職を止めることにしました。その際、江戸に行った同業の清七さんのことをふと思い出して、手紙を書いたのです。するとすぐに、ここに来るようにとの返事が来ましてね。『自分の店を持つつもりだから、一緒にやろう』と、嬉しいことが書いてありましたものですから、早速あちらの家や借金の始末をしたあと、こうして出てきたというわけです」

「そうでしたか……」

友紀はしばらく考え込んでいたが、やがて思い切ったように云った。

「あの……実は……まことにお気の毒なのですが、清七さんは、もう長く、ここに姿をお見せになっておりませんの。私の考えでは、もう戻っていらっしゃらないのではないかと……」

老人はびっくりして友紀を見た。

「は?……お二方は夫婦《めおと》になるはずではなかったのですか? 手紙にはそう書いてあったように覚えておりますが」

「は? はい……いいえ、ええと……それが……あの」

友紀は顔を赤らめて口ごもった。

「……清七さんは、祝言の前の日からどこかへ行ってしまわれました。前後の見境なく決められた妻帯に怖気《おじけ》づかれたか、それが過ちであったことに気がつかれたのだと思います」

「そんなばかな……」

喜平は、怒りと憐憫の混じった目で友紀を見た。

「あいつがそこまでいい加減な男だったとは……」

「違います。あの人のことを悪く云わないでください。人間は誰でも、軽はずみなことを云ったり約束したりしたあとで後悔し、それを取り消す勇気が持てずに逃げ出すようなことはありますでしょう。それはそれで、もうよろしいのです。私は当然のこととして無理なく受け入れているのですから。でも、こうなりますと……」

友紀は申し訳なさそうに云った。

「清七さんは、仕事の場を変えられたのではないでしょうか。以前清七さんが住んでいらしたのは粕屋町だったのはご存知なのですね。その町はここから東方に五里ほど行った所にあります。あの人は以前その町にある笄屋で働いていたはずですから、そこに行けば、もしかしたら、詳しいことが分かるかもしれません」

「その店の名前をご存知ですか」

「いえ、それが……」

喜平は複雑な表情をして、しばらく黙り込んだ。

「これは困ったことになりました。となると、私はこれ以上ここに長居をしているわけにはいかなくなりました。この近くにある宿屋を教えていただけますでしょうか」

「宿ですか?……。あの……あなた様さえよろしければ、お身の振り方が決まるまで、ここにいらしてよろしいのですよ。どうせ私は独りですし、お仕事がなさりたかったら、部屋もございます」

「ご親切はとてもありがたいのですが、まさか見も知らぬ私のような者が、そこまで甘えるわけにはまいりません」

「いいのです。本当に。お役に立てれば私も嬉しゅうございます。どうぞお気兼ねなくここを使ってくださいまし」

老人は、なおしばらく躊躇っていたが、遠慮しながらも、友紀の好意を受け入れることを決心したようだった。

「そのうちに、清七の奴がひょいと帰って来ないとはかぎりませんしね」

自分を慰めるようにそう云いながら荷物を解き始めた喜平に、友紀はただ淋しく微笑み返して、夕食の支度を始めるために立ち上がった。


一夜明けると、喜平は友紀に粕屋町への道順を聞いたあと、家を出ていった。

しかし、夕暮れになって戻ってきた彼は、渋い顔をしていた。

「……如何でしたか」

「以前働いていた店はもうとっくに辞めたそうで、その後の清七の消息を知っている人がどこにも見つからないんです……随分捜したのですがね」

「そうでしたか……もしかしたら、私が訪ねてくるのを懸念して、誰にも知らせず遠くにいらしたのかもしれません。そんな必要はなかったのに……」

「……お友紀さん、私はもうあいつのことはきっぱりあきらめました。誰にも頼らずに仕事を探します。ここは信濃の田舎ではありませんし、飾り職としての私の技量を買ってくれる人がどこかにいるかもしれませんから」

「そうですとも。色々当たってごらんになれば、きっと道が開けてくるはずですわ」

それから友紀は喜平に、北戸にある笄屋の店を全部挙げて、その在処を詳しく教えた。

「どうしてもうまくいかない場合には、私を同伴させてください。この町には、父と懇意にしていた人が多く、何かの助けになるかもしれません」

「ありがとうございます。そう云っていただければ、勇気が倍増いたします。明日早速、私の作品を持って、そのいくつかの店に当たってみます」

喜平は翌日、持参した簪の殆どを売ることに成功して、上機嫌で帰って来た。

「驚きました。聞いてください。三つの店の主人が、私を職人として雇うと云ってくれました。やはり、ここは都ですな。しかし、いい話には違いないのですが、どの店を選んでいいのか分からず、迷っています」

「よろしゅうございましたね。貴方様が、とても良い腕をお持ちだという証拠なのでございましょう」

その日夕紀は、いつもより念を入れてきれいに飾ったご馳走を作った。それを見た喜平は、恐縮していた。

「こんな居候に……」

「心ばかりの倹《つま》しいお祝いですが、これで我慢してください。この家に、思いがけない仕合わせが飛び込んできたようで、私もとても嬉しゅうございます」

喜平はどの店の職人にもなろうとしなかった。その代わり、友紀の家に間借りをして、そこで作ったものを、好きな店に持って行って売ることのほうを望んだのだった。

「こんな勝手なお願いは、ご迷惑でしょうか」

「とんでもありません。まるで、父か兄が家に舞い戻ってきてくれたようで、ただ、嬉しいばかりですわ」

「勿論、清七が帰ってきましたら、私はまずあいつを怒鳴りつけてから、すぐに出て行きますので……」

「はい、はい、是非そうなさってください」

友紀は笑いながら答えた。

その日喜平には、清七が使っていた仕事部屋と、その隣の四畳半の間も与えられた。

ところが喜平が仕事を始めた日、怪訝《けげん》そうな顔をした彼が茶の間に現れた。

「お友紀さん、ちょっと来ていただけますか?」

「はい。何でしょうか」

友紀を仕事場に導いた喜平は、その部屋の奥にある小さな襖戸《ふすまど》を指差した。

「今、私の材料をそこに入れようとしましたら……」

そこは以前、友紀の父が金箔や、銀箔、絵の具や筆を入れていた、作り付けの浅い押し込みだった。

その戸を開けて中を見た友紀は、「まあ……」と云ったきり、言葉を失った。

一目で金子と分かるものがぎっしりと詰まった箱が目に飛び込んできたのである。

「かなりの量ですよ」

「……これは……これは一体どういうことでしょう……私にはさっぱり分かりません」

「お父様が残されたものではないのですか？」

「いえ……そんなはずは……。となると清七さん？……でも、まさか清七さんがこんな大金を……」

「さて」

「……困りました。どうしましょう」

二人は戸惑って考え込んだ。

「申し訳ないのですが、今はとりあえず、このままにしておいていただけますか。何だか気味が悪くて、手を触れるのさえ恐ろしゅうございます」

「はい。それはかまいませんが」

以後、喜平は大金のある部屋で仕事をすることになったが、仕事に熱中して、そのことはすぐに忘れてしまったようだった。

思いがけなく舞い込んだ下宿人の存在は友紀の心を軽くしてくれた。いくら平気を装っていても、清七の失踪とそれに続いた千影の死には、どこか理解に苦しむ翳《かげ》があったせいか、胸の奥で重いしこりとなっていたからだった。

友紀は喜平のために三度の食事を用意し、着物を縫いながら、病み付きになった人形の制作を続けていた。

意外な成り行きに従った喜平と友紀は、そこに生まれていく調和の中で、穏やかで快い生活を味わうようになったのだった。喜平の仕事の評判は悪くないらしく、作品は適当に売れており、友紀が断わる下宿代も、毎月きちんと入れていた。

日ごとに、お互いの心も打ち解けてきて談笑することが多くなると、友紀は父母のことを懐かしげに語り、喜平は自分の家族のことを淋しげに語った。

「妻はもう十年以上前に病で亡くなりました。子供は息子と娘が一人ずついたのですが、息子は上方に奉公に出たきり戻ってきませんし、娘は陸奥《むつ》の田舎に片付いてしまい、遠いために最近では会うこともすっかり稀になりました」


そうして一ヶ月ほどが過ぎたとき、友紀は食事中にふと眉を顰《ひそ》めた。

「喜平さん、どうかなさいました？」

「いえ、別に」

「本当に？……。少し息が苦しそうですが……。どこか悪いのではないのですか」

「いえ、こうした息遣いは昔からの変な癖です」

「でも、一度医者さんに診てもらってはいかがでしょうか」

「そんな必要はまったくございません。本当です。それより、お代わりをしてよろしいでしょうか、お友紀さんの作るものは美味しくて食が進み過ぎて困ります……」

「あら、失礼しました。気がつかなくてごめんなさい」

あわてて受け取った飯茶碗を落としてしまった友紀は、赤くなって喜平と声を合わせて笑った。

しかし、それからの友紀は、喜平の息遣いをじっと注意深く観察するようになった。

――この人は確かに病気持ちだわ。五十五歳とはとても思えないあの老い方は普通じゃないもの。近いうちに必ず康庵先生に診てもらわなくては……。

友紀は自分が喜平のことをまるで身内の者のように見做して心配しているのに気づいていなかった。

そのうち喜平は月に一度か二度、「気晴らし」と称して、朝から晩までどこかに碁を打ちに行くようになった。そんなときは食事も外でしてくれるため、友紀はその空いた時間を利用して、近くの高園寺にある両親と千影の墓に参ったり、幼い頃からの友達に逢ったりした。

寒さがぐっと和らいできた頃だった。

蝋燭と小さな雪洞《ぼんぼり》が常よりたくさん輝いている仏壇に草花を供えてる友紀を見た喜平が近づいてきた。

「今日はどなたかの……？」

「はい。今日は母の命日なのですが、まだこんな花しか咲いておりません。でも、母は草花の好きな人でしたから、これでも喜んでくれるかと思って……」

「お世話になっているのに、私はまだ、ご両親に一本のお線香も差し上げておりません。ちょっと拝ませていただけますか？」

「勿論ですわ。そんなに気を遣われると恐縮ですが、嬉しゅうございます」

線香を燃して合掌したあと、喜平は、ふと仏壇の奥を見た。

「あそこに置いてあるのは、清七の作った簪ですか？」

「いえ、あれは、私の友達の忘れ形見です。とても立派なものでしょう？　清七さんの作られたものはこちらです」

友紀は自分の簪を抜いて喜平に渡した。

「これは素晴らしい……いつの間にか、清七はこんなに微妙な細工が出来るようになっていたんだな」

喜平はつくづく感心したように見入った。

その頃から友紀は、喜平がときどき仏壇の前に座って、蝋燭の灯を眺めているのを目にするようになり、何となく気がかりだった。

——この人は自分の寿命がもう長くないと思っているのではないかしら。

しかし、喜平は毎日元気そうに仕事に励んでいたため、友紀のそうした不安は間もなく消えていった。

暖かい春の風が、川縁の草を揺らして通ると、どこからともなくむせるような花の香りが流れてくるようになった。

そんな或る日、昼食を済ませた喜平が茶の間を出ようとして、部屋の隅にある茶箪笥の上に目を止めた。

「どれも素晴らしい人形ですね。どこで求められたのですか?」

「あら、求めるだなんて。これは全部、私の手製です。まったくの我流で人様に見せられるようなものではありませんが、作るのが楽しいものですから、自分のためだけに作っております」

「あなたが作られたのですか? 驚きました。『玄人《くろうと》はだし』というのはこのことなのでしょう。華麗であでやか、そしてどこかに幻の影を抱いているこうした人形はまだ見たことがありません」

その言葉はお世辞ではなかったらしく、喜平は一つひとつの人形を手に取って、長い間じっと見入っていた。

友紀は恥ずかしそうに頬を赤らめたが、そのとき彼の手の中にあった人形を見て云った。

「それは、私がとても心を惹かれた、或るお嬢さんを想いながら作った人形です。それは、それは美しい方でした」

「でした?」

「はい。喜平さんがいらっしゃる少し前に、私の家で亡くなられたのです」

それから友紀は、喜平に、千影の話をして聞かせたのだった。話しているうちに、友紀の目にはうっすらと涙が浮かんできた。

「仏壇に供えてあります翡翠の簪は、その千影さんのものでした。ご覧ください、これでございます」

友紀は後ろにある仏壇の奥から簪を取り出してきて喜平に見せようとしたが、思わず立ち止まって叫び声を上げた。

「喜平さん！　どうなさいました？　喜平さん！」

老人は、うずくまって、苦しそうな呻き声を上げていたのだった。

「大丈夫です……。何でもありません。すぐに治ります」

かすれてはいるが、はっきりとした語調で、喜平は友紀を安心させるように云った。おろおろしていた友紀は、しばらくして落ち着いた喜平を支えるようにして彼の部屋に連れていき、布団を敷いて横たわらせた。

「お友紀さん、医者は無用ですよ。私は医者が苦手なのです。それに、こういう発作は今までに何度もあったのですから心配なさらないでください」

喜平は笑いながら先手を打って、友紀が医者の所に走ろうとするのを思い留まらせようとした。

――発作が何度もあったから心配するな、なんてとんでもない理屈だわ。

友紀は眉を寄せたまま喜平を見ていた。

「お友紀さんが心配なさるといけませんから、しばらくおとなしく寝ています。しかし、ただじっとしているのは苦痛ですから、一つお願いを聞いていていただけませんか？」

「はい。何なりとおっしゃってください」

「あなたが作られた人形をいくつか貸していただけませんか。女の粋《すい》を集めたようなあの人形を眺めていると、仕事に夢と意欲が湧いてきます」

「はあ、あんなものでもよろしければ、喜んで。どれがよろしいでしょうか」

「どれでもかまいませんが、ここで亡くなられた方を模したもの……たしか、千影さんでしたね。あの人形の美しさには殊に深く胸を打たれました」

「承知いたしました。すぐにお持ちします」

人形をいくつか選んで老人の部屋へ戻りながら、友紀は微笑んだ。

——喜平さんは、私の人形を「女の粋を集めたような」と形容してくださったわ……。

このひどい発作が友紀の中に新たに植えつけた心配をよそに、喜平は翌日から何事もなかったように、再び仕事にかかっていた。


すでに春の北戸は花盛りだった。

花の香に誘われたように、ときどき、友紀は喜平と連れ立って蕎麦を食べに行ったり、高園寺の門前に並ぶ茶屋で、桜を見ながら団子に舌鼓を打ったりして、楽しいひとときを過ごすようになった。

その頃になると、高園寺の墓参りにも喜平が同行してくれるまでになっていた。

――この人は、仏様か両親かが私に送ってくれた福の神のような気がするわ。それにしても、どうしてこの福の神の目が気になるのかしら。あの暗い翳《かげ》はどこから来るのだろう。持病が治らないせいかしら？　それとも長く逢っていない家族を想う淋しさ？……。そうだわ、いつか二人のお子さんを、喜平さんに内緒でここに招くことができないものだろうか……。

友紀は何度か、喜平から二人の子供の住所をそれとなく聞き出そうとしたが、事情があるのか彼は自分の子のことについてあまり語りたがらなかったから、しつこく問うこともできず、あきらめるより仕方がなかった。

夏の陽射しが強くなってきた或る日、縫い上げた着物を杉田屋に届けた友紀は、汗だくになって走りながら帰って来た。

「喜平さん、喜平さん、杉田屋のご主人に木札を二枚いただきました」

「木札……？」

「はい。芝居の招待です。特別の席ですよ。今、この町の南に、あの有名な松涛座《しょうとうざ》がかかっているのはご存知でしょう？　大変な評判の……。いずれは私も行くつもりでした。私の両親は、芝居の大好きな私を、よく連れていってくれたのですよ。久し振りですわ。明日は一緒に行きましょうね」

喜平は恐ろしい雷鳴でも聞いたかのように、ピクッと顔を痙攣《けいれん》させたが、ひどく戸惑いながら、首を横に振った。

「申し訳ないのですが、遠慮させていただきます。私は芝居が好きでは……いえ、どちらかと云うと嫌いなものですから」

友紀は虚を衝《つ》かれたように一瞬唖然とした。

「芝居が嫌い……ですって？　錺職人のあなたが？　そんなばかな。信じられません。冗談でしょう？　そうに決まっています」

「いえ、本当なのです。どうぞ、誰かほかの方を連れていってください」

「駄目です。喜平さんが何とおっしゃろうと、私はあなたと参ります」

「お友紀さん。このところ私は、ちょっと具合が良くなくて……」

「分かっています。でも、お仕事には精を出していらっしゃるし、散歩もなさっているではありませんか。たとえ、少し疲れていらしても、ここから目と鼻の先にある芝居小屋まで行けないはずはないでしょう？」

友紀は頑固に辞退する喜平を、好奇心の交じった怪訝な目でじっと見ていたが、最後まであとには引かなかった。

「それに、新しい簪の案を思いつくには、つまらない私の人形を見ているより、生きた役者たちを見るほうがいいに決まっています」

翌日になって友紀は、依然として難色を見せる喜平の腕を強引に引っ張って、いそいそと芝居小屋に向かった。

松涛座の夏の興行はかなり大掛かりなもので、近くの町からも、大勢の人が詰め掛けていた。

舞台に近い席に着いたとき、友紀は喜平が目を伏せたのに気づいた。

――顔を見られたくない誰かがこの辺りにいるのかしら……。

しかし、その考えはすぐに打ち消された。喜平は舞台には顔を向けなかったけれど、周りの観衆の顔を、珍しそうに眺め回していたからだった。

「お芝居を観るのは、まさか初めてではないのでしょう？」

持ってきた団扇《うちわ》を一つ喜平に手渡しながら友紀は尋ねた。

「子供の頃にはよく観ましたが、成人してからはまったく……」

やがて、客の大喝采に迎えられて、幕が開いた。

青い縞模様の地味な着物を着た若い男の役者が、波の打ち寄せる海辺を歩く、静かな場面から始まったが、突然右手の方から、きらびやかな衣装を纏《まと》った一人の女が、狂ったように走り出て、海へと向かった。

つまり、死に場を求めて海に来た遊女と、その自殺を阻止した男との悲恋の物語が展開され始めていたのであった。

友紀は芝居を見ながら、絶えず喜平を観察していた。その喜平は、始め、むっつりと黙り込み、舞台のほうには目も向けていなかったが、次第に我慢できなくなったのか、チラチラと役者たちの動きを見るようになった。そのうち、彼は舞台に吸い付けられでもしたかのように、目を離さなくなってしまった。

――喜平さんたら、おかしな人。あれほど芝居が嫌いだと云っていたのに、あの目の輝きは一通りのものではないわ……。あら、泣いてる……喜平さんが泣いているわ。どういうことかしら。まだそんな場面でもないのに……。

芝居が跳ねる頃には、喜平は赤い目を隠すように俯いていた。

友紀は、そんな喜平を慮《おもんぱか》って、観衆が皆出て行くのを待ってから、やっと腰を上げた。

「実は私は感動するといつもこうなのです。それが恥ずかしいものですから、芝居に行くのを避けていたのですよ」

喜平は云い訳をするように口ごもった。その様子をじっと見ていた友紀は何も答えず、快活に云った。

「大福でも食べてから帰りませんか?」

「いいですね」喜平はほっとしたようだった。

そして、二人は繁華街に向かって歩き始めたのだった。

それから二日後、医者の康庵がやって来た。

「私がお呼びしましたの」

友紀は、恨めしそうに自分を見た喜平を無視したようにそう云うと、二人を残して部屋から出て行った。

康庵は帰り際に友紀をそっと呼んだ。

「心の臓です。お気の毒ですが、ひどく弱っていて、長くは持ちこたえられないでしょう。次回の発作は命取りです。気休めかもしれませんが、あとで薬を取りに来てください」

医者の後ろ姿を見ながら、友紀は呟いた。

――呆れた。よほど「命取り」の言葉が好きな先生と見えるわ。そうならないように何とかするのが医者様ではないのかしら。康庵先生は医者になる代わりに坊さんにでもなればよかったのだわ。

そして胸を張って密かに付け加えた。

――何と云われようと、喜平さん、この私がいることを忘れないでください。千影さんのときには力が及びませんでしたが、今度はきっとあなたに長生きをさせてみせますから。


友紀の努力が実を結んだのか、薬が効いたのか、それからは恐れていた発作も起こらず日が過ぎて、秋風が吹く季節となった。草叢では澄んだ虫の声が聞かれるようになり、友紀の心を悲しく揺さぶっていた。

――一年……早いもの……あれからもう一年になろうとしているんだわ。

暮れ時になると、友紀の足はひとりでに裏の小川に向かっていた。そこにじっと佇んで、虫の音に耳を傾けながら、友紀は清七のことを想い、千影を偲んだ。

そんな或る日、朝食の後片付けをしていた友紀に喜平の声が届いた。

「お夕紀さん、囲碁に行ってきます。いつものように夕食も済ませてきます」

「はい、しっかり楽しんでいらっしゃいまし」

そう答えてから友紀は、ふと眉を寄せた。

――変な声……。ひどくかすれている。そう云えば今朝は喜平さんの息遣いもおかしかったわ。大丈夫なのかしら……。

友紀は、あわてて表に走り出ると、喜平を引きとめようとした。

「あら？　いない……」

周りを見回してみると、囲碁道場のある繁華街とは反対の方向にスタスタと歩いている喜平が目に入った。

――変だわ。どこに行くのかしら。

友紀はしばらく佇んでいたが、一旦家に戻ると、手早く襷と前掛けをはずし、家の戸締りをして、気づかれないように喜平を追って歩き出した。

二つの町を通り過ごしたあと、友紀は首を傾げた。

――これは粕屋町へ続く道ではないのかしら。確かにそうだわ。でも、なぜだろう。あの人はまだ清七さんを探しているのかしら。それとも……それともすでに粕屋町のどこかで清七さんを見つけたのかもしれない。そしてときどき、私に知られないように逢っているのでは……。

そこまで考えの及んだ友紀は立ち止まった。内緒で喜平と清七が逢っているのだとしたら、絶対にその邪魔はしたくなかったから、引き返そうと思ったのだった。しかし、今にも倒れそうな老人の歩き振りを見ていると、心配で目が離せなくなり、とうとう粕屋町まで老人の跡をつけてしまった。

友紀は帰り道を急いでいた。その顔は今までに見たこともないくらい蒼白で、つく息は乱れ、渇いたその口からは、わけの分からない呟きが次々に飛び出していた。

家に着くと、友紀はそのまま井戸端に直行して、ガブガブと水を飲み、顔に、何度も勢いよく冷水をかけた。そのあと、ふらふらと部屋に上がると、茶の間にペタリと座り込んでしまった。やがてその目から大粒の涙がこぼれ始め、それは、悲しい咽び泣きとなっていった。やがて涙を拭った友紀は目を閉じて姿勢を正した。それから友紀の頭は目まぐるしく働き始めたのだった。

夜になって喜平が帰って来た。彼も井戸端に行ってそっと手足を洗っていたようだったが、縫い物を手にした友紀はそれに気づかぬ振りをして、いつものように云った。

「喜平さん、お帰りなさい。おいしいお茶が入っておりますわ」

「はい。ありがとうございます。今日は負けに負け通しでしてね、いやはや碁盤を見るのもいやになるほど、うんざりしました」

喜平は茶の間に来て坐ると、お茶を旨そうに飲んだ。

「とてもお疲れのようですが、大丈夫ですか？……栄造《えいぞう》さん」

「はい、大丈夫で……」

そこまで云って、喜平はギョッとして友紀を見た。

「……栄造？……」

「そう。栄造さん……今日は清七さんの命日だったのでございますね」

見る見る色を失った喜平の唇が痙攣したように震え始めた。

「ど、どうしてそれを……」

「はしたなく、粕屋町まであなたの跡をつけて、お墓参りの様子を見て参りましたの。そして観叡寺の和尚さんとも、少し話してきました」

そう云う友紀の目から涙が湧き出した。

「栄造さん、どういうことなのですか？　教えてください。これには何か深いわけがあるのでございましょう？」

喜平は目を大きく見開いたまま動かなかった。

「おっしゃってください。清七さんは亡くなられたのですね。間違いなく……。それを知っていながら、なぜ……なぜ、あなたは、それを私に隠していらしたのですか？」

喜平は黙ったまま俯いた。

「私は知りたいのです。大勢の職人を抱えて繁盛していた粕屋町の大きな笄屋の主人であるあなたが、なぜ職人の一人でしかない清七さんが死んだとき、突然店を畳まれたのか……。そして清七さんの死を私に隠した上に、異名を使ってまで、なぜこの家にいらっしゃったのか……。しかも、ご自分で持ちこまれた大金を私のものだと思わせる小細工をしたり、清七さんが生きていることを暗に仄《ほの》めかしたりしてまで……」

喜平は顔を上げたが、まるで舌を失くしたように口を利かなかった。

「……あなたは初めからどこか腑に落ちないところのある方でした。栄造さん、私はあの部屋にある大金があなたのものであることは存じておりましたのよ。父は私に充分な金子を別の場所に残してくれておりますし、あれが清七さんのものではないことも知っていました。清七さんがいなくなってから、手紙でも残されてはいないかと、あの部屋を隈なく探したとき、あの押し込みが空であることもちゃんと見ていたからです。それにもう一つ、私はあなたが清七さんと同郷でも信濃の出でもないことを知っていました。あなたの言葉が明らかに江戸弁でしたし、清七さんは本所で生まれ、あちこちを転々として粕屋まで流れてきた生粋の江戸っ子であることを本人から聞いていたからです」

そのとき突然、喜平が胸を抱えてうずくまると、横倒しになり、苦しそうにあがき始めた。友紀は顔色を変えて叫んだ。

「喜平さん、喜平さん、どうなさいました？　しっかりしてください。ああ、ごめんなさい。私が悪うございました」

「次の発作は命取り」と云う医者の言葉が、そのとき友紀の頭の中でワンワンと響き返っていた。友紀は大急ぎで水を持ってきて喜平の口に含ませると、あたふたと布団を敷いて老人を寝かせた。

「申し訳ありませんでした。私は許し難い愚か者でした。もう、何も知りたくはありません。ただ、ただ、あなたの病さえ良くなってくれれば、あなたさえ元気でいてくだされば、それ以外は何も要りません。私はそれだけで本望でございます。お願いです、しっかり……しっかりしてください」

友紀は子供のように泣きながら、老人の手を撫でていた。

栄造こと喜平は、悲しそうに友紀を見上げた。

「お友紀さん……私は清七のことを隠していたわけではありません。どうしても切り出せなかったのです。私はここに来てから毎日、清七の気持ちを察するようなことばかり経験してきました。清七がなぜあんなに活き活きとして嬉しそうだったのかがよく分かったのです。あなたと清七には本当に申し訳ないことをしてしまいました」

「もう、何も云わないでください。身体に障りますから安静にしていてください」

友紀は枕をそっと直して、老人の痩せた身体の上に軽い布団を掛けた。

「お夕紀さん、私は今こそ話さなければならないのです。私の命が終わりに近づいているのはあなたにもお分かりのはずでしょう」

「いいえ、分かりません。お願いですから、それ以上話さないでください」

「私の最後の我儘《わまま》です。どうぞ聞いてください」

喜平は友紀の差し出した湯のみの水を一口飲み下した。

「……清七は、私の娘に毒殺されたのです」

「毒殺？……」

「はい。清七はあなたに出逢う以前、私の娘の舞衣《まい》と恋仲でした。清七はあのとおり男前でしたから、色恋沙汰は多かったのですが、舞衣を知ったときから、我を忘れてあの子に惚れ込んでいたことは、誰の目にも明らかでした。

私にはほかに息子が一人いたのですが、簪を作ることに興味を示さず、家を飛び出してしまっていたので、この機会に、清七を舞衣と添わせて家の跡継ぎにさせてもよかろうと考えていました。それが或る日突然、彼とあなたとの出逢いによって、全てが覆されてしまったのです。

清七は私に、最近知り合った友紀という女性が好きになり、一緒になる考えであると、顔を輝かせて正直に話してくれました。私はそのとき清七の身勝手さに呆れ、憤慨して言葉も出ませんでしたが、一方で、こんな移り気な男に、自分の娘は決してやれないと思い、暖簾《のれん》は分けてやれないが、独り立ちするのも北戸に行くのも、勝手にするがいいと云って承知しました。娘には私から、『清七には、どこか遠くに新しい女ができたらしく、所帯を持つことを決めたようだからあきらめるように』と話しただけでした。私の懸念にもかかわらず、舞衣はそれを意外にあっさりと受け入れました。あの子も私と同じ考えなのだと思い、内心ほっとしていたのですが、清七の出発の前夜、祝いを兼ねて二人で別れの酒を酌み合うことに決めたと聞いたときには、正直なところ、胸が痛みました。

ところが、その日の夜になって、突然私は不吉な予感に襲われ、二人のいる座敷に駆け込んだのです。けれど、そのときにはすでに、清七は冷たくなって畳の上に横たわっていました。その近くで舞衣は虫の息で喘《あえ》いでいたのです。私は咄嗟に、娘が二人の酒の中に毒を盛ったことを悟りました。しかし、普段から酒の飲めない舞衣は、飲んだ酒を多量に吐いていたせいで、まだ息をしていました。私は娘を抱き上げて、すぐさま医者の所まで運びました。けれど、舞衣は私たちが油断をしている隙に、医者の家を逃げ出して、何処へともなく姿をくらましてしまったのです。きっと私の目の届かない所で死んだのでしょう」

喜平は一息にそこまで云ってから、苦しそうに黙り込んだ。

思いもかけなかった事実を知らされて驚き、ひどく動揺していた友紀も、苦しげに黙り込んだ。

「……そういうわけだったのですか……。でも、だったらなぜそのことをありのままに云ってくださらなかったのですか？　清七さんの死を知ることは、私にとって耐え難い悲しみには相違ありません。でも、それを知ることには、小さな救いがあるのですよ。清七さんが私を嫌って逃げてしまったのではないという、せめてもの救いが……」

「分かっておりました。私はまずそのことをあなたに打ち明けたあと、詫びのしるしに金を置いてどこかで死ぬつもりでした。それがどうしたわけか今日まで……」

「ちょっと待ってください。連れ添うはずだった清七さんを亡くした私を憐れむお気持ちは分からなくはありませんが、なぜそれがあんな大金に繋がるのかは納得しかねます。親というものはあなたのように、自分の子が犯した罪の償いをするために、繁盛していた大店《おおだな》まで畳み、死を決意するほどの責任を取らなければならないのでしょうか。勿論そんな例があるのは私だって知らないわけではありません。けれどあなたにはもう一人のお子さんがいらしたのではないのですか？　その方《かた》のことはどうでもよかったのですか?……。

それにお嬢さんは、自分のしていることが分からない幼児ではなかったのですよ。清七さんの命もさることながら、ご自分の命を絶とうとするくらい思いつめていらしたのです。いくらそれが道理をはずれた行動であっても、そんな人間の峻烈《しゅんれつ》な葛藤《かっとう》と苦悩の中には、親といえども介入する隙間《すきま》がないのではないでしょうか。どうしても責任を問われるのなら、その悲劇を呼び起こしたのが、ほかでもない、この私なのだということを忘れないでください。あなたが悪いわけではありません」

「いいえ、私のせいなのです。それは、私が今まで犯してきた人生の過ちの積み重ねが生んだ不幸の中の一つだったのです」

喜平は何度も呟き込んだあと、ゆっくりと起き上がって座った。

「その私の犯した過ちというのを聞いてくださいますか?」

友紀は黙って俯いたまま答えなかった。

にもかかわらず喜平が語ったのは次のようなことだった。


「音羽笄《おとわこうがい》」という粕屋町の店は、老舗《しにせ》であった。その店の次男として生まれた栄造が、性格の弱かった兄を押しのけてその店を父から受け継いだのは、彼が二十四歳のときだった。栄造は子供の頃から飾り職の仕事が大好きで、腕もずば抜けて良く、非常に意欲的だった。それまであまり目立たなかった老舗は、栄造が店を仕切るようになってからめきめきと評判を高め、客が増えてきた。客の数と共に、店で働く職人の数も増え、音羽屋の繁栄が動かぬものとなってきた頃には、栄造は町の名士の一人に数えられるようになっていたくらいだった。栄造は自分の成し遂げた功績を誇り、心から満足していた。

その頃、栄造は客の一人だった芙美《ふみ》という、或る武家の次女娘と結婚した。芙美は情熱的で夢見るような目を持つ、とても美しい娘だった。二人はもう一年以上前からの恋仲で、よく一緒に芝居や浄瑠璃を観に行ったり、食事を共にしたりしていたのだった。

若い夫婦の甘い生活が始まり、やがて子供も、男と女が一人ずつ生まれて、音羽屋には仕合わせが満ちていた。

しかし仕事が益々忙しくなり、店が拡大され、彼が富豪の仲間入りをすると、あちこちからの招待を受けたり、名士としての付き合いに飛び回ったりすることが多くなった。そして栄造は、次第に家族の顔を見る機会を失っていったのだった。

そんな或る日、得意客と食事をしたあと料理屋から出てきた彼は、ギクッとして立ち止まり、我が目を疑った。向かいの通りを、若い男と談笑しながら肩を並べて歩いている芙美の姿を目にしたからだった。それは栄造にとって思いもよらない衝撃だった。

そうしたことは自分の妻ともあろう者には決してあってはならない行為だった。咄嗟に彼が考えたことは、芙美が自分の信頼を裏切って浮気をしているということだった。

栄造はわけを知ろうともせず怒り狂った。そのまま帰宅して妻を待っていた彼は、芙美を激しく責め、一緒にいた相手の名をしつこく聞きただした。妻は、云い訳らしいことは何一つせずに、しばらくじっと栄造を見ていたが、それは芝居役者の蓮三郎《れんざぶろう》だとだけ答えた。

その後栄造は、最近妻が足繁く芝居を観に行っていたことを調べ上げた。芙美の芝居好きは一緒になる前から彼も知っていたし、以前は二人でよく観に行っていたから、別に驚きはしなかったが、自分に断わりなく外を出歩き、おまけにほかの男と行動していたことは、許せなかった。そのときから、彼の胸には深い疑惑が巣食うようになったのである。自分が店の繁栄のためを思って忙しく飛び回っている隙に、妻は芝居に現《うつつ》を抜かして遊び回っており、役者の若い衆と道ならぬ関係を結んでいるに違いないと堅く思い込んだ。そして、挙句の果てには、二人の子供が本当に自分の子なのかと疑うまでになっていた。

ゆるぎのない自信と激しい気性を持つ彼の中では、自分が侮辱されたという怒りだけが燃え上がっており、それからは、妻や子供を突き放して、冷ややかな目で見るようになった。そして毎日、ただ商売だけに打ち込んで、家族を無視するような生活を始めたのだった。

しかしそうした日々が続くにつれて、栄造はやり場のない淋しさに苦しむようになり、酒に溺れ、あげくは妓楼に通うまでになった。その頃になってやっと、自分の手で自分自身の首を絞めていたことに気づき始めた彼は、幾分態度を和らげた。

つまり、知らぬ間に成長して十四歳になっていた息子の精一郎に錺職を教え込もうとしたのだった。しかし精一郎は絵ばかり描いていて、簪を作ることには興味を示さなかった。せっかく未来の跡継ぎにしてやろうと身を入れていた栄造は面白くなかった。そこで、厳しくしたり、優しくしたり、色々と手を変えて、精一郎を一人前の錺職人に仕立てようと躍起になったが、さっぱり効果がないのに業を煮やした栄造は、或る日しびれを切らして息子を怒鳴りつけ、やっぱりお前は俺の子ではなかったのだとののしった。

その夜、精一郎は家から姿を消してしまったのだった。

芙美は長い間息子を探し回ったのち、悲しみのあまり病の床に臥してしまい、精一郎と仲の良かった二つ年下の妹は、兄を捜して、あちこちの町々を彷徨《さまよ》うことが多くなった。

自分の行動を後悔した栄造はその日から、同じような失敗を仕出かさないように、残った子供の舞衣を、心してかわいがるようになったのだった。舞衣はいつの間にか母親に似た、驚くほど美しい娘に育っていた。父が今までとはガラリと態度を変えて、自分に何かと気を配ってくれるようになったのを黙って受け入れていた舞衣はしかし、それまでの父の冷たい仕打ちを決して忘れてはいなかった。

舞衣は、その頃寝たり起きたりの悲しい生活をしていた母親をいたわり続けていたし、兄を想って、一人でひっそりと泣くこともあったのだった。

舞衣は十四歳を過ぎた頃から、芝居小屋に頻繁に通うようになった。舞台を観ているだけかと思っていた栄造は、娘がそこで自ら演じていることを知って驚いた。しかし、舞衣はそのことについて父の前ではひと言も触れることがなかったから、栄造は敢えて質問をするのを控えていた。

息子が出奔して以来、栄造は少しずつ、自分の犯した過ちを自覚して苦しむようになっていたが、その苦悩は、間もなく妻が死んだとき、頂点に達した。

「……今まで俺はつまらない自尊心や嫉妬のために、自分にとって最も貴重だったものを、一つひとつ破壊してきた。愛する代わりに憎み、褒める代わりに貶《けな》し、理解する代わりに愚弄《ぐろう》してきた。俺の人生は一体何だったというのか……。金？　繁栄？　名声？……。それらが一体何だったというのか。塵《ちり》ほどの価値でもあったのだろうか。見なければならぬことや聞かねばならぬことから顔をそむけ、愛を育てる手間を省き、家族が待っていたに違いない、優しい言葉のひと言も口にすることもなく、今まで傲慢さだけを支えとして生きてきた愚か者が俺なのだ……俺は、芙美のことを誰よりも……誰よりも愛していた……」

芙美は臨終の床で、「悲しいことに、私はあなた以外の男性を愛することはできませんでしたのよ」と笑い、「あの二人の子供が誰の子なのかと疑うようなあなたはとてもかわいそうな人」とも云った。

「忙しくしていたあなたには、私が祭りや芝居、そのほかの楽しい行事に何度も誘ったのが聞こえなかったのですね。世の中には楽しいことがいっぱいあるのを、あなたは忘れてしまったのでしょうか。店が栄えて名を成すことがあなたにとって大切だったのはよく分かっていました。でも、若い頃、『人間の心の綾と情愛を扱う芝居の舞台は、日常の煩わしさから私たちを解き放ってくれ、乾いた心を感動で潤《うるお》して、夢に誘《いざな》ってくれる』と云ったのはあなたなのですよ」

芙美は栄造に微笑みかけながらそう云って、この世を去った。

その言葉は、とどめの一撃となって彼を打ちのめした。耐え難い悔いと恥に悶える栄造は、身の置き所を失って、すぐさま妻の跡を追って死のうとした。しかし、自分の目の前には、母に取りすがって泣き叫ぶ娘がいた。


栄造はその日から、娘の舞衣のためだけに生き長らえようと決心した。そして、妻の言葉を反芻しながら辛い悔恨の日々を送っていたが、そのうちに少しずつ生きることの真の価値が見えるようになってきたのだった。

店を大きくすることにも名士同士の付き合いにも興味を失った栄造は、昔のように職人に戻り、自ら簪を作り始めた。亡き妻が生きていたら喜んでくれたに違いないような、そして娘が気に入ってくれるような無類の簪を作るだけ作ってから死のうと考えていた。

母を失って以来、舞衣は一日中殆ど家に寄り付かなくなった。それから数年後、十七歳になった舞衣は、名の売れた役者になっていたが、栄造は芝居小屋に行く勇気が持てず、ただ、娘がいつか自分を許してくれるのを心待ちにして、黙々と仕事を続けていた。

そんなとき、音羽屋に仕事を求めて現れたのが、清七だった。ちょうど職人の一人が病に臥せっていたので、「しばらくの間」という条件で若者を雇ったのだったが、初めぎごちない仕事をしていた彼は、栄造の指導のもとに、たちまち良い感覚と巧みな技術を身につけていった。性格の優しい男で、美男であったことから女との交際が多く、浮いた噂は跡を断たないようだったが、栄造にしてみれば、仕事さえきちんとやってくれていればよかったのだから、別に口出しもしなかった。

やがて清七と舞衣との関係を知ることとなったとき、彼はまず戸惑った。勿論かなりの抵抗はあったが、清七の舞衣への惚れ込みようと、舞衣が清七に投げかける、燃えるような眼差しを見ていると、我知らず微笑んでしまっていた。それに、我が娘がやっと笑顔を見せるようになったのも、以前より家で過ごすことが多くなってきたのも、ほかならぬ清七のおかげであることを認めないわけにはいかなかったのだ。清七と舞衣を添わせようという考えが浮かんだのはその頃だった。


それまでの舞衣はひどく孤独だった。

兄を家から追い出し、母を苦しめて早死させた父は、自分の相談相手でも支えでもあり得るはずがなかった。それ故に、幼い頃、母に連れられてよく来た芝居に救いを求めていた舞衣だったのである。

清七との出逢いは、そんな舞衣の心に希望と歓喜の熱風を吹き込んだ。初めて恋というものを知った舞衣は、それまで固く閉ざして誰にも見せなかった胸を開いた。そうして清七は、彼女が信頼する唯一の存在となり、光り輝く生命の支えとなっていったのだった。

清七に好きな人ができたと聞いたとき、舞衣は突然全てを失った。

「信頼」という鍵を手渡していた唯一の人が、それで自分の心を開いて、最も純粋なものをつかみ出してもてあそんだ末に、今、それをこともなげに放り出して去って行こうとしている残酷さに驚いた。

舞衣にとって清七との恋は、相手の交換のきく男女の遊戯では決してなく、何よりも人間同士の命を賭けた真摯な交情だったのである。数多い恋の経歴を持つ清七の性格も心の動きも想像できなかった舞衣は、たちまち底の見えない暗黒の淵に落ちていくよりなかった。

こうして舞衣の絶望の焔《ほむら》に焼かれた清七は死んだ。舞衣もどこかで死んでいるはずだった。

栄造は店を畳んだが、それはただ、店をやっていく力を失ってしまったからに過ぎなかった。自分の無謀な態度が原因で、若くして出奔した息子の消息は依然として不明のままだったから、独りになった栄造にとって、生きている意味がまるでなくなってしまっていたのである。

ただ、この世を去る前に、友紀という女性を一目見ておきたかった。未来の夫を亡くした憐れむべきその女性は、同時に、清七をたらし込んで舞衣から奪い取り、二人を死に導いた憎むべき女性でもあった。その女性に詫びようという気持ちと、厭味の一つでも云ってから死にたいという気持ちが胸の中で微妙に交錯していたのだ。

そして雪のちらつき出した或る日、栄造は粕屋町を後にした。

栄造はそこまで話すと、深く息をついた。

「私はあなたを見た瞬間に、またしても自分の考えの浅はかさを思い知らされたのです」

「…………」

「私は、夢に溢れた妻の心が見抜けなかったように、娘の苦悩も見抜けませんでした。私がもっと深い理解力と包容力のある人間であったなら、娘の心を察して、その悲しみを吸い取ってあげられたはずなのです」

深い静寂が続いたあと、友紀は云った。

「……人の胸のうちを知るのは、たとえそれが家族同士であっても、容易《たやす》くはないということなのでしょうか。私には、あなたの家族を襲ったのは全て、誤解が生んだ悲劇のように思われます。最も悲しいのは、その一人ひとりがお互いを深く愛していたことに気づいていなかったことではないのでしょうか。でも栄造さん、あなたは充分に苦しんでこられたのです。もういい加減に、ご自分を責めるのは止めてください。私の父は『苦しむというのは、愛することを知った者が払わねばならない代償なのだ』と口癖のように云っておりました。本当のあなたは愛情深く心の優しい方です。私は栄造さんを私の福の神と見做していたくらいなのですよ」

栄造は苦々しく笑った。

「とんだ福の神があったものですな」

「……やっと色んなことが見えてきましたわ。あなたがなぜ芝居を見に行こうとなさらなかったのか、舞台を見てなぜあれほど心を動かされていらしたのか、その謎も解けました」

友紀はしばらく黙っていたが、急に改まって、じっと栄造を見つめた。

「栄造さん、あなたは、ここで亡くなった千影さんが、実は舞衣さんであったことに気がついていらしたのですね」

「はい……。仏壇の中に置かれていた翡翠の簪は、確かに清七の作品だと見ておりました。その後、あなたの作られた人形の中に、舞衣とそっくりの人形があるのを見てから、千影という方の話を伺ったとき、はっきりと二人が繋がったのです」

「私の両親の墓参りに、花束を抱えていつも私についていらしたのは、舞衣さんのためでもあったのですね」

「お察しの通りです」

「今考えてみますと、舞衣さんが路上で倒れたのは、極度な衰弱によるものだけではなかったようです。あの日、通りの人混みの中に、死んだはずの清七さんに生き写しの青年が歩いていたのです。その顔を見た舞衣さんは、驚きのあまり気を失われたのに違いありません。私自身もその人を清七さんだと思って、跡を追っていたのです。けれど、突然目の前で倒れた女性を見た私は、我を忘れて咄嗟にそのお嬢さんをこの家に連れ込みました。必死に看病を始めた私は、なぜかその女性に強く心を惹かれてしまいました。けれど、その娘さんの体調が大分回復してきたと思っていた頃、縫い上げた着物を舞衣さんに羽織らせて姿見の前に二人並んで立ったとき、舞衣さんは鏡に映った私の頭を見てしまわれたのです。そこに挿してあった珊瑚の簪が清七さんの作ったものであることを知っていらしたに違いない舞衣さんは、その瞬間に私が誰であるかを悟られたのでしょう。だから、息を引き取る寸前に、苦しい息の下から私に『許して』と繰り返されたのです。舞衣さんを苦しめる原因となった私こそが許しを請うべきだったのに……。それに、清七さんをよく理解していなかった世間知らずの私は、もしかすると或る意味で、舞衣さんに救われたのかもしれないのです……。どちらにしても、舞衣さんが私の簪を見ることさえなかったら、急死されることもなく、私の看護が効を奏すことができていたのかもしれません。悔《くや》しゅうございます」

栄造は首を振った。

「あの子の余命はせいぜい二、三日ほどでしかないことを、診察した医者は断言しておりました。そんな舞衣を拾って看病してくれ、その最期を看取ってくださったのがお友紀さんであったことは、皮肉な因果だとしか云いようがないのですが、あなたの温かな心が、旅立つ娘の魂を救ってくれたものと私は堅く信じております」

「さあ……どうでしょうか」

「勿論です。ただ一つ……あの子がなぜこの町に来たのかが理解できません。清七は友紀さんがこの町にいることを私以外の者には口にしていなかったはずなのですが……」

「舞衣さんは、死ぬ前に一目お兄様にお会いになりたかったのではありませんか？」

「精一郎？　あなたは息子の居所をご存知なのですか？」

「いいえ。これは単なる憶測です。観叡寺の和尚さんと話したとき、何かの拍子に篠原という言葉を聞いたような気がしました。篠原町ならこの先西へ六里ほどの所ですから、そこへ行くなら、ここは通り道となりましょう」

「なるほど……それなら納得がいきます。ということは、精一郎は篠原町に……」

「残念なことに、私は何も存じませんの。あら、こんなに夜更けまで話し込んでしまいました。栄造さんのお具合が悪いことを知っていながら、申し訳ありませんでした。さあ、今はもう、何もお考えにならないで、ゆっくりとお休みになってください。残りは、明日聞かせていただきますわ」

友紀は老人の横たわるのを待って、布団を優しく掛け直し、行灯の火を落とすと、さっさと自分の部屋に退がっていった。


眠れないままに、何度も寝返りを打ち続けていた友紀は、夜明けを待たずに寝床を這いだした。老人を起こさないようにそっと足音を忍ばせて裏口から外に出ると、曙光の中でまだ美しく輝いている星を見上げた。

――そうとは知らず、私は清七さんと舞衣さんの悲劇の誘引となっていたのだわ。なぜこうならなければならなかったのだろう。恨めしい……。もし許されることならば……。

そのとき遠くの空に並んで光っていた二つの星が同時にスイと流れて西方のこんもりとした森の中に消えていった。

「あっ、清七さん、舞衣さん……」

星の消えた森の黒い影をぼんやりと見ていた友紀は、ふと、その森の下から一筋の光が出てくるのに気づいた。

――あら、星の光があんな所から……。

驚いて目を凝らした友紀は、やがて、それが人の持つ提灯の灯であることが分かって苦笑いをした。提灯の持ち主は、闇の中の道を、規則的に歩を進め、北戸町に近づいて来るようだった。

小さかった人影が次第に大きさを増し、その高い背と頑丈そうな肩の輪郭がはっきりしてきた頃には、提灯の灯も消えていた。やや明るさを増した曙《あけぼの》の光を通して友紀がさらにじっと目を凝らしていると、総髪を後ろに束ねた若者が次第に浮かび上がって来た。若者は道に沿って町の方角へ折れ進むところだったが、そのときふと薄闇の向こうに佇んでいる友紀に気づいたようだった。

その旅人は、立ち止まって、しばらく躊躇していたが、やがて確かな足取りで友紀に近づいてきた。

「お友紀さん……ではありませんか」

若者の声は、朝の静寂を壊さないための配慮があるかのように静かだった。

「はい。精一郎さんでいらっしゃいますね……」

友紀の声も柔らかだった。

「はい。父が……」

「ようこそおいでくださいました。お疲れでございましょう。どうぞこちらに。お父様ももう間もなくお目を覚まされることでしょう。どうぞこちらでおくつろぎください」

友紀は若者を庭に面した縁に導いて、熱い茶を振舞った。

栄造は目を覚ました。そして、寝床のそばに座って自分をじっと見下ろしている堂々とした体格の、頬に長い傷跡のある見知らぬ若者を見上げたとき、深い驚きが目の中で揺れた。

「……せ……精一郎か……」

「はい。父さん」

「……まだ、父さんと呼んでくれるのか。わしは……」

精一郎は首を振って、父を黙らせた。

「気分はいかがですか？　お友紀さんがとても心配しています」

「いや、心配するようなことはない。ほれこの通り、わしは大丈夫だ」

そう云いながら、起き上がろうとする栄造の背に、精一郎の力強い手の支えが柔らかくかかった。

寝具の上に座った老人は、息が鎮まるのを待ってから云った。

「お友紀さんの仕業《しわざ》じゃな。あの人がお前をここに呼んでくれたのじゃろう？」

「はい。観叡寺の和尚さんを通して……」

「そうか……。どれ、お前の顔を見せてくれ。わしが長い間夢にまで見たその顔を……。見違えるようじゃ。立派に育ったものだな。わしの息子とはとうてい思えない……」

二人は向かい合ってお互いの顔をじっと見つめた。

「わしは、自分の犯した過ちによって失ったものが、如何に価値あるものばかりだったかを毎日思い知らされているよ」

「もう止めましょう。後悔なら、その量と重みにおいて私と肩を並べられる人も少ないはずですから」

精一郎は右の頬に刻まれた傷跡を誇らしげに見せながら微笑んで云った。

「朝食の用意ができましたが、いかがいたしましょうか」

友紀の声が響いてきた。


和やかに三人で食事を終えたあと、栄造の寝間に寝床は運ばれて、彼の今までの仕事場は、臨時の精一郎の部屋となった。

「いつまでここにいてもらえるんじゃ？」

「はっきりしたことは云えませんが、しばらくは暇を取ってきました。ただ、お友紀さんの都合もあることでしょうから……」

「お友紀さんは理解のある人だから、わしからお願いすれば承知してくれるはずだ。我が儘だと取られるかもしれないが、わしはお前に、できるだけ長い間そばにいてほしいんじゃ」

「そしてここで、お互いに失った時間を取り戻すことにしますか？」

「そうじゃ……それができればこれ以上の仕合わせはない……」

勿論、友紀は精一郎の滞在を喜んで受け入れた。

「嬉しいことですわ。この家が一段と賑やかになります」

栄造にはもう仕事をする力が残っていなかった。その顔は、それまで友紀が見たこともないような明るい輝きに満ち溢れていたが、寝たきりの生活を余儀なくされるまでに弱っていた。

精一郎は友紀にこっそりと頼み込んだ。

「あの様子では父の命もそう長くはないと思います。ご迷惑でしょうが、父の最期を看取るまで、ここにお邪魔させていただいてよろしいでしょうか」

「はい。おっしゃるまでもございません。ただ、私は命を賭けて栄造さんの看護をさせていただきますので、お望みでなくとも精一郎さんには、あと二、三十年くらいはここに腰を落ち着けていただくことになるかもしれません」

はにかみながらも自信ありげに云う友紀の言葉は精一郎を微笑ませた。

「はい。それでは、二、三十年ほど……」


それから数日の間、精一郎は父のそばを殆ど離れようとせず、二人で何やらボソボソと話し込んでいるようだった。ときどきあきれるほどの長い沈黙が続いているかと思うと、低い苦笑いの声が部屋から漏れてくることもあった。

栄造の容態が少し落ち着いてくると、精一郎は父親が眠っている間、自分の部屋で仕事を始めたようだった。

精一郎が来た日から早くもひと月ほどが過ぎたが、驚いたことにその頃、友紀の必死の看護が、言葉通りの見事な成果を見せ始めていた。

美しく紅葉した木々の葉が散り尽くす頃には、栄造は絵を描いている息子のそばで、作りかけの簪に手を加えることさえあった。

そして、陽射しがまだ暖かさを残していた或る日、三人は連れ立って舞衣の墓参りに出かけたくらいだった。

北戸の町を散歩したいと云ってきかない老人の我が儘を聞き入れて、精一郎は二、三度父と町に出たこともあったが、寒さが厳しくなってくると、さすがに自分の体力に限界を感じたのか、栄造は再び寝たり起きたりの生活に戻った。

老人が、残り少なくなった一日一日を、じっくりと噛み締めるようにして、味わいながら生きているのを、精一郎は深いいたわりの目で見守り、夕紀は希望の目で見守っていた。

精一郎はまた、父の一番仕合わせそうな顔が見られるのが、食後、茶の間で友紀を加えて三人で談笑するときであることを見通して微笑んでいた。

老人は息子に云ったことがあった。

「お友紀さんは、あらゆる女の粋を併せ持つ人なのだ」

息子は答えた。

「お得意の『女の粋』ですか。そう思うのは勝手ですが、実際には、父さんはあの人の慎ましさの奥に、ひたむきな情熱の炎が隠れているのを見ているのではありませんか?」

栄造は一瞬戸惑って息子の顔を見たが、やがてゆっくりと頷いた。

「そうだ。その通りなのだ……。初めてお友紀さんを見た日、わしは胸が裂かれる思いがした。わしは清七を舞衣から奪って不幸を生んだ忌まわしい女の顔が見たくてここに来た。それがどうじゃ、あの人はどこまでも純真な人だった。おまけにあの人の眼差しを通して、芙美と舞衣に特有だったあのひたむきな情熱がこの目に飛び込んできたのだ。だからこうして今までずるずると……」

「分かっています……」


「ちょっと杉田屋さんまで行って参ります」

老人が眠っているようだったので、友紀は小声で精一郎にそう告げると、縫い上げた着物を持って家を出た。大分歩いてから、別に仕上げた二枚の半襟を忘れたことに気づいた友紀は、あわてて元来た道を引き返した。

そっと戸を開けて中に入り、半襟を持って家を出ようとしたとき、精一郎と老人の話す声が聞こえた。二人は仕事部屋にいるようだったが、友紀がいないと思っているせいか、襖は開け放しで、遠慮のない二人の声は友紀の耳まではっきりと届いた。その会話の中に、ふと自分の名前を聞いた友紀は、戸口まで来て立ち止まった。

「……しかし、父さん、友紀さんには友紀さんなりの趣味があるはずです。それが必ずしもあの人の気に入るとは限らないでしょう」

「いや、大丈夫だ。わしには自信がある。いいか、お友紀さんは、自分の美しさと魅力にまったく気がついていないのだ。だからあのようにいつも地味な格好ばかりしているんじゃ。わしが買ったあの着物を着たら、あの人は一変する。お友紀さんが最もお友紀さんらしい女性になるんじゃ。自分の美しさに気づくはずだ。お前もびっくりするに違いないさ。だから、今日中に、あの人が縫い上げたあの着物を杉田屋に取りに行ってくれ。いいな」

「どうしてもと云うなら行きますが……」

「何じゃ、どうした。いやなのか？　わしが選んだあの色柄が気に食わんのか？」

「そうではありません。ただ……」

「ただ……？」

「……人というのは自分の持つ美や魅力に気がつく必要があるのでしょうか。我々は誰でも、美しい人を見るとその人を高く評価してしまう傾向にあります。けれど、持って生まれた外観はあくまで外観なのであって、それがその人の人間としての価値に繋がるかどうかは疑問です。それに自分の外見ばかりに気を取られていると、人は内面の成長を忘れてしまいます。生きる困難さを通して培《つちか》ってきた、本人の気づかない、人としての奥行きこそが、人間の本当の美であり魅力なのではないでしょうか。父さん、あの人はあのままで充分に美しいとは思いませんか。飾ることなどまったく必要ないくらいに、何を着ても魅力的なのだと……」

「ふむ、そう云われれば、そうかもしれない……。お前はいつの間にか、人間の真《まこと》の姿を見抜く鋭い目を養ってきたらしい。羨ましいものだ。しかしわしは、生涯女を飾ってきた男だ。上《うわ》っ面《つら》だけのこと云われるかもしれないがな。女は誰でも美しくあることを夢見て自分を飾ろうとする。それが人情というものだ。そんな女を飾って、隠れた美しさを引き出したり、足りない美しさを上乗《うわの》せしたりするのがわしの仕事じゃった。人間としての中味なんぞはあまり問題にしなかったことが、こうしてわしの人となりを深みのないものにしてしまったのかもしれん。精一郎、それは分かっておる。しかし、わしは死ぬ前に、一度だけでいいから、お友紀さんにあの着物を着せてみたいんじゃ」

「分かりました。それほどに云うのなら、あとで杉田屋まで行ってきます……」

「……おい、精一郎、お前、お友紀さんのこと……」

「は？」

「いや、何でもない……」

友紀は足音を忍ばせて家を出た。


その日の午後、友紀は栄造からの贈り物を受けた。

「まあ、これは……私が今日縫い上げた着物ですわ。栄造さんの御注文品だったのですか？」

「そうです。この色柄が気に入ってもらえるかどうか自信がないのですが」

「大好きですわ。この彩《いろど》りは特殊で、夢幻としか云いようのない美しさがあり、わたしは、一方《ひとかた》ならぬ歓びを持って縫わせてもらった着物です。こんな立派なものを、私が戴いてもよろしいのでしょうか」

「喜んでもらえれば何よりです。お嫌でなければ、それを着た姿を私たちに見せてもらえますか?」

「勿論ですわ。只今すぐに……」

友紀は着物を持って小部屋に退がると、間もなく出てきた。

「美しい……」

溜息をつくようにそう云ったのは老人だけではなかった。

友紀は姿見の前に行って自分の姿を見たが、びっくりしたように何度も見直していた。

「これが私なのでしょうか……?」

「それこそが本当のお友紀さんなのですよ」老人は満足そうに云った。

「そう……でしょうか。これを着ていますと、何だかとても若やいで、心が浮き立つような気がいたします」

「うん、それそれ、それが聞きたかったのですよ」老人は嬉しそうに云った。

友紀はしばらく姿見の中に見とれていた。

「……存じております。私がいつも年齢に似合わない地味な格好をしていたことを……。近所の人たちにも何度か注意されましたが、私は自分に合ったものを身につけていたつもりだったのですよ。けれど今考えてみますと、私の心の中にあった或る小さなわだかまりが、どこか不自然な私を作り上げていたのかもしれません」

友紀は二人の前に座った。

「私は自分の生まれにこだわっていました。それはきっと私が遊女の生んだ娘だったからなのでしょう。ここで私を育ててくれた母は養母です。父と養母の間には二人の子供があったのですが、流行《はやり》の病《やまい》で、幼い頃二人殆ど同時に亡くなったらしいのです。その子供たちをこの上もなくかわいがっていた父は、悲しさに耐えられず、一時期、仕事を放り出して酒に溺れ、廓《くるわ》にまで通うようになりました。そのとき一人の遊女との間にできた子供が私でしたが、母はそのことを父に知らせず、一人で私を育てたのです。私が七歳の年に母は急死し、残された子供のことを初めて知った父に引き取られたのです。父も養母も、とても優しい人で、私を目に入れても痛くないほどかわいがってくれました。私は養母を実母と同じように深く慕ってきました。ただ、養母の前では、賤《いや》しい生まれが表に出ないようにできるだけ注意して、作法にかなった控えめな格好をしてきました。それがいつの間にか誇張されてしまっていたのでしょう。今、それがどんなに無意味だったことか、よく分かりました。私の母は逆境にありながら、芸事《げいごと》に長け、情の厚い素敵な人でしたし、幼い頃育ったあの花街の界隈で、自分がとても仕合わせだったこともよく覚えています。私はつまらない心の引け目をもっと早く捨てるべきでした。これからは、もっと素直な私になりたいと思っています。そう思えるようになったのは、こんなに素晴らしい着物をくださった栄造さんのお陰ですわ。ありがとうございます」

友紀は立ち上がって、藤模様の淡紅色と淡浅葱が上と下から近づき、中央に斜めにかかった霧の中で溶け合っている着物を、目を輝かせて眺めた。

北戸の夜の闇に、細雪《ささめゆき》が休みなく降っていた。

夕食後、精一郎は父と友紀の要望に答えて、自分が辿ってきた放浪の旅について語っていた。

「――家を逃げ出してからしばらくは、腹が減るたびに盗みを働きました。初めのうちはよく捕まってひどい目に遭いましたが、そのうち盗みの技《わざ》もずっと鍛錬されてきました。盗人《ぬすっと》や宿無し、ならず者たちに交じって生活しているうちに、暴力沙汰に引きずり込まれ、喧嘩を売り買いすることも稀ではなくなりました。顔や身体にある傷跡は、そのときの置き土産です。しかし、だんだんと我が身を守る戦術も覚え、腕っ節もめっぽう強くなりました。それは私に、どんな逆境の下にでも生きていけるという自信を与えてくれました。しかし、どん底で喘《あえ》いでいた自分を含めた人間たちの、果てしない弱さと哀れさを知るにつれ、私は腕力以上の力を見出していったのです。それは忍耐と情でした。外界に対してのみならず自分自身にも絶望しているはずの彼らは、ときどき驚くべき心の温かさを見せてくれました。それに気づいたとき、私は自らの防御を解き、人を信頼することを学び始めました。何よりも貴重な人間同士の繋がりが持てるようになったのは、そのときからだったと思います。

そうした浮浪の生活が四年以上続いた或る日のこと、私は一本の筆が道に落ちているのを見て、何気なくそれを拾ったのです。ついでだからと紙と墨と硯《すずり》を買い求めて、面白半分に絵を描いてみました。するとそれが病みつきになり、毎日描いているうちに、自分でも悪くないと思えるような絵が一、三枚できました。それを道端に広げて座っていると、通りかかった一人の男がその絵を高い値段で買ってくれました。私はホクホクして酒屋に走りこみ、その金でたらふく酒を飲んだあと、また描き続けました。ところが翌日、同じ買い手が再び姿を現しました。その日から私は、骨董屋《こっとう》を経営する吉衛門というその人の家で絵を描くようになったのです。次第に、私の絵を知る者が出てきたのか、今では、注文の絶えない襖や屏風などの絵も描いています」

「……わしにはお前のそんな才能さえ見抜くことができなかったのだな。恥ずかしいばかりだ……」

「いえ、父さん、そのおかげで私は羽を伸ばして、思いっきり好き勝手に生きてこられたのですよ。親が傍にいたら、あんな放埒三昧《ほうらつざんまい》に明け暮れる生活は、とてもできなかったはずです。あなたのそばで退屈な毎日を送るのが精一杯だったでしょう。そんな生活が決して教えてはくれなかっただろう多くのことを、身を通して学ぶことができたのは、この放浪のおかげです。私は今、何一つ後悔していませんし、父さんのことを恨んでもおりません。むしろ感謝しているくらいです」

精一郎の言葉には、無理のない清清しさが漂っていた。


雪の降り止んだ朝、食事に出てこない父の寝間に入った精一郎はそこに、もう二度と覚めない眠りについている父を見出した。

苦しみから解放されたようなその顔には、彼がやっと見つけたらしい安堵《あんど》の微笑が浮かんでいた。

「父さん……」

精一郎は、老人の両の手を自分の手の中に包んで胸に当て、いつまでもその顔に見入った。

北戸の高園寺で葬儀を済ませたあと、精一郎は、栄造と舞衣の骨壺を携えて粕屋町に向かった。観叡寺の母の墓の隣には、すでに栄造と舞衣の墓が並んで用意してあり、その横に清七の墓石も見られた。

西周和尚は、自分の古い友達であった栄造と、小さい頃からかわいがってきた舞衣、仲のよかった芙美、不憫な清七のために、心を込めて念仏を唱えてくれた。

「舞衣お嬢さんと精一郎さんがこの寺でときどき逢っていらしたのを、栄造さんは薄々感づいていらしたのではないでしょうか」

「はい多分……。辛かっただろうと思っています。いつまでも父を許さなかった私たちは、そのために多くを失いました。人の心の狭さというものは、せっかく与えられた仕合わせを容赦なく削り取ってしまうもののようです」

北戸に戻って初七日を済ませたあと、精一郎は出発の準備を始めた。

栄造が残した金子の大半は、友紀の提案に従って、あちこちの芝居小屋に寄贈された。

「私の力が足りなくて、まだ二、三十年延びるはずの栄造さんの命が、こんなに短くなってしまいました。無念でございます」

「あなたの驚くべき力が、とうの昔に死んでいたはずの老人の命を今まで引き延ばしてくれたのです。お陰で父はこの世を去る前に、思ってもいなかった心の平安が見つけられたようでした。深くお礼を申し上げます」

「考えてみますと、私たちは皆、不思議な絆で結ばれていたのですね。悲しくて暗い絆で……」

「不思議な宿命に導かれてここにやって来た者たちがあなたと結んだ絆は、緋色です。各々が心を燃した炎の色だったはずです」

精一郎は、微笑んでそういった。

「緋色の絆……」

噛み締めるようにそう呟く友紀に見送られて精一郎は去っていった。


濃い朝霧の中に精一郎の姿が溶けてしまうと、友紀は家に戻り、仏壇の前で手を合わせた。

「父さん、母さん、何もかも終わりました。一人ひとりと、私の人生の中に姿を現した人たちは、私の心を奪ったまま、一人、また一人と、みんな去ってゆきました。悲しい運命で私に繋がっていた人たちは、皆、素晴らしい人たちで、知らぬ間に私の心の目を開かせてくれたようです。それはきっと私を成長させ大人にしてくれたに違いありません。けれどそれは同時に、私の胸の中に大きな空洞を作ってしまいました。父さんと母さんが逝ったとき以外、独りであることを淋しいと思ったことのない私は今、云い知れない淋しさと顔を付き合わせています。胸が痛みます。これも愛したことの代償なのでしょうか……」

友紀は長い間仏壇の前を動かなかった。

やがて目を開けたとき、友紀は片手を伸ばして桃色珊瑚の簪を髪からゆっくりと抜き取り、仏壇の奥の翡翠の簪のそばに並べて置いた。

それから床《とこ》の間に行き、そこに飾ってあった道行人形を台ごと取り上げて、長い間眺めていたが、そのまま立ち上がると、人形を小さな藁《わら》の編み駕籠《かご》に入れて抱え、裏戸から出て行った。小川に近づいた友紀は、持ってきた蝋燭に火を点して人形のそばに立て、駕籠をそっと水に浮かべた。

「さようなら清七さん、私のあなたに対する心が純なものであったように、あのときのあなたの気持ちにも偽りがなかったことを信じています。でもあなたは、花から花へと飛び巡って止むことを知らない華麗な揚羽蝶《あげはちょう》のように、女の粋を求めて生涯旅を続ける宿命の人だったのかもしれませんね。ただ、あなたは、花だって傷つけば蜜を毒に変えるだけの力があることを知らなかったのでしょう。今はただ、安らかに眠ってくださることを心の底から祈っています」

ゆっくりと水面を流れていく駕籠を、友紀は合掌しながら見送った。

家に戻って裏戸を後ろ手に閉めた友紀は、しばらくぼんやりと立っていたが、やがてふらふらと歩き出した。そして気がつくと、精一郎のいた部屋の前に立っていた。

襖を開けて、そこに残っていた精一郎の匂いでも嗅ぐように、目を閉じて佇んでいた友紀は、やがて仕事机の前に座った。

「あら、忘れ物だわ……」

机の上には精一郎が描いたらしい絵の束が巻かれたまま置いてあった。友紀はそれを広げて一枚一枚丹念に見ていった。

「美しい……そして何と不思議な絵……何だかどれも、私の心の風景そのもののような気がするわ……」

十枚ほどの風景画を見終わったとき、肖像画が出てきた。

「これはきっとお母様の芙美さんに違いないわ……」

栄造の肖像画もあった。その絵の下から、舞衣の舞台衣装をまとった姿が出てきた。

「これは舞衣さんの初舞台のときのものなのかもしれない……」

そして次に出てきた絵を見た友紀は思わず頬を染めた。

「これは……私だわ。まあ、何枚も……」

それから更に風景画が数枚あったが、友紀はその見事な筆さばきと、夢を誘う景色に、我知らず溜息を漏らしていた。そして一番下にあった絵を見たとき、驚いて目を瞠《みは》った。

「あら、これは私の作った道行人形の絵だわ……」

墨の濃淡を生かして描かれた美しいその絵には、一ヶ所だけに色彩がつけてあった。それは、男女の手と手に渡された小布の鮮やかな朱色だった。

道行人形の絵をじっと見ていた友紀の目から、一粒の涙が落ちた。その一滴は友紀がそれまでこらえていた涙の激流を誘った。友紀は机に顔を伏せ、身を震わせて泣いた。なぜそれほど泣きたいのか分からないままに泣き続けた。

「友紀さん……」

友紀はその声に飛び上がって振り返った。いつの間にか精一郎がそばに立っていたのだ。

「せ、精一郎さん……。何かお忘れ物……?」

「はい、大切な……」

友紀はあわてて涙を拭いながら、顔を隠して部屋から走り出ようとした。

精一郎はその友紀の腕を強く掴んで引き戻した。

「ここにいてください」

「は?……」

精一郎は荷物を下ろし、机に向かうと、自分の横に友紀を座らせ、机上の絵の束を広げ、その中から、おもむろに道行人形の絵を取り出した。

そしてしばらくその絵を見ていたが、やがてそばにあった硯の墨に筆を浸すと、画中の男の人形の右頬に、ゆっくりと一筋の線を引いた。その動作が終わると、もう一度筆を墨に浸して穂先を整え、それを友紀の手に握らせて、ポカンとしている友紀の顔を食い入るように見つめ始めた。

いぶかしげに精一郎の顔を見返していた友紀の顔に、少しずつ光が射し始め、輝きが生まれてくると、その目に新たな涙が膨れ上がり、頬を伝って幾筋も流れ落ちた。そして筆を持った手が、躊躇いながらそろそろと動き出した。筆先は画中の女の人形の上まで行くと、細心の注意を払いながら、左の目の下に小さな黒点を描いたのだった。

震える手で筆を置いた友紀は、泣き笑いの顔を上げて精一郎を見た。

「……これで……これで、よろしいのでしょうか」

「いいんだね、これで。本当に？……」

精一郎は確かめるように優しく尋ねた。

大きく頷いた友紀は、精一郎が広げた腕の中に飛び込んで顔を埋めると、しゃくりあげながら云った。

「これが忘れ物なのでございますか？……」

「忘れられると思うのかい？　長い間捜していた人にやっと逢えたというのに。逝ってしまった人たちが結び継いだ美しい絆が二人を繋いでくれたというのに……」

精一郎は囁くようにそう云うと、力強く友紀を抱きしめた。

空忍者^{からにんじゃ}

「まあ、お信《のぶ》、まだそのへんでうろうろしていたのかい、さっさと出て行けって何度云えば分かるんだよ、のろまでへまなばかりか、物分かりまで悪いんだから、まったく始末に終えないよ、さあ、頼むからいっときも早く、この目の前から消えてしまっておくれ」

「はい、すみません、只今……」

お信はせきたてられ、取るものも取りあえず、逃げるように外に出ると、その日まで働いていた骨董屋をあとにした。

のろのろと当てもなく、今にもちぎれそうな草履《ぞうり》の鼻緒を眺めながら歩いていたお信は、深い溜息をついた。

——所詮、私は駄目な人間なのだ。分かってはいるけど、それはどうしようもないこと。奉公にあがってから、同じことをもう四年間も云われ続けてきたのだもの、きっと治しようがないのだわ。

そう呟いたお信はふと立ち止まって、朝露を載せて輝いている路傍の小さな花にじっと見とれた。

いつもこうして、ぼんやりと、色々なものに見とれるのは、お信の癖だった。その癖がたたって、いく先々で「怠け者」「のろま」と云われ、叱られるのが常だったのである。

お信は甲斐国の山村の貧しい百姓の子供で、五人兄妹の末娘であった。

四人の兄姉にひどく遅れをとって生まれた、いわばおまけのような子だった。

どうやって今日明日の食い扶持をひねり出すかを考えるだけで精一杯だった両親は、お信が生まれたことにさえ気づかぬように、上の子供たちを動員して、休む暇なく痩せた畑で黙々と働いていた。そんな中で、皆に忘れられ、誰に面倒を見られるわけでもなく成長していったお信は、自分が、その辺りに生えている雑草か石ころとちっとも変わらぬ存在であることを早くから感じ取っていた。だから、周りの者から自分のことを「ぐずで、ボーっとしていて、きれいでもなく、冴えなくて、何の取り柄もない子」などと云われても、別に腹も立たなかった。


お信が十二歳になった年、母親が病に倒れ、間もなくこの世を去った。その後、父親はやけになって酒に溺れるようになった。そのために、それでなくても苦しかった家計は次々と借金を増やしていき、ついには、子供たちが借金のかたとなって、あちこちの商家に下働きとして引き取られていくこととなった。

父は最後に、ただ一人家に残されていたお信を連れて町へ行き、或る乾物屋の主人に、娘の奉公を押し付けたあと、村へ戻り、首を吊って死んでしまった。

そうした過程を経て消えていく百姓の家族は、その頃の時代背景では、少しも珍しくはなかった。一向に楽な生活ができるわけではないのに、のべつ働き通し、年貢を納めるためだけに生きているような彼らは、まともに食べていくことさえもおぼつかなかったのだ。だから彼らは、子供はつくっても構う暇も余裕もなく、あげくの果てには、ただ消耗しきって灰となり、土に戻っていくだけなのであった。

初めの奉公先で愛想を尽かされたお信は、ほどなく暇を出された。気が利かない上に、不器用で、失敗することが多かったからである。たとえそれが子供であっても、役立たずの使用人に飯を食わせるほど寛容な雇い主は稀だった。

こうして十二歳という年齢から、お信は下働きの仕事を探して転々とするようになったのである。暇を出されるたびに、「あら、また?」とびっくりするのであったが、本人はあまり心を痛めている様子が見えなかった。しかし、それは仕事に対する不真面目な態度から来るものではなかった。なぜなら、役立たずではあったかもしれないが、お信はいつも誠意を込めて働いていたつもりだったからである。ただ、こうして冷酷な宣告が下りると「来るべきものが来た」というあきらめ以外の何ものをも感じることができない子だったのである。

秋のそよ風に揺れている白い花に見とれていたお信は、そのとき、轟音《ごうおん》をたてて失踪してきた騎馬の群に気づいたが、もう遅かった。避ける間もなく馬の一隊はお信のそばを恐ろしい勢いで駆け抜けて行った。

咳き込みながら白いほこりの中から姿を現したお信は、脇の草叢に転倒していた。

——ああ、驚いた。もう少しで蹴飛ばされるところだったわ。あら、鼻緒が……。

倒れたときに切れたのであろう、片方の草履から足先がはみ出ていた。

着物のほこりを払いながら起き上がったお信は、草履を片手にぶら下げて、しばらく歩いていたが、ふと振り返った。

「誰かが……私の跡をつけている……はずはないよね」

そう呟くと、たまらなくおかしくなって、一人でクスクスと笑いだした。

そして、たまたま道端に見つけたぼろ布を拾うと、それを裂いて鼻緒をたて直し、満足して道を続けた。

しばらくすると、三叉路《さんさろ》に出た。左の道を選ぶともなく選んで、長い時間歩いていると、やがて道を行く人の数が増えていき、行く手に賑やかな町が目に入ってきた。

そのときお信は、再び立ち止まった。

「誰かが……私の跡を……」

お信は立ち止まり、往来を行き来する人並みをじっくりと一通り見回したが、悲しそうに頭を振った。

——私みたいな人間の跡をつける人がいるわけはないのだ。私は「空忍者《からにんじゃ》」なのだもの。

村にいた頃、誰かがお信のことを「空忍者みたいだ」と云った。胸を弾ませて、どういう意味かと尋ねると、「そばにいる人の目に自分の姿が見えなくなるまで修行をするのが忍者だ。お信は修行の要らぬ忍者だ。元々ちっとも目立たないのだから」という返事が戻ってきた。

「ふーん、そうなの」

まだ子供だったお信が、とてもお世辞とは思えないそのことを、まじめになって考えたのを、今思い出していた。

気がつくと、目の前には巨大な鳥居が聳《そび》えていた。後ろに境内と神社が見えて、その奥に鬱蒼と茂った森があった。

お信は鳥居の礎石に腰をかけて、ぼんやりと空を見た。

――忍者の姿は人の目に見えなくても、本当の忍者には何でも見えていたはずだわ。でも、情けない私には何も見えたためしがない。それにしても……ちょっと変だわ……おかしい……確かに誰かが私を見ているような気が……。

そのときだった。一つの黒い影が走り寄ったかと思うと、やにわに後ろからお信を抱き抱えるようにして、神社の後ろまで引きずっていった。

「お願いです。静かにして。こちらに来てください」

それは一瞬の出来事だった。

自分の口を塞ぐ頑丈な手が少しゆるめられたとき、お信は恐る恐る目を上げて何とか話そうと試みた。

「ムウ……ム……ウムム」

「あ、申し訳ございません。乱暴をいたしました。平にお許しを」

手が除けられて、自由になったお信の前には、地に両手をついて頭を低く下げた一人の男がいた。

「お侍さん？……私に何か用でも？……ああ、そうですか。お人違いをなさったのですね」

驚きが少し治まると、お信は乱暴をされたことも忘れて話しかけた。

「いえ、人違いではござりませぬ」

「はあ？……でも、私には、お侍さんに知り合いは……」

「時間がありません。危険が迫っておりますので、申し訳ありませんが、そのまま黙って聞いていてください。あなた様に折り入ってお願いしたいことがございます。これを預かって頂きたいのです。理由は今申し上げることができません。ただ、私は何日もの間、これを信頼して預けられる人を探してきました。そして今日やっと、あなたに巡り合ったのです。あなたを見た瞬間、私は『この人だ』と確信いたしました。私の目に狂いはないはずです。あなたは私が心から信頼できるただ一人のお方に相違ありません。どうぞお願い申します」

男は真剣な、深い眼差しでお信を包むようにじっと見つめた。

そして一つの大きな包みをお信の前に置くと、深くお辞儀をしたあと、瞬く間に走り去ってしまった。

あっという間の出来事で、何も理解する暇がなく、ただ、あっけにとられていたお信は、ふと我に返ると、神社の陰から出てきて、男の去った方角を見た。

男の姿はもうなかったが、鳥居の辺りに馬を停めた七、八人ほどの侍が何かを探してうろうろと徘徊しているのが見えた。

――さっきの騎馬隊だわ。

何となく胸騒ぎを覚えたお信は、男の置いていった包みの所に急いで戻ると、それを抱えて森に向かって走り、木の陰の草叢の中に身を潜めた。

じっと周りを窺っていたお信はそのとき、突然小さな悲鳴をあげて包みを手放した。

「動いてる！」

ちゃんと結ばれてもいない布の包みをこわごわ開けたお信は、仰天して息を呑んだ。

「……赤ちゃん！」

そこには、小さな乳飲み子が立派な褓《むつき》に包まれてスヤスヤと眠っていたのであった。

「そんな無茶な……」

お信はあきれかえって、長い間、赤ん坊の寝顔を見ていた。

「……これは一体どういうことなのかしら……あれは、体《てい》のいい子捨ての手だったのかしら……でも、そうだとしたら、何も私みたいなみすぼらしい小娘の前で捨てるはずがない。それとも私をからかうための冗談だったのかしら？　それにしては、少し念が入り過ぎているようにも思えるけど……どうも分からない……」

お信はぼんやりと、あどけない赤ん坊の寝顔に見とれていたが、躊躇《ためら》いながら、子供をそっと抱き上げた。そのとき、包みの中に帯紐があるのに気がついた。

――負ぶい紐だわ……。

帯の下には、数枚のおむつらしいものが畳んであったが、その下にあった若草色の布袋の中を見たお信は、微笑んだ。

「まあ、きれい……」

そこには、幾つかのきれいな彩りの玩具が入れてあった。その玩具を一つひとつ手に取って見たあと、お信はしばらくじっと考えていたが、やがて、赤ん坊を起こさないように注意しながら、帯紐を使って背中に負ぶった。

そして残りの包みを、自分の持ち物を入れた風呂敷の中に押し込んで持つと、周りを窺いながら森から出て、鳥居に近づかないようにして繁華街に向かっていった。

おとなしく眠っていた赤子はいつの間にか目が覚めたらしく、お信の背中で、「ブー」だとか「アウー」だのの音を発して盛んにおしゃべりをし始めた。

「お目覚めですか赤ちゃん、こんにちは、私お信と申します」

お信は背中の子供のほうに首を回して話しかけたが、ハッとして前を向き直すと、急いでそばの路地に入り込み、物陰からそっと顔を出した。先ほど鳥居の辺りにいた男たちが、馬に乗り込んで、往来をこちらに向けて来るのが目に入ったからだった。見る間に、彼らはお信の目の前を駆け抜けていった。

「……ふう、やっと行ってしまったわ……」

お信はなぜか、赤子を自分に押し付けた男と、彼が口にした「危険」という言葉と、騎馬侍たちを結び付けてしまっていたのである。それに気づいたお信は、苦笑した。

――なぜ、あの侍たちが危険だと思ったのかしら。私ったらどうかしている。それに、たとえそんなことがあったとしても私は人目に立たない空忍者だから、心配する必要はなかったのだわ。

そう思うと、何となく落ち着いた気分になり、ゆっくりと歩いていたが、間もなく近くに見つけた木賃宿に入っていった。懐の中にある僅かな銭と、宿賃を照らし合わせると、数日は泊まれそうだった。

暗い小さな部屋に通されて、破れた襖《ふすま》を閉めたお信は、負ぶい紐を解いた。

そして、赤子を薄っぺらな座布団の上に置くと、少し離れて正座し、頭を下げた。

「赤ちゃん、初めまして。先ほど申しましたように、私はお信と申します。何ともおかしなことですが、こういうことになりました。ふつつか者ではございますがどうぞよろしくお願いいたします」

子供は「ブルルル、ブルルル」と唇を震わせて鳴らしながら唾を撒き散らして笑った。

その様子がおかしくて、一緒に笑い出したお信は、そのうちになぜか、あとから後から噴き出してくる涙を押さえきれず、ついに泣きじゃくりをしてしまった。

その様子に気づいたのか、赤子はベソをかき始めた。

「あら、ごめんなさい、おどかしてしまいましたね。勘弁してください。私は決して悲しいのではないのですよ」

あわてて涙を拭うと、お信は子供を抱き上げ、胸に抱きしめて、優しく揺すった。

やがて、できる限り上等の笑顔を作って赤子に見せたあと、「失礼します」とひと言断ってから、おむつを替えた。

「あなたにはちゃんとした名前があるのでしょうが、私はそれを知りません。何としたものでしょうか」

赤子は、仰向けのまま、手に掴んだ自分の足の指を舐めながら、「タイタイタイタイ」「タイタイタイ」と云った。

「タイ……タイですか。よろしゅうございます。そうおっしゃるのでしたら、たい……たい……ええと……太一《たいち》さんということにさせていただきますが、よろしいでしょうか」

「タイタイタイタイ……」

子供は足の指を舐め続けていたが、そのうち、そばにあった包みに手が触れて、それを引っぱり始めた。

「ああ、忘れておりました」

お信は、包みの中から玩具を一つ取り出して太一に与えた。

玩具をくわえて遊んでいる彼をじっと見て、お信は再び長い間考え込んでいたが、意を決したように、立ち上がった。

「さあ、お食事の時間ですよ」

子供を背中にくくりつけたお信は外に出た。そして、辺りに居並ぶ家という家を、片っぱしから訪問し始めたのだった。

路地から路地へと、家を出たり入ったりしたあげくに、傾きかけた長屋まで来てやっと、乳を飲ませることを承知してくれた若い母親を一人見つけだした。

「まあ、あなたのお姉さんの赤ちゃんですって？　そう、亡くなられたの？　可哀相に。乳は余るほどありますから、どうぞ」

「有難うございます。本当に助かります」

乳を飲んで満腹した子供を再び負ぶったお信は、僅かだったが銭を置いて家を出た。

「またいつでも、遠慮しないでいらっしゃいね」

戸口に立って見送ってくれた親切な女房を何度も振り返り、繰り返してお礼を云いながら、お信は宿に向かった。

「赤ちゃん、成功です。ここ当分のあなたの食料は何とかなりそうですよ。まるで夢のよう。私、もう、嬉しくって……」

知らぬ間に、日が暮れていた。

お信は無数の大小の灯が軒先に点された賑やかな通りに出ると、一軒一軒の店を点検するように見て、ゆっくりと歩いていった。そして帰りぎわに、小さな屋台に寄って、一本の串に幾つかのおでんを刺してもらい、それを食べながら宿に向かった。

「太一さん、今夜はもう寝ることにしましょうね。明日のために力を蓄えなければなりませんから」

背中の太一はもうとっくに小さな寝息をたてていた。


翌朝、お信は太一を背負って再び長屋に足を向けた。お由という若い母親は、赤子を背負って井戸端で洗い物をしていたが、二人を見ると、快く立ち上がってくれた。お由は家に入っていくと、太一と同じ歳くらいの良吉という赤子を背中から下ろしてそばに寝せると、胸元を開いた。

太一に授乳をしてくれている間に、小銭を数えていたお信の耳に、お由の優しい声が届いた。

「お金はいりませんよ。乳は有り余っているって云ったでしょう。困ったときはお互い様よ」

お信は礼を云って深く頭をさげながら、心の中で叫んでいた。

——いつか、必ず、必ず、お礼はいたします。


阿木田《あぎた》というその町は、甲州街道からも中山道からも遠かったが、その二つを繋ぐ位置にあったのか、小さな宿場町といった感じで、活気のある所だった。往来には様々な商店や、料亭、茶屋、飲み屋、蕎麦屋、旅籠、宿、遊里までが、軒を連ねていた。

お信は、その日、昨日の要領で、町の端から端まで、店という店をくまなく訪問して回った。

「子連れの下働きだって？　冗談じゃあない、お断りだよ」

お信に撥ね返ってきた答えは、予想していた通り、つっけんどんで、どこに行っても同じだった。

それでもたゆまず、お信は、昼過ぎに一度お由の所に寄って乳を貰ったあと、仕事探しを続けた。

夜になって、再び長屋までやって来たときには、お信は疲労困憊して口も利けないほどだったが、お由の顔を見ただけで、すっかり元気を取り戻していた。


断られることは分かっていても、お信は執拗に、毎日仕事を求めて店に入っては出、出ては入ることを続けた。三日目に同じことをやっていると、或る一膳めし屋の主人夫婦がお信を見てふき出した。

「あんた、うちに来るの、これで五度目だよ、何度駄目だと云ったら分かるのかい」

「あ、そうでした。申し訳ありませんでした」

お信はお辞儀をして素直に店を出ようとした。

「ちょっ、ちょっとお待ち、その子あんたの子？」

「いいえ、死んだ姉の子です」

「ふーん。あんた歳はいくつ？」

「十六です」

「働きたいって、どうやって働くつもりだい？」

「どうやってと云うと?……」

「子供のことだよ」

「はい、負ぶったまま働きます」

「そんなことできるわけがないだろう」

「できます。絶対にできます」

夫婦はあきれたように目を見交わしていたが、やや、心を動かされたようだった。

「じゃあ、二、三日だけ、やってみるかい」

「はい。やります。やらせてください。お願いします。有難うございます」

お信は土間にひれ伏して感謝を表明した。

「そんなことしないでおくれ。いいかい、二、三日だけだよ」

「はい、有難うございます、感謝します」

「ところで赤子の乳はどうするのかい」

「長屋で飲ませてくれる人がいます。一日に三回、そこまで行ってよろしいでしょうか」

「じゃあ、その時間分、お給料から差し引きだよ」

お信はポカンとして主人の顔を見た。

「それでも幾らか残りましょうか」

「殆ど残らないね」

お信は一瞬ひるんだが、咄嗟に、宿賃を払わなくてもよくなることに思い当たり、

「それでも、結構です」と云った。

「冗談だよ。お前さん、なかなか感心な子らしいね、気に入ったよ。さあ、粗末だけどあんたの部屋を見せてあげよう」

小さな物置のような部屋に入って二人だけになると、お信はすぐに子供を背中から下ろしておむつを替えながら、嬉々として太一に話しかけた。

「太一さん、やりました。二、三日でも助かりますよね。私、一生懸命働きますから、見ていてくださいね」

そして襷《たすき》がけになると、再び太一を背負い、部屋を出て行った。


「つぐみ」というその一膳めし屋は、一度にはたくさんの客を収容できないほど狭い店だった。主人夫婦は今まで人を使わず、二人だけでやってきたらしかった。

お信はその日から、わき目もふらずに働きだした。掃除、水汲み、洗濯と、云われたことは何でもやった。今までの奉公生活の間で叱られてきたことを一つひとつ思い出しながら、へまをしないように一心に働いた。子供を背負っているから、なるべく客の目につかないように注意して、店の奥で仕事をしたが、ちらちらと女将さんのやっていることにも目をやって、さりげなくその手助けもした。

そうして、約束の三日が過ぎた。店が閉まったとき、太一を背負い直したお信は、部屋を片付けて、風呂敷包みを下げてくると、主人に挨拶をした。

「お世話になりました」

「おや、お出かけかい？」

女将は亭主に目配せしながら云った。

「はあ？……」

「こんなに夜遅く赤ん坊を連れて外をぶらつくもんじゃあないよ、部屋に戻ってさっさと寝なさい。明日も朝が早いんだから」


部屋に戻ったお信は、太一を背中から下ろしながら、顔を輝かせて囁いた。

「太一さん、喜んでください。もうしばらくはここで働けそうです。これは、ひとえに、背中にいるあなたが泣かないで、むずからないでいてくれたからこそできたことです。あなたは、驚くほどおりこうな赤ちゃんですね。縛られていてとても不自由でしょうが、これからもなんとか我慢してくださいね」


それからのお信は、以前にも増してかいがいしく働いた。主人たちから叱咤の声が飛んでこないのを心の隅で気味悪く思うこともあったが、「お暇の宣告があるまで頑張るしかないのだ」と思うと、あまり不安にもならなかった。

お信はきちんと、一日に三回、太一を背負ってお由の家に走って行き、走って戻ってきた。お由の顔を見ることは、お信にとって云いようのない喜びだった。太一に乳を与えながら、優しくお信に話しかけてくれるお由のそばにいると、なぜか仕事の疲れをすっかり忘れてしまうのだった。

或る日、授乳してくれているお由のきれいな瓜実顔にうっとりと見とれていたお信は、そのとき、どこかでプツンという小さな音を聞いたような気がした。

そして、「さあ、出来たわよ。お信はいつもお下がりばかりを着せられていてかわいそうね。いつか私が、新しいきれいな着物を縫ってあげますからね」という優しい声が聞こえた。

——姉さん……しのぶ姉さんの声だわ……。あのプツンという音は、私の着物のほころびを繕ってくれていた姉さんが、ピンと張った糸を歯で切った音なんだわ……。

しばらくボーッとしていたお信は、今度はお由の声を聞いて、夢から覚めたように目を瞬いた。

「さあ、済みましたよ、ほら、太一ちゃんが満腹して眠り始めました」

「どうも有難うございました」

お信は深く頭を下げてから、そっとお由の顔を見直した。

——似ている……確かにあの二人は似ていたんだわ。お由さんと、しのぶ姉さん。今になって気がついたなんて……。

太一を負ぶい直して「つぐみ」に向かうお信は興奮していた。

――すっかり忘れていたわ……。

蘇った長姉の微笑みにつられたように、いつの間にかお信の目の前には、自分の育った村の景色と家族の顔が生き生きと浮き上がってきていたのである。

――亡くなった優しい両親、どこでどうしているのかも分からない兄さん姉さんたち……静かなしのぶ姉さん……物知りの浩一兄さん、力持ちの友吉兄さん、少しお茶目な晶姉さん、壊れかけた小さな家……。

その日、仕事が終わると、お信はすぐに自分の部屋に戻らず、ぐっすりと眠っている太一を胸に抱いて静かに揺らしながら、店の裏口を出た。そこは商店街の狭い裏路地だったが、向かいの家と家との間に広い空き地があり、日中は子供たちの遊び場になっている所があった。その空き地まで行くと、お信は夜空を仰いだ。

「まあ、見ましたか、あんなに星がいっぱい。今にも降ってきそうですね。太一さん、私の生まれた村はどちらの方角か見当もつきませんが、かなり高い山の中にあるのですよ。私は今日、すっかり忘れたと思っていた村と家族のことを思い出しました。お由さんとよく似ている私の姉さんが歯で糸を切る音が聞こえてから、色んな思い出が次々に姿を現してきました。変でしょう」

「オブ……」夢を見ているのか、太一が口を動かした。

この頃、主人たちがお信を呼ぶたびに、背中の太一は「オーブー」だとか「ヨブー」だとか叫んで背中をたたくようになった。どうやら「おのぶ」と云っているらしかった。

瞬く間に過ぎていったその月の終わりに、僅かだったが、お給金を貰ったお信は、日頃目をつけていた店に行って、太一のために新しい着物を買った。そして残りの全部を、お由の家に置いてきた。断ろうとするお由には有無を云わせなかった。ちょうどその頃、人足をしていた夫の貞吉が足に怪我をして、仕事ができない状態にあったのをよく知っていたし、お礼はいくらしてもし足りないくらいであったから、僅かでも手助けができる機会が巡ってきたのを心から感謝していたのだった。

「お暇の宣告」は、その後いつまでたっても下りなかった。そうしているうちに、太一は一歳になった。勿論、それはおおよそのものであり、お信が勝手に決めた年齢であった。

いつの頃からか、太一は店の奥にある客用の小さな座敷で、眠ったり這い回ったりすることが許されるようになっていた。子供も孫もいないせいか、どこか淋しそうな主人夫婦は、すっかり情が移ったらしく、客足が少しでも途絶えると、気晴らしだと云って、その部屋で子供と遊ぶようになった。

身軽になったお信の働きぶりは益々目覚しいものとなった。女将のお峰が疲れた顔を見せたりすると、彼女の仕事を黙ってすっかり取ってしまうほどで、ときには、痛風持ちのあるじの勘助の持ち場まで占領することもあった。

それから半年ほどが過ぎた頃、店の改修が始まった。

「こんなに狭い飯屋じゃあ、お客は食っていても旨くはなかろう、何とかしたいとは前から思っていたんだが、先立つものがなかったんでね。でも、お信がよく働いてくれたから、客捌けがよくなって、水揚げも少し上がったようだ。思い切って拡張しよう」

そう云って或る日、勘助は隣の空き家を買って、少しばかり店を広げることに踏み切ったのだった。その際に、お信は自分の部屋に改造が加わり、畳が入れられたのを見て、胸がいっぱいになってしまった。

工事が終わると、「つぐみ」は見違えるようになった。きれいになっても、一膳飯の値段が据え置きだったことから、お客は増える一方で、仕事も増えたが、お信は疲れた顔一つ見せないで元気に働いた。

そして仕事が終わると必ず、眠っている太一を抱いて裏の空き地に行き、毎晩空を見上げるようになった。そうやって空を見上げるだけで不思議に、村の景色や友達、家族一人ひとりの顔や動作が目の前にあざやかな姿を現すのであった。お信の家のそばに立っていた二本の枇杷《びわ》の木の枝ぶり、澄んだ水の流れる近くの小川の曲がり具合、季節や天候の移り変わりによって絶えず違った景観を見せる山の色、掘り返されてきれいな筋を見せる畑のうねりまでがはっきりと見えてきた。

それらの画像は、数珠《じゅず》繋ぎとなって際限なく浮かび上がり、お信を驚嘆させるのであった。

——こんなにたくさんのこと、今まで私のどこに隠れていたのかしら……。

意外なのは、それが目立って美しい景色や変わった出来事ではなくても、少しも鮮明さを欠いていていないことだった。家の剥げた土壁からはみ出ていた藁の色、その壁の足元から顔を出していたタンポポの花と葉の色、川辺の草の葉にとまっていたトンボの羽に描かれたややこしい筋、畑から仕事の手を休めて、小さいお信に手を振ってくれた両親がかぶっていた手拭いのかたち、「これ食べなさい」と云って自分のご飯を半分分けてくれた晶姉さんの茶碗の欠け具合というように、思いもよらない細部さえはっきりしていたのだ。

そして、その映像が目に浮かぶと、お信はむしょうにうれしくなり、胸が震えてしまうのだった。お信は、思い出したことを無駄にしないように、夜空の下でいちいち太一に説明した。

「タンポポという花は、やがてきれいな丸い形の冠毛となって、風とともに四方に飛んで行って種を撒き散らすのですよ」「トンボの目は小さな目が幾つも集まって大きな目となっているから、とても広い範囲が見えるのだそうです。浩一兄さんがそう教えてくれました」

太一は当然、その話を冷酷に無視して眠り続けるのではあったが、お信はかまわず、飽きずに子供に囁きかけるのであった。

太一は歩き始めるようになり、おむつも取れた。

背中に負ぶっていた頃とは違い、何かと目が離せなくなってきて、お信の仕事は倍増したが、可憐な太一が大きくなっていくのを見ていると、ただただ嬉しくて、どこからか信じ難いほどの力が湧き出し、疲れを消してしまうのだった。

太一は、何事にでも好奇心を見せる、賢く優しい子であった。

お信は太一に、自分のことを「母さん」とも「叔母さん」とも呼ばせなかった。今までのように、「おおぶ」か「おのぶ」のままにしておいた。

しかし、太一をあたかも自分たちの孫のように見なして可愛がるようになった主人夫婦は、自分たちを「じい」「ばあ」と呼ばせて相好をくずしていたばかりか、お信の許しを得て、子供を二階の部屋に連れて上がり、一緒に寝ることもしばしばあった。

それでも太一は、いつまでもお信にくっついて離れようとしなかった。そして頻繁に「だっこ」と「おんぶ」をねだったが、そのたびに、お信は少しもためらわず、彼を優しく抱き上げ、背負い、今までの調子で会話をするのであった。

「そろそろお昼のお客さんが来る頃です。今日は、おかずに太一さんの大好きな里芋が入っているのですよ。食べてみますか、ほら一個どうぞ」

太一は嬉しそうに、小さな串に刺された芋を手に取ったが、急に耳を澄ましてお信の顔を見た。

「あーん、あーんだって」

「そうですね、裏で誰かが泣いているようですね、行って見ましょうか」

「うん」

二人が裏口から出てみると、太一より僅かばかり年上と見える子供が一人、地べたに座り込んで泣いていた。

「あら、隣の三ちゃん、どうしたのでしょうね、転んだのでしょうか」

「いたい、いたい……三たん、いたいって」

「そう、かわいそうですね」

「たわいそう……」

「慰めてあげますか?」

太一は頷いた。

「じゃあ、一人でどうぞ」

太一はお信の腕をすべり下りると、不確かな足取りで子供の前まで行って立ち、しばらく困ったように見ていたが、突然手に持っていた里芋を差し出した。

それを見た子供はふいに泣くのを止めた。そして芋を受け取ると、自慢げに膝の傷を見せた。しゃがみ込んだ太一が「ここ、いたい、いたい?」と云うと、三ちゃんは「うん」と云って笑いかけ、勢いよく里芋にかぶりついた。

「あそぼう」

「うん、あそぼ」

こうして三ちゃんは太一の初めての友達となった。

友達ができた太一は、そのうち一人でヨチヨチと裏口を出ていき、空き地で近所の子供たちが遊ぶのを眺めたり、彼らの仲間入りをしたりするようになったが、お信は仕事がどんなに忙しくても、彼から決して目を離すことはなかった。

歩きぶりも大分確かになった或る日のこと、裏で子供たちと遊んでいた太一は、何を思ったか、空き地を抜けて、路地をまっすぐ東に向かって歩きだし、どんどん足をのばしていった。その道は、しばらく行くと、建て込んだ家の数が次第にまばらになっていき、やがて、疎林があちこちに見える畑地と、すすきの多い草叢が拡がる野原に行き着くのであった。

お信は、草叢に行き着いた子供のあとを、距離を置いてつけていたが、突然顔色を変えて走りだした。

一人の若い浪人が現れ、子供に近寄ってきたからだった。しかし、お信の足は急に速度を失い、やがて止まった。柔らかな物腰のその男が、自分に向かって丁寧に会釈をしたのを見たとき、彼が「つぐみ」の客だったことに気づいたからである。

行商人や人足の客は多くても、一膳飯屋に来る武士や浪人は稀だった。それでも、三人ほど、いつも同じ顔ぶれの浪人風の男たちが別々にやって来て、店の隅にひっそりと座を取ることがあった。その中の一人が目の前の男だったのである。

男はゆっくりと太一の前に立ちはだかると、腰を屈めて膝をつき、何やら話しかけた。そして、子供の手を取って、くるりと方向を転換させ、もと来た道を指差した。

太一は、べつに抵抗する様子も見せず、おとなしく、指で示された方向に、男のほうを振り向きもしないで、スタスタと歩きだした。

しばらくしてお信の存在に気づいた太一は、「おのぶー」と云って両手を差し伸べて走りだしたために、たちまち転んでしまった。声を張り上げて泣きだした太一をお信が抱き上げている間に、男の姿は消えていた。

お信はその後、太一が単独でどこかに遠征を試みると、三人の男のうちの一人が遠くに影のように現れ、ゆく手に立ちふさがるのを何回か見たことがあったが、子供が成長するにつれて、そんなことも少なくなっていった。

阿木田は冬になると、よく雪が降ったが、太一が三歳になったその年の雪は、例年にないほど積もり、旅人の足を留めさせ、人足たちの仕事を奪った。しかし、近辺の客の多い「つぐみ」は毎日、安上がりで量もたっぷりの一膳飯を食べながら、酒で身体を温めようとする男女で埋まっていた。

その日も、店じまいができたのは、夜もずっと更けてからだった。主人夫婦は疲れた足を引きずりながら、さっさと二階に上がっていった。

お信は暖簾をしまい込んだあと、いつものように裏口から外に出た。太一はその晩、すでに二階で寝ていたから、お信は一人だった。

裏戸の近くの路地に立つと、冴えた月が家々の白い屋根と、遠くに浮き上がっている山の形を、照らし出していた。人の寝静まった町は、空気がなくなってしまったのではないかと思われるくらいの深い静寂の中に沈んでいた。

雪は朝から降り止んでいたが、代わりに身を刺すような冷たさが、積もった雪を凍らせており、夜空にかかった月までが、冷たさのために、ひと所にピタリと貼り付いているように見えた。

その美しい景色を感動の溜息まじりに眺めながら、ひとしきり村の雪景色を心に呼び起こしていたお信は、そこにいない太一に向かっていつものように話しかけた。

「山の冬はこれ以上に厳しかったのですよ……。太一さん、私は今、やっと分かったような気がします。こうして毎日村を思い出すのは、私があの頃、とても仕合わせだったからに違いないということです。貧しさに圧し潰されたような苦しい生活の底に、驚くほど豊かな世界が隠れていたことに気がついたからです。それは限りない美しさと深い温かさに溢れた世界でした。

子供の私は、心のどこかでそれを感じ取っていたに違いないのです。だから私は、我を忘れて、その世界にうっとりと見とれ、美しさを汲みつくすことだけに専念していたような気がします。いつもぼんやりしていて、空忍者と云われたのは、そのせいだったのかもしれません。

放っておけば、私は自分の中に蓄えられたそんな宝庫を知ることもなく、そのまま同じことを続けて一生を終えていたかもしれません。もし……もし、あのとき、あなたがあのお侍さんに連れられて私の前に出現しなかったら……。

あの日、私は突然目が覚めたのですよ。突然負わされた責任と、あの眼差し……信頼という眼差しが、目の前にかかっていた幕を切って落とし、私の中に潜んでいたありとあらゆる宝を引き出し始めたのです。私の力そのものに繋がっていた宝を……。

自分の中で眠っていた、思いもよらない力が泉のように噴き出してきましたから、私は少しも迷うことなく、自信と歓びを持ってあなたを育てることができたのですよ。全てはあなたの存在と、あの眼差しが導いてくれたことでした。

『信頼』というものが引き起こしてくれることの巨大さを、私はこの身でしっかりと知ることができました。私は一生あの日の出来事を忘れることはないと思っていますよ」

そう云って感慨深く空を見上げると、「さあ、そろそろ寝なくては」と呟いて小走りに家に向かった。裏戸を閉めようとしたお信は「あらっ」と云って立ち止まった。戸口のそばに、一人の男がうずくまるようにして寝ていたのである。

「まあ、こんな所で……。大変、このままだと凍えて死んでしまうわ。もし、起きてください、もし……もし」

しばらく男を揺さぶっていたお信は、一向に目を覚まそうとしない男の腕を取ると自分の首に回して立たせようとした。ところが、もう死んでいるのか、ひどく酔っているのか、足も立たないようだった。それでも何とか抱えて家に引きずり込み、客用の小部屋まで連れていった。

とにかく、生きていることだけは確認できた。どこかから流れ着いた浮浪者だったのだろうが、かなり若い男だった。お信は急いで火鉢の炭を起こして部屋を温めると、ぐったりと動きもしない男の上に、布団を掛けた。

店には、ときどき、歩けなくなるほど酔っ払う客がいたから、そんな人が泊まっていくことは珍しくはなく、そのための布団はちゃんと用意してあったのだ。

「すっかり凍えてしまったらしいわ、もう駄目なのかしら」

お信はその凍ったような手を取ると、自分の手で包んで温めたあと、両手で擦り始めた。右手のあとは左手、そして右足、左足と擦っていくうちに、男の身体が僅かばかり動きだした。

それを見たお信は白湯を沸かしてきて男に飲ませようとした。

「さあ、これを飲んでください、体が温まるでしょう」

男は差し出された湯飲みをグイと払いのけてわめいた。

「ほっといてくれ、よけいなお世話だよ、死んでやる」

男は起き上がってヨロヨロと歩き出したが、たちまち土間に転がり落ち、そのまま、動かなくなってしまった。

お信はもう一度男を小部屋に引っぱり上げて寝かせると、布団を掛け直して、その顔をじっと眺めた。

——私と同年か……いや、大分年上のようだわ、でもまだ若くて浮浪者のようにも見えないけれど、なぜあんな所で寝ていたのかしら。……ちょっと待ってよ……この人誰かに似ているわ。誰だったかな……確かに誰かに似ているわ。村のサブちゃん……？　いや、違うな、それとも定ちゃん……でもない。不思議に思い出せない……。

お信は若者の手足をもう一度、必死に、揉んだり擦ったりしたが、すっかり凍えきっている体はいつまでたっても氷のようだった。

「死なないでください。お願いします」お信の目に涙が溢れてきた。

躍起になって手足を擦っていたお信は、その行為が効果のないことを見て取ると、若者の手を放して泣きじゃくった。そしてしばらく考え込んでいたが、意を決したように、帯を解くと、しっかりと目をつむって、若者の顔を見ないようにして、布団の中にすべり込んだ。そして手探りでそっと若者の着物を開くと、肌と肌をぴったり合わせて抱き込み、温め始めた。

知らぬ間にそのまま眠り込んでいたらしく、ふと目を覚ますと、抱いた若者の温みが肌を通して伝わってきた。顔にはほんのりと血の気が戻っており、呼吸も規則正しくなっていた。

お信は、嬉しそうに微笑んで起き上がると、火鉢にたっぷりの炭を付け加え、若者の耳に「がんばって生きてくださいね」と囁きかけて、自分の部屋に戻っていった。


翌朝早く起きてきたお信は、若者の姿が見えないのに驚いた。布団はちゃんとたたんであり、灯は消してあった。

――もう元気になったのかしら……。

胸のどこかを小さな疼《うず》きが通り抜けた。お信はしばらく小座敷の前に佇んでいたが、やがていつものように元気に仕事にとりかかった。

「そりゃあ私たちとしては、お前に行かれちまったら大変なことになるに決まっていますよ。でも、お信もそろそろ自分の歳のことを考えなければ、後々悔やむことになるのではないかと思ってね……美濃屋さんは裕福で、新助さんはまじめな人らしいし……」

女将さんは途方に暮れたようにお信を見た。

「何度も申しましたように、私は決して悔やみはいたしません。どうぞいつまでもここに置いてくださいませ。お願いいたします」

数年前からお信を嫁に欲しいという人が幾人か出てきたのには、お信自身が最も驚いていた。

——空忍者でも見えるのかしら……。

しかし、お信は頑として譲らなかった。そのたびに主人夫婦はほっとして胸をなでおろし、機嫌がよくなるのであったが、心の隅では、それがいつまでも続くはずがないことを知っていた。だが、それを思うと彼らの気は滅入ってしまうため、できるだけ考えないようにしていたのだった。


太一は六歳になった。大分前から、彼には親友ができていた。

お由の息子の良吉である。

太一が乳離れしてからも、お信は太一を連れて、手に入った新鮮な野菜や魚、お信自身が作ったおかずなどを携えて、お由の家に通い続けた。そこで、乳兄弟の二人は、親しくなり、切っても切れない仲になってしまったのだが、お由が二人目の子供を生んでからは、良吉は一人で「つぐみ」に遊びに来るようになっていた。

そのうち、二人の子供は空き地で、棒切れを振り回して剣道のまね事をするようになったが、ほかの子供たちが邪魔になったのか、或る日、路地を抜けて、町はずれのすすきの草叢に行った。そこで元気な気合をかけながら戦っている彼らを見たお信は、深い溜息をついた。

――ああして闘わずにはいられないのは、人間の本能なのかしら――。

そして、ふと目を凝らした。

しばらく見なかった浪人の一人が、子供たちに近寄っていって話しかけていたからである。

二人の子供は、いつになく真剣な面持ちで男の云うことを聞いていたが、やがて何度も頷くと、侍に向かって対峙《たいじ》し、重々しくお辞儀をした。そして、そこで明らかに剣の授業が始まったらしいのをお信は見て取ったのである。


阿木田の木々が裸になって、冬が来た。その年も、二年前と同じように、雪が幾日も降り続いた。

その日の朝に雪かきがなされて、黒々と見えていた道が、新しく降る粉雪に消され始めた夜が来た。

お信は、いつものように路地に出たが、見る間に雪に覆われて、立っていられなくなり、家に走り込んだ。戸口を入ろうとして、お信はふと立ち止まった。

――そうだ、あれは、ちょうど今頃の雪が積もった日だったわ。あの人は今頃、どこでどうしているかしら……あら？　あれは何だろう？

若者がうずくまっていた所をぼんやりと眺めていたお信はふと、そこに何か見慣れない黒いものがあるのに気がついた。拾い上げてみると、それは、袱紗《ふくさ》のような布に包まれた小さな木の箱だった。開けてみると、中には、珍しい翡翠《ひすい》の玉のついた細い簪《かんざし》が一本入っていたのだった。

――まあ、何てきれいなんでしょう。誰かが落としていったに違いないわ。さっそく明日にもご主人に渡さなくては。

箱を丁寧に布で包み直して裏戸に手を掛けたお信は、そのとき、粉雪の帳《とばり》の向こうに立って、じっとこちらを見ている一つの影に気づいた。

「あら……あなたは、いつかの……」

お信が戸惑っているうちに、その影はゆっくりと去っていった。


その夜、お信はいつまでも眠れなかった。眠れないのは生まれて初めてのことであった。なぜか胸が高鳴って体中がほてり、寝返りを打ち続けたあげくに、やっと明け方近くになって眠り込んだのだった。

朝になって、お信は珍しく太一の声で目が覚めた。

「お信、朝だよ、どうしたの？　病気なの？　どこか悪いの？」

太一の心配そうな顔が上から覗き込んでいた。病気をしたことのないお信がいつまでも寝ているのは、ただごとではなかったからである。

「あら、いけない、ありがとう太一さん、これは朝寝坊と申しまして、怠け心の現れなのでございますよ、私は元気です」

飛び起きて布団を畳みだしたお信を見た太一は、安心したのか、そのあわて方が滑稽だと云って笑った。

お信も笑いながらお勝手に飛んで行ったが、ふと逆戻りしてくると、

「剣の腕が大分上がってきたようですね」と云った。

「知っていたの?」

「しっかり頑張ってください。好きなことなら、上達も早いでしょう。でも人を斬ることは……」

「大丈夫だよ、これは、精神の修行に過ぎないのだから」

お信はポカンと口を開けて、子供の顔を見た。

「太一さんはいくつになられたのでしたっけ」

「いやだな、忘れたの? 七歳、七歳になったんだよ」

「そうでした。いえね、あまり立派な言葉を聞きますと、私は頭が混乱するのでございますよ」

お信はお勝手に戻った。

二日後の夜、店を閉めたお信が裏戸を出ると、いつも自分が立って空を見上げる場所に、あの若者

の後姿が見えた。お信が躊躇っていると、男は振り向き、お信に近寄ってきた。

「酒を少し飲みたいのですが、遅すぎますか？」

「い、いいえ。どうぞ……」お信は男を裏口からそっと導き入れると、二年前に彼を寝かせた小部屋に落ち着かせた。

銚子を温めて、有り合わせの肴《さかな》を添えて持ってきたお信は、上気した頬を持て余しながら、酌をした。

「しばらく一緒にいてくださいませんか。私の話を聞いて頂きたいのです」

男は恐縮したように云った。

お信は怪訝そうに頭を傾げたが、すぐに「はい」と云って、おとなしく正座し、膝の上に置いた自分の手の甲を見た。

若者は、何から話し出していいか分からないらしく、黙ったまま、唇を噛んでいたが、その静寂を破ったのはお信だった。

「あなた様は、このお店のご主人の甥御さんか、親戚の方ではありませんか？」

男はびっくりしてお信を見た。

「どうしてそれを？」

「お顔がご主人に……というより女将さんにそっくりですから」

「そうでしたか……ばれてしまいましたか。そのとおり、私はここの次男で、庄治といいます」

「次男様？……ということは、ご主人が息子さんたちのことを決して話されないのは、何か理由がおありだからなのですね」

庄治は頷いた。

「この『つぐみ』は昔、小さな蕎麦屋でした。客も少なく、生活は貧しいもので、日々を食い繋ぐのがやっとでした。子供は二人、兄と私でした。兄の市郎は小さい頃から頭がよくて、何でも上手な、はきはきしたきれいな子供でした。そんな兄をとても誇らしく思っていた両親は、彼を目に入れても痛くないように可愛がって育てました。その一方で、特徴もなく冴えない一つ年下の私は、絶えず兄と比較されて、いつも脇に押しやられ、のけ者にされていました。

ところが、成長するに従って、兄は私たちの貧しい生活を疎《うと》んずるようになりました。そして自分のみすぼらしい境遇にとうとう我慢ができなくなったらしく、『侍になる』と宣言するまでに至ったのです。草莽《そうもう》からでも身を起こせた戦国時代は、すでに遠い昔になったことも、浪人が至る所にあぶれていることも念頭になかったようでした。そして彼は十六歳になった或る日、両親に店の金を残らず貰って、武士になるために華々しく家を出て行きました。

そのあと、私は店の危機を救うため、父母に一膳飯屋を始めることの許しを得て、必死に働きました。それが当たり、次第に客が増えてきて、生活が少し楽になってきた頃、兄が戻ってきたのです。そして剣の修行にはもっとたくさんの金が必要だと両親を説き伏せて、再び金を巻き上げていきました。そして、三度目に戻って来たとき『武士になる日もそう遠くないが、剣の修行は厳しくて大変なものだ』と云う兄に、ありったけの金を与えた両親は、家を出ていく彼の後ろ姿を優しく見送りながら『可哀相に……』と云ったのです。それを聞いた私は、湧き上がる怒りをどうすることもできず、黙って裏口から出て行きました。そして、今まで四年の間戻りませんでした」

若者は再び強く唇を噛むと、しばらく黙り込んでしまったが、やがて続けた。

「その間私は旅をしました。どこへ行っても仕事で困るようなことはありませんでしたが、何とか生きてはいけたものの、心の底で疼く痛みは癒《いや》せませんでした。幼い頃から見ないようにして、抑えに抑えてきた嫉妬の思いが日に日に頭をもたげてきたことは、耐え難いことでした。何よりも、自分が家族にとって余計な存在であったという侘しさは、私を打ちのめしました。誰にも愛されないで生きていくのは、例えようもなく辛く、何をやっても虚しくてならず、生きていることの意味が分からなくなってしまったのです。

ふと、死んでもいいな、と思いついたのは、雪の降る道を歩いていたときでした。そして、せめて自分の亡骸《なきがら》の世話ぐらいは親に頼んでも悪くはなかろうと思って故郷に帰って来たのです。そして、何日も食を絶ったあと、凍え死ぬつもりで店の裏口に陣取りました。心の底では、両親が自分の死んだ姿を見て、少しは後悔してくれることを願っていたのかもしれません」

「……そうでしたか……分かるような気がします」

お信は深く心を動かされていた。

「ところが、体が凍ってうとうとし始めたとき、近くに立っていたあなたの独り言を聞いてしまったのです。そしてなぜかひどく心が乱れました。そして、突然自分の無謀な行動に気づき、何とかしてそこを出ようとしたのですが、体が云うことをきいてくれませんでした。あとは、ご覧の通りの醜態となりました。あなたが私の命を助けてくださってから、私は何度もあの夜聞いたあなたの独り言を胸の中で繰り返しました」

「聴いていらしたのですか。私は毎日ああして独り言を云うものですから、それがどんなものだったのか覚えておりませんが、きっとくだらないことだったと思います。恥ずかしいばかりですわ」

「いいえ、あの独り言を聞いたとき、何かが私の中で動きました。そしてもう少し考えてみようという気になったのです。今夜はただそのことを云うために来たつもりでしたが、長居をしてしまい、申し訳ありませんでした」

そう云って頭を下げた庄治は、酒代を置くと、足音をたてないように、そっと土間に下りた。

「もう辛くも虚しくもない……のでしょうか」

少し躊躇っていたお信は思い切って尋ねた。

庄治は振り返って微笑んだ。

「あんなに情けない姿を見て涙を流してくれた上、肌を合わせて自分を温めてくれるような女《ひと》に出会えば、辛さも虚しさも消えてしまいます」

庄治は出て行った。

残されたお信は、顔から火が出るような思いで佇んだ。

「あの人、何もかも見ていたんだわ、ひどい……」

そしていきなり走り出すと庄治を追って路地に出た。

「待って……待ってください……」

お信はひと息ついてから、立ち止まった庄治の目を避けるようにして続けた。

「あの……あの、また……おいでいただけますか」

「あなたさえよければ……よろこんで」

「お待ちしております」

思わずそう云ってしまったお信は、自分の言葉に驚いて更に赤くなり、あわてて下を向いた。


それから庄治は夜更けになると毎日のようにやってきて、半時ばかり話していった。

庄治がどのような子供時代を過ごしたか、どうやってこの四年間を生きてきたか、また、お信の田舎と子供時代がどういう風であったか、などと交互に話しているうちに、二人そろって真剣に考え込むことが多々あった。

「空忍者？　ふーん、何だか私のことを云われているみたいですね」

庄治は笑いながら、憂いのこもった声で云った。

「そんな者でも目覚めることがあるのですよ」

「たしかに……何らかのきっかけが見つかればね。私はそれを求めて四年間彷徨ってきたのかもしれません」

しばらくしてからお信はふいに云った。

「庄治さん、当時あなたの心を傷つけたご両親の言葉ですが……」

「それがどうかしましたか」

「あれは、真実だったとは思いませんか。お兄さんは、実際、とても可哀相な方だったのではないかと思うのですよ」

「可哀相？　あなたまでそんなことを云うのですか？」

「ちょっとお待ちになってください。お話を伺っておりますと、お兄さんは、両親に甘やかされて育ったために、自分を必要以上に高く評価してしまい、現実が見えなくなっていったのではないではないかと思うのです。そうしているうちに、お兄さんは、自分にはありもしない能力を信じ、それを振り回して、虚しい夢だけを追う可哀相な人になってしまったのではないでしょうか。ご両親の期待が重過ぎてあとに引けなかったことも考えられましょう。そしてお金だけを頼りとするしかない、取り返しのつかない人間になってしまった息子の姿を見て取られたご両親は、そういった意味で『可哀相に……』と呟かれたのではないでしょうか。勿論それが自分たちのせいであることには、はっきり気づいておられたのだと思います」

「…………」

「それに、もう一つ。ここのご主人も女将さんも、誰より心の温かい人です。赤子を抱えてどこからもはじき出されていたみすぼらしい私のような小娘を拾ってくれたのは、あの方たちだけなのですよ。お兄様を甘やかしたのは事実であっても、あなたのことを余分な存在だと思うような方たちではありません。あなたを愛していなかったなんて、もってのほかです。庄治さんが実直な人だから、『この子は面倒を見なくてもだいじょうぶ』と高をくくっていらしたのではないのでしょうか。それが裏目に出て、あなたが出て行かれたあと、自分たちの犯した二つ目の過ちに気がついて、きっと悔恨の思いに身を苛《さいな》まれたのだと思いますよ。あ……私、何も分からないくせに、勝手なことばかり云ってしまいました。お気を悪くなさらないでくださいね」

「いえ……考えてみます。私にはまだ、もう少し時間が必要なようです」

「あら、お酒がすっかり冷えてしまいました。お燗をしてきますわね」

「酒なんかいりません。ただそこに座っていてください。これから私が、空忍者でないと思い込んでいた者が、空忍者になった話をさせてもらいますから」

「それ、私のことですかそれとも……?」

「私……この私のことです。そして大切なことです。いいですか、よく聞いていてくださいよ」

庄治は改まった調子になって座り直した。

「お信さん、私は自分のことを空忍者のような人間であるなどと考えたことがありませんでした。むしろ自分の存在に必要以上の重要性を与えていたし、それを主張していました。それが私の過ちだったのです。幼い頃から自分が空忍者であることを知っていたら、色々な葛藤が避けられ、お互いの心を傷つけなくても済んだはずだと思うのです。そのことを、教えてくださったのはお信さん、あなたなのです」

「そうして今、あなたは、空忍者になられたとおっしゃるのですか」

「はい、きれいさっぱりなりきりました。というより、本当の私に戻っただけです」

「空忍者が二人もいては様にならないかもしれませんが、私は何だか心強くなりましたわ」

二人はおかしそうに笑った。

こうして様々な問題を一緒に考えているうちに、二人はお互いが、この世になくてはならない存在になっていくのを意識せずにはいられなかった。

話している間に、翡翠の簪が彼からお信へ宛てられた贈り物であったことが分かると、お信はそれを自分の部屋から取ってきて、庄治の手で髪に刺してもらった。

「何だか、これがあなたと関係があるように思えて、悪いと思いながらも、ご主人に渡せないでおりました」と云いながら、子供のように喜んでいるお信を、庄治は嬉しそうに眺めていた。

いつの間にか、小座敷の隅には毎日、目立たないが美しい小花が飾られるようになっていた。

或る夜、行灯《あんどん》の光を受けている小枝を見て、庄治は云った。

「今日はあなたの後ろで何かが光っていますよ」

「あら、気づかれましたか？　これは、猫柳です。きれいでしょう。もうすぐ春ですわ」

幾日か経ってやってきた庄治の手には、梅の一枝が握られていた。

「まあ、美しい梅……」

それを手渡そうとして、はずみに二人の手が触れたとき、庄治はお信の手をつかんだまま放そうとしなかった。驚いて庄治を見上げるお信の顔に戸惑いの紅がさしたとき、もう一方の手がお信の肩を引き寄せていた。

畳に落ちた梅の枝から、かすかな芳香が立ち上り始めた。


翌年も師走に入った或る日、お信は太一や良吉と一緒に、注連縄《しめなわ》や鏡餅の飾りを作っていた。晦日《みそか》のあわただしい時期になる少し前は、食事の時間以外は客も少なく、正月の準備をする時間が何とか持てるのだった。松の内を一緒に過ごすことになっているお由夫妻も来ていて、裏で門松を作っていた。

そのとき、軒の暖簾が揺れて、数人の客が入ってきた。

「いらっしゃいませ」

店にいた主人二人が同時に威勢のいい声を出したが、ふと、客を見直して、首を傾げた。

それは、四人の武士だった。そして、その先頭にいた侍は、前掛けを払いながら奥から出てきたお信にじっと目を向けていたのである。

お信はハッとしたように立ち止まると、その侍を食い入るように見つめた。

そして、深く一礼すると、奥に引っ込んだ。そして、今度は太一の手を取って、自分の前を歩かせて出てきた。

「立派な男子に成長されましたな」

子供をまぶしそうに見た武士は満足げにそう云うと、ほかの三人の侍とともに片膝をついて、太一に向かって礼をした。何も分からず呆気にとられている店の者をそこに置いたまま、武士とお信は奥の小部屋に入っていった。

そこで男は改まって頭を下げた。

「大変なご苦労をおかけいたしました。かたじけなく存じております。やっと、総太郎様の身の危険がなくなりました。このお方はいずれ、甲斐の藩主として御活躍されることになることでしょうが、あなた様の助力なしには、ここまで来られなかったことを我々一同、肝に銘じて、感謝しております。あのとき、私は総一郎様の最も安全な隠し場所を探しておりました。極秘にして一度預けた屋敷で発見されて、総一郎様はすんでのところで暗殺されるところでした。これら全ては、あなたには関係のない、武家社会の醜い権力争いの一端であることは、もうお分かりになられたことと存じます。あの日、危機を逃れた赤子を抱いて途方にくれていた私の目についたのがあなたでした。私はそのとき、はっきりと、あなただったら私の望む使命を立派に果たしてくれると思ったのです。なぜそう思ったのか、理由は未だに分からないのですが、私は確信しておりました。そして私の目に狂いのなかったことを、今日ここで証拠立てていただきました。今一度、深く御礼を申し上げます」

男は低く頭を下げた。

「いいえ、お礼を申し上げるのは私のほうでございます。貴方様が、見も知らぬこんな小娘に見せてくださった信頼は、私にとっては生まれて初めてのものでございました。そして、その信頼こそが突然私の心の目を開かせ、尽きることのない力を私の中に湧き出させてくれました。思ってもみなかった人生の仕合わせにめぐり合わせてくださいましたのも、貴方様でございます。何とお礼を申し上げていいか分かりません。赤ちゃんは病気一つなさらず、しっかりした良いお子に成長なさいました。どうぞこれからも可愛がって、末永くお守りくださいますことを、せつにせつにお願い申し上げます」

「確かに約束申しましたぞ」

大切な赤子を誰とも知れない娘に預けた、無鉄砲ともいえる度胸を持った武士は微笑みながら頷いた。

「これは、金子の入っておりました玩具の袋でございます。あのときぎっと、費用として宛てられていたものでしょうが、これに手をつける必要もなくここまで参りました。どうぞ、お納めください。この下界には、お金はなくても、どこかに必ず、人の情という、金子以上のものが隠れているのでございます。それに出会う幸運に恵まれさえすれば、何とか生きていけるのでございますよ」

お信は手にしていた若草色の袋を恭しく差し出した。

「いいことを聞きました。素晴らしい教訓です。羨《うらや》ましいとしか云いようがない。しかし、一度手渡したものは、取り戻すようなことをやらないのが武士のくだらない見栄でござる。どうかご理解いただきたい」

やがて、二人が店に戻ると、三人の武士の中にいた、剣の師が進み出て、太一の手を取った。

「もう行くのですか」

太一には剣の師にすでに何もかも知らされていたようだった。

「お信を連れていきたい」

太一はお信と良吉を連れていくと云い張ったが、お信は辞退した。

「総太郎様が一膳飯を召し上がりたくなられたときのために、私はここに控えております。いつでもお忍びで、太一さんに戻って帰っていらしてくださいい。心からお待ち申しておりますから」

それからお信は、ずっと声を落として口早に云った。

「もし、あちらの生活が辛くて辛抱《しんぼう》ができなくなりましたら、必ず帰ってきてください。私の命に換えても太一さんをお守りする覚悟はできておりますから」

「ありがとうお信。心配しないで。大丈夫だよ、私も武士の子だもの」

太一は低いが、力強い声で答えた。

結局、お由夫婦の了解を得て、すでに意志を固めていた良吉が太一に伴うこととなった。着物を着替えさせられて別れが迫ったとき、二人の子供は、誇らしそうに背を伸ばし、緊張して歯を食いしばっていた。

お信は二人にそっと囁いた。

「男が泣いていいのはこれが最後かもしれません、我慢しなくてもよろしいのですよ」

突然、太一はお信の首にしがみついて泣き出し、良吉はお由の腕の中に泣きながら飛び込んでいった。

お信を始め、「つぐみ」の主人とお由夫婦に代わる代わる抱かれて別れを告げた太一と良吉は、やがて多くの家来に囲まれて外で待っていた駕籠に乗った。行列が去ったとき、お信は顔を覆って奥に駆け込んだ。


二人の子供の姿が消えた店は、みじめな空洞となった。

その痛手は深く、お信とお由は、もぬけの殻のようになり、主人夫婦の涙はいつまでもたっても乾こうとしなかった。武士が残していった謝礼金は、若草色の袋とともに、お勝手の台の上に乗せられたまま、いつまでも忘れられていた。

数日経って、正月の用意も手につかず、しょんぼりしているお峰のそばで、同じくらいしょげかえっていた勘助を見たお信は、二人に近づいていった。

「女将さん、ちょっと手を貸してくださいな。いいですか、ほら……」

お信はお峰の手を取って、自分の腹の上を撫でさせた。

お峰は仰天して、お信を見上げた。

「お信、お前……」

「『お前も隅に置けない、はしたない子だ』とおっしゃりたいのでしょう。恥ずかしいけれどその通りです。でも、この子の父親と私は夫婦《めおと》の契りをした仲なのですよ。そうですわ、今夜、その人を紹介させていただいてよろしいでしょうか」

「お信……。何てことを……恐ろしい。それじゃあ、まるで居直り強盗じゃないか」

「ええ、そういうことですかしら」

主人夫婦は、今まで見たこともないお信の態度にすっかりあきれたあと、ひどく不安そうな顔を見せていたが、それでも好奇心が先に立ったのか、辛抱強く夜を待った。

深夜になって、裏口から静かに入ってきた若者を見て、夫婦が腰を抜かしそうになったのは云うまでもなかった。

「つぐみ」の年末は涙の師走となった。悲しみの涙と喜びの涙が入り混じって、何とも形容のつかない晦日が過ぎた。

しかし、正月は、きれいな晴れ着を纏った良吉の妹のお鈴が、みんなの微笑みを立派に取り戻させて、和気あいあいと過ぎていった。

庄治は、両親が弁解や詫び言めいたことを云い始めるたびに、優しく二人を黙らせ、それまで自分が取った勝手な行動についても何一つ語らず、五年の空白なんぞはまるで存在しなかったような態度で、明るく元気に仕事にかかっていた。

それでも二人の若者は、親にせがまれて、形ばかりの祝言をすることだけは承知した。かつてお信のものだった小部屋は、それから改造されて広さを加え、新郎新婦の部屋となった。

お由と貞吉夫婦は近くに越してきたが、お由は正式に「つぐみ」で働くこととなり、貞吉は家の改装をするときに知り合った大工の棟梁に雇われた。

「つぐみ」の客はさらに増え、その一膳飯屋が町の中心のようになっていったのはおかしなことであった。


そんな或る日、お峰に頼まれて、近くの店に線香を買いに行ったお信は、その箱を二階に持って上がったが、老夫婦の部屋にある仏壇の前まで来て、首を傾げた。そこにある位牌の中のまだ新しい一つに目が止まったからである。それを怪訝そうに見ていたお信は、近寄ってきた女将に気がつかなかった。

「それは長男の市郎の位牌だよ」

びっくりして振り向いたお信に、お峰は淋しそうに頷いた。そして、お信がすでに知っている長男の生い立ちを語った。

「……三度目に金をせびりに来たあとで、隣の町に行き着かないうちに、ならず者に殺されて金を奪われたらしいんだよ。あの子が剣の修行なぞしていたわけではないのは私らも知っていた。何もかも私たちがいけなかったのさ。申し訳なくて、毎日こうして謝っているんだよ」

お峰は新しい線香を燃すと、仏壇に向かって両手を合わせた。

――親の日々の言動は、子供の運命をそれほど大きく左右するものなのかしら……。そうだとしたら、子を育てるのはとても難しいことなのだわ。太一に対する私の態度はあれでよかったのかしら――。

お信はお峰のそばに座って同じように手を合わせ、目を閉じたが、しばらくして云った。

「私の父は首を吊る前に、子供の私に何度も謝りました。当時は、それが何を意味するのか分からなかったのですが、今になって、そんな必要はまったくなかったばかりか、私は父にもっともっと感謝しなければいけなかったと思うのですよ。必死に生きていた父や母のことを私がどんなに好きだったか、それを充分に分からせる機会がなかったことが悔やまれるだけですわ。市郎さんだって今は空のどこかで、優しかったご両親に感謝していらっしゃるに違いありません。もう悲しむのは止めていい頃なのではないでしょうか」


店の後片付けを終えて部屋に戻ってきた庄治とお信は、ひと息つくと、東向きに新しく付け加えられていた縁に座って、いつものように夜空を見上げた。

「大分暖かくなってきたね……お信、大丈夫かい。お前は仕事の量を減らして、少し身体を労わらなくてはいけないよ、今はお由さんもいることだし」

「お由さんもお義母さんもとても気を遣ってくれますので、私はもうすっかり怠け者になってしまいましたわ。ですからどうぞご心配なく。あなたこそお疲れでしょう。あんなに張り切ってお仕事なさるのですもの。まあ、ご覧になって、今夜もあんなに星が……」

しばらくその星を見ていた庄治がしんみりとした声で言い出した。

「なぜだか分からないけれど、この頃しきりに市郎兄さんのことが懐かしく思い出されるんだ。すっかり忘れていたんだけれど、小さい頃、よく二人ですすきの原で遊んだことや、一緒に瀬川に釣りに行ったことも思い出した。よく考えてみると、俺たち、とても仲が良かったんだ。いつ、どこでどう曲がってしまったのかしれないけれど、二人とも馬鹿な人間になってしまっていたと思うよ。今度兄さんが帰ってきたら、縄でくくりつけても放さないつもりだ。そして何か好きな仕事を探し出させることにした。そのためには、俺にできる手助けは何でもしてやるつもりさ」

「……お兄さん、今頃どこかであなたのことを考えていられるのではないでしょうか。帰っていらっしゃるといいですね」

「帰ってくるともさ」

お信は庄治にそっと近づいて、その手を優しく握り締めた。

濁り水

結《ゆい》は、遠い深淵の底からゆっくりと浮かび上がってきた。

目を開けると、霧のかかった岩と、水に浮かぶ小舟がうっすらと見える。

それが、行灯《あんどん》の弱い光に照らされた襖《ふすま》の絵であることが分かるまで、結はかなりの時間をかけた。

——ここは、城の中……まだ夜明けまでには間がある。眠らなければ……。

そして何も考えないように努めながら、目を閉じた。

渇ききった口をそっと舌で潤《うるお》したとたん、冷たい空気が、唇を刺した。

——そうだった。もう冬なのだ……。

結は再び眠りに落ちていった。


祭りの提灯が、空の星と競うかのように、びっしりと並び、篝火《かがりび》が燃えて、眼下の城下町は、美しく輝きながら、賑やかなざわめきと動きの渦の中で沸いていた。

伴の者たちと一緒に、小高い丘の上からそれを見ていた結は微笑んで、やがて夫になるべき人、義信を振り返った。

「もうそろそろ花火が上がる頃ではないのでしょうか」

ところが、近くにいたはずの義信の姿が消えていた。

——どちらにいらしたのかしら?

ふと周りを見回すと、今までそこにいたはずの伴の者までが、いつのまにか一人もいなくなっていた。

首を傾げた結は、それまで辺りを明々と照らしていた提灯の火が、風もないのに一つひとつ消えていくのを見て、眉をひそめた。

――妙だわ、一体どうしたのかしら……。

「義信様、吉川、荻野《おぎの》……」

結は声高に皆を呼んだ。

しかし、誰も答える者はなく、周りは暗くなるばかりだった。

心細くなった結は、城に戻ることに決めて歩き始めたが、そのとき、闇の中から義信が手を差し伸べた。

「さあ、おいで」

ほっとした結は嬉しそうにその手にすがりついた。

「どちらへ行っておいででしたの？　どうしたことか、伴の者が皆いなくなりましたの。それに明りまで消えてしまって……」

そのとき、一つだけ残っていた提灯が地面に落ち、破れてめらめらと燃え出した。

それを見た結は、突然おびえあがって叫んだ。

「……あの提灯、赤い提灯！　賊が参ります！　不知山《ふちさん》の賊が襲ってきます」

結は義信の手を引っ張るようにして走ろうとした。ところが、彼は動かなかった。

「義信様、危険でございます。あの賊どもは、極悪非道で、残虐極まりないのです。逃げなくては、早く！」

すでに、賊の怒号が聞こえてきた。

「はやく！」

哀願するように義信の顔を見上げた結は、はっと驚いて思わず両手を放した。

「ち……父上様……」

義信だと思っていた人は、結の父なのであった。

「義信様は？　殿はどこに？……」

思わず駆け出した結は、絹を裂くような叫び声を上げて後退りをした。

目の前に、胸に懐剣を刺された、顔のない黒い影法師が、全身炎に囲まれるように燃え上がりながら、じっと立っていたのである。

恐ろしさに手で顔を覆った結は、再び叫んだ。自分の両手が血にまみれていて、どす黒い液がしたたっていたからだった。

燃える影法師はそのとき、グラリとよろめいて、後ろにあった池の中に転落していった。

影を呑み込んだ池の水面は、たちまち夥《おびただ》しい血に染まり、不気味な水の輪をいくつも広げていった。

怯えきって動くこともできず、ただ震えている結の目の前で、渦は次第に消えてゆき、そのあとにはただ、濁った水だけが残った。

自分のうめき声に目を覚まされた結は、やっとの思いで夜具の上に起き上がって座ると、手巾《しゅきん》を取り、全身をじっとりと濡らしていた汗を拭った。

——いつになったらこんな悪夢に悩まされなくなるのかしら——。

冷たい夜気が湿った肌に滑り込み、結の身体は小さく震えていた。

永享の乱、嘉吉の乱、そして応仁の乱と続いたその頃の日本は乱れていた。

そんな中で中央の権力争いに巻き込まれることをかろうじて免れていたのが東北一帯であった。

結《ゆい》はその穏やかな国の一つ、出羽の西条の領主義信《よしのぶ》の妻となる娘だった。父は同じ出羽の北方にある尾津《おづ》の領主尾津輝清《てるきよ》で、母はその妾女の一人だった。

結が西条家に送られてきたのは、当時仲のよかった西条家と尾津家が取り決めた縁組のためであった。父は結の母である芳路《よしじ》を、その美しさゆえに寵愛《ちょうあい》し、正妻より優遇していたせいか、花嫁に選ばれたのは、芳路の娘の結だった。

結が西条家の名主に輿入《こしい》れすべくやってきたのは、彼女が十七歳になった年、ちょうど半年前だった。

しかし、そのときの西条家の領主、つまり結の夫となるべき人は、義信ではなく、その兄の隆之《たかゆき》だったのである。

隆之は二十六歳、広い範囲にわたる学問を身につけた非常に有能な名主で、どちらかというと冷たく厳しそうに見える人だった。

初対面の日、隆之の重みのある人柄に威圧されて、この先の自分の人生に不安を抱いていた結は、やがて自分を見る隆之の眼差しの柔らかさに気づき、そこに小さな希望の光を見出そうとしていた。

ところがひと月先の婚儀の支度にかかわっている最中に、尾津の父が病の床についたという知らせを受け取った。病気の父を一度も見たことがなかった結は驚いた。

結は幼い頃から、領内を有り余るほどの精力を見せて逞しく支配している父の姿に、いつも圧倒されていたほどだったからである。

即刻、輝清を見舞うために、結と未来の夫の隆之は三日ほどの道程にある尾津に赴くこととなった。


結と隆之が城へ到着してみると、領主の輝清は、病床にはあったが、顔色もそれほど悪くなく、嬉しそうに両人を迎えた。

「ようこそおいでくだされた。わしが床に臥したために、婚儀を待たずして、娘の婿殿を一足先にこの城に迎えられたというわけだ。目出度い、目出度い。さあ、心置きなくゆっくりと休んでいってくだされ」

病気見舞いに来たはずの二人は、予想もしなかった盛大なもてなしを受けて、快い数日を過ごすこととなったのであった。

結はその間、何度も母の部屋を訪れた。結が西条家に行ってから、それでなくとも細い母がひと回り痩せたようで、気掛かりでならなかった。

「私のほうは大丈夫ですから、結はあなたの身上に気をつけてください。あちらでは困ったことはありませんでしたか?」

「いいえ。皆様が私を大切にしてくれます。婚礼の式には必ず来てくださいますね」

「勿論ですとも。……結……私のかわいい結」

母は、優しい目で娘をじっと見つめると、その身体を強く抱いた。

「結……仕合わせになるのですよ」

「はい……」

名主の容態が快方に向かっていると侍医が請け負ってくれたので、二人は四日の滞在のあと、尾津家に暇《いとま》を告げ、帰路に着いた。


急ぎ足に道を続けた結たちの一行が、三日目に不知山のふもとにさしかかったのは、酉《とり》の刻(午後五時頃)であった。予定では申《さる》の刻(三時)前にはそこに着くはずだったのが、なぜか少し遅れてしまっていた。

「しかし、この分では戌《いぬ》の刻(八時)までには城に到着できると思います」

家臣の一人、吉川顕蔵が云った。

この吉川は、今では西条家の家臣の一人に加えられていたが、少し前までは尾津家の家臣だった。

彼は結を子供の頃から知っており、結の縁組が決まった際に、母の芳路からのたっての望みで、西条家に随行してきたのであった。

ひとまずその辺の旅籠屋《はたごや》で軽く休息したあと、一行は山を登り始めた。密生した叢林《そうりん》に覆われているにもかかわらず、山の道は広く、たいして険しくないことから、普段からそこを越える旅人は少なくなかった。しかし、日が暮れるにしたがって、人影はまばらになってゆき、やがて山道《さんどう》の静けさを乱すのは、夜鳥の声と駕籠かきの掛け声だけとなってしまった。

深い森の中はすでに、提灯の灯りがなければ道を見極めることができないほどの闇に包まれていた。

「もうしばらくのご辛抱でございます」

吉川が元気づけるように駕籠の外から結に声を掛けた。

「心配なく。私は大丈夫です」

結が答えたときだった。

右手の山の中から、野獣の吼えるような怒号が上がったかと思うと、それがあっという間に近づいてきた。

「盗賊だ！　山賊だ！」

誰かが叫ぶと同時に駕籠の簾《すだれ》がさっと上がって吉川の声がした。

「姫様、こちらに！　急いで逃げてください」

結は駕籠から転げるように外に出ると、闇に向かって走り出した。

姿を現した多勢の賊たちは、それぞれ手に振り回してきた赤い提灯を投げ捨てると、刀や斧をかざして喚《わめ》きながら、護衛たちに飛び掛ってきた。

瞬く間にその場は、恐ろしい修羅場と化していった。武器のかち合う鋭い音、切られた者の叫び声や呻きが、賊たちの喚き声に交じって聞こえていた。

結は咄嗟にわきの叢林の中に逃げ込んだが、そのとき、賊の一人が結を見つけたらしく、飛ぶように跡を追ってくると、淫らな笑い声を上げながら、その肩に手を掛けた。

結がひるんだ瞬間、賊は絶叫を上げてのけぞり、倒れてしまった。

その後ろで、刀を血に染めた吉川が叫んでいた。

「姫様早く！　早く、逃げてください。守り刀を手に持つのです。早く隠れてください」

結は帯の間から懐剣を取り出して鞘《さや》を払い、両手で握ると、木の陰に隠れながら必死で逃げた。

思いも寄らなかった突然の興奮から、息がつけなくなり、一本の木に取りすがったとき、赤い提灯を揺らしながら、結を目がけて走ってくるもう一人の賊が目に入った。

震えながら結は走ったが、賊の足は速かった。男は見る間に追いついてくると、提灯を持ったまま、結に飛び掛ってきた。恐怖の叫びを上げた結が、死を覚悟して目を閉じた瞬間、二人は抱き合ったまま倒れ、転がり始めた。足元が坂になっていたのだった。

ふと気がつくと、重なり合って自分の上に覆いかぶさっている男が呻いていた。

見ると男の額が大岩の角にぶつかったらしく血が顔の上を流れていた。結は男の下から出ようともがいたが、その手が絡み付いていて思うようにならなかった。やっとのことでそれをほどくと、恐怖に震えながら抜け出した。しかし男は何とも知れない声を張り上げながら結の着物の裾を掴んだ。振りほどこうと振り返った結は、再び叫び声を上げげた。

燃え上がる提灯の火に照らし出された男の胸の辺りが血に染まっており、その血の中に結の懐剣が見えたのだった。裾を掴んだ男は起き上がり、またしても結に抱きついてきた。結は力を込めて血まみれの男を突き放し、四つん這いになって坂を上がり始めたが、そのとき上の方から誰かが大声でわめいた。

「誰かそこにいるのか!」

濁声《だみごえ》のそれが確かに護衛のものではなさそうだと判断した結は、少し戻って、燃え残りの提灯の火を足でそっともみ消し、はやる息を殺して動かなかった。そしてその男が走り去るのを聞いてから、そろそろと坂を攀《よ》じ登り始めた。

恐ろしく長い時間が過ぎたと思ったのは誤りで、至る所に散らばっている提灯は、まだ赤い炎を見せて燃え続けており、戦いは続いていた。二つの駕籠も、中に提灯が投げ入れられたらしく、火を噴いて燃えていた。

四つん這いになって震えていた結は、我慢ならないほどの息の乱れを抑えて立ち上がり、肩を大きく波打たせながら木の後ろに身を寄せた。湧き出る涙が視界を遮っているのも気づかぬほど気が転倒していた。

そのとき、結を捜している吉川の低い声が聞こえた。

「姫様、姫様……」

「う……」

言葉にならない声を発したとき、吉川が素早く近づいてきた。

「大丈夫ですか？」

吉川が低い声で尋ねたとき、二人を見つけて駆けつけてきた護衛が囁くように云った。

「吉川殿、この向こうに確か、簡単には目につかないような辻堂があったはずです。そこに私が姫様をお連れしてお守りいたします」

「そうか、では頼む。気をつけてお連れしてくれ。私もすぐに行く。さあ、早く！」

吉川はそのとき、彼らを見つけて奔走してくる二人の賊に向かって刀を構えた。


結を抱えるようにして、しばらく歩いていた護衛が立ち止まった。

「さ、この中に……静かに」

それは捨てられた古い辻堂のようなものらしく、中に入ると、黴《かび》と埃《ほこり》の匂いが鼻をついた。

「さあ姫様、ここで待っていてください。ここなら安全です。賊は大半が果てましたから、もうほんの少しの辛抱です。念のために、ここに私の短刀を置いておきます。これをこう、しっかりと握っていてください。では、くれぐれも音をお立てにならないように。私は辻堂の周りを見張っております」

そう云い残すと、護衛は素早く堂を出て行った。

結は少し安心したせいか、ぐったりとなって床に横たわった。しかし、荒い息遣いが少し静まってくると、どこからか、血の匂いが上がってきて、たまらなく気分が悪くなった。その気分の悪さと戦っているうちに、少しずつ結の身体から力が抜けてゆき、頭には霞がかかってきた。

しばらくしてふと耳を澄ますと、戦いが終わったのか、もう何も聞こえなかった。

──隆之様はどこに?……ご無事なのかしら。そして吉川は……。

そう呟いたとき、結は突然息を止めて闇の中を見つめた。

──誰か……誰かがいる……この辻堂の中に……。

恐ろしさに息が乱れ、震え始めたとき、結はギクリとして目を見開いた。その誰かが低く笑ったような気がしたからだった。

──死ぬ、死ぬ……私はここで死ぬのだ……。

結には、恐怖をそれ以上耐える力は残っていなかった。そのまま、意識が薄れていった。


目がかすかに覚めたのは、駕籠の中だった。

──私は生きている……らしい。この駕籠はどこへ行くのだろう……。

駕籠の外に、侍らしい者の話し声が聞こえたとき、安心したせいか結は再び意識を失った。

二度目に目が覚めたのは城内の部屋の中だった。

「姫様は意識を取り戻されたようですが、傷は軽くありません。血を多量に失われていらっしゃるために、ここしばらく油断は禁物です。数日の間は絶対に安静にしておいてください」

「かしこまりました」

立ち去って行く医者の命令に答えていたのは、侍女たちらしかった。

その侍女たちに向かって、結はかすれた声で尋ねた。

「殿はご無事でしたか……。護衛は皆、無事でしたか……」

答えはなかった。

「吉川はどこ……」

これにも答えはなかった。

「なぜ答えぬ……吉川は死んだのか」

「いえ、吉川様は、姫様のご容態を伺いに、毎日数回おいでになっておられます」

「吉川と話したい」

「只今、それが……」

——おかしい……吉川はこんなときに私を放っておくはずがない。何かあったに違いない……。

雰囲気がただならないことを感じ取った結は起き上がろうとした。

「姫様、しばらくは絶対にお動きにならぬようにと、医者様から厳重に申しつかっております」

女たちは蒼くなって結を押さえつけた。どちらにしても、結には起き上がる力がなかった。

それから丸二日経って目が覚めると、吉川が結のそばにいた。

「お気づきになられましたか。やっと安心いたしました」

「吉川、そちも無事だったのですね。よかった……」

結の頬を涙が伝った。結にとって吉川は、かけがえのない忠臣であったばかりでなく、幼い頃から結の教育に携わってくれた人間でもあり、自分の親しい肉親ともいえる存在だったのである。

結は吉川の止めるのも聞かず、起き上がって寝床の上に正座した。

「隆之様はご無事でしたか。護衛たちも？……」

「……護衛のうち、六名が命を失いました。ほかに傷を負ったものがかなりおりますが、命に別状はございません」

「六人もの人が命を失ったと……何といたわしい……」

吉川はそれから、結の許しを得て、侍女を皆部屋から払ってしまった。

「姫様……」

「そのほかにまだ何かあったのですね」

「はい……」

暗い目を伏せるようにして、しばらく躊躇《ためら》っていた吉川はやっと口を開いた。

「名主様が……隆之様が賊に刺されて、お亡くなりになられました」

「何？　何ですって？　隆之様が？　まさかそんな……。何かの間違いでしょう？」

「間違いではございません……確かでございます」

「腕の立つ護衛が何人も殿をお守りしていたのではありませんか。そのようなことが起こるはずがないでしょう。皆、何をしていたというのです……私には信じられません」

結は何度も首を振った。

「……隆之様が……私の父を見舞いに行ったその帰りに、賊の手にかかって……。そのようなことがあっていいものでしょうか」

結は顔を両手のなかに埋めた。

「隆之さまがお亡くなりになった……。お亡くなりに……」

胸が詰まって、それ以上言葉が続かなかった。

隆之とはゆっくりと話す機会にも恵まれず、結局、結は隆之の人柄を知ることもならずに終わってしまったが、時として自分に投げかけてくれた、優しい眼差しばかりが、そのとき、結の目の奥に浮かび上がってくるのであった。しかし、結の朦朧とした頭の中で、その眼差しが賊の野蛮な姿に押しのけられ、かき消されてしまいそうなのが耐えられなかった。

吉川は話し続けた。

まず、国の混乱を避けるために、領主の死はまだ城内の者以外には知らされていないこと。次に、早急に後継者を決めなければならず、重臣たちが集まって検討を続けていること。

隆之には三人の弟と一人の姉がいたが、そのうち二人の弟は子供の頃に夭死しており、残る一人の義信という弟は、成人もしないうちに出家をして寺に入ったが、その後、遊行僧《ゆぎょうそう》となり、諸国を行脚《あんぎゃ》して回っているということで、皆目行方が分からないということ。また、姉の婿の宗司は、非常に病弱で、明日の命も分からないといった具合であるために、彼は度外視しなければならないこと。

結論として、前領主が側女《そばめ》たちに産ませた男子のうちの二人、二十五歳の柴田雅之《まさゆき》か、もしくは十六歳の志賀源之助、さもなければ、筆頭家老、妻木栄輔の息子、二十六歳の弘成《ひろなり》を選ぶしかないということになっていること――。

吉川の言葉はまだ続いていた。

しかし結は、それらの言葉を夢うつつで聞いていた。

――赤い提灯……不知山……賊、叫び……血……血。隆之様の……死……死。

「結様、お気を確かにお持ちください。これらの問題の上に、姫様ご自身の今後のご進退がすでに決められております」

「私の?……ああそうですか。私は尾津に戻るのですね」

「いえ、姫様は、新しく選ばれる領主様の奥方になられることになっております」

「新しい名主様の?　そう決まったのですか……そう。女子《おなご》は遊戯のために作られた手毬のようなものですね。人の手から手へと投げ移されて……。なぜ私は、賊に襲われたとき、あれほど必死になって我が身を守ろうとしたのでしょう。所詮手毬でしかないこの命を……」

「結様……」吉川は俯いてしまった。

それからというもの、結はあわただしい城内の動きなど、まったく気がつかない様子で、放心状態のまま、日々を過ごしたのだった。

新しい領主が決まったらしいという報があちこちで囁かれ始めた日の午後、突然城内が騒然となった。遊行僧として遍歴をしていたはずの義信が突然、城門の前に姿を現したのである。隆之の家臣の一人で義信の古い友でもあった内藤宗惟《むねただ》が、国中の寺に連絡を取り、義信を探し当てて、隆之の死を急報したのであった。

城内は沸き立った。

昼夜を徹して歩き続けて来たらしく、法衣を埃で白くした義信が、堂々とした体躯を見せて城に入って来るのを目にした家臣たちは、名主の後継者がお戻りになったと歓喜して迎えた。ところが、その歓喜はすぐに、もみ消されることとなったのである。

「私はただ、兄上のお弔《とむら》いに馳せ参じただけでござる。不慮の最期を遂げられたという訃報を受けて胸を痛めたためにほかなりません。しかし、名主後継など、私には縁のないことでござる。私が世を捨てた人間であることをお忘れなさりませぬように」

領主を継いでもらいたいという家臣たちの望みは、そういうことで、きっぱりと断わられてしまったのであった。

その日、義信こと尭雲《ぎょううん》は、兄の遺体が安置されている部屋に入ったまま、いつまでも出てこなかった。低い読経の声が聞こえてきたのは夜に入ってからであった。

　隆之と義信というこの兄弟は、それぞれ非常に異なる性格を持っていたのだが、幼い頃からとても仲が良かったのである。

　葬儀の日程がまだ決まっていないことを聞いた尭雲は、三日滞在したあと、葬式を待たずに城を去ることを決めた。出立の日の朝、尭雲は最後の読経を終えたあと、名残を惜しんで集まってくれた懐かしい家臣たちの挨拶を受けた。

「その節は世話になったな。元気そうで何よりだ。これからも跡をよろしく頼んだぞ」

　そう云いながら、一人ひとりの家臣を見ていくうちに、なぜか尭雲の顔に説明のつかない複雑な表情が生まれていった。

　間もなく最後に陣取っていた新顔の吉川が紹介された。

「何？　兄上の嫁となられるはずのお方に附いて来られたと？　して、そのお方はいずこに？」

　早速、尭雲は吉川に伴われて結の部屋にやって来た。

「このたびのご不幸により、一方ならぬご心痛にあらせられること、心よりお察しいたします」

　深く低頭して顔を上げた尭雲はそこに、頭をゆらゆらと揺らしながら、自分の云った言葉に反応もしないでぼんやりと座っている、消え入りそうな娘を見たのであった。

「姫様は不知山で山賊に襲われた際に深い傷を負われ、危ういところでお命を落とされるところでした。そのために、やや動揺なさっておいでございます……」

吉川は言い訳をするように云った。

「不知山？……では、兄上と一緒だったのか」

「はい……」

「やはり辻堂の中で……？」

「いえ……大分離れた所で……」

「辻堂で見つかったのは兄だけだったのか……」

「はい……」

「ふむ……」

尭雲は黙ったまましばらく、結と吉川を交互にじっと見ていたが、やがて「一緒に来てくださらぬか」とひと言云うと、立ち上がった。

それから尭雲は、自分を呼び戻してくれた内藤宗惟と中老の杉田一乃進を呼び出し、吉川を加えて四人で城を出ていった。

四人が城に戻ってきたのは、翌日の夕暮れであった。

そしてそのとき、城に思いがけない吉報がもたらされたのである。

尭雲が還俗《げんぞく》して義信に戻り、新しい領主となることを受け入れたということだった。

「これでやっと西条家の領主問題が解決された」と城内の者は喜び、安堵の胸を撫で下ろしたのは云うまでもなかった。

不運な死を遂げた隆之の盛大な葬儀が、結の出席を待たずに執り行われた。

不知山の賊から受けた傷が思うように癒えず、結は数日来高熱を出して寝込んでおり、うわごとを云う日が続いていた。勿論起き上がることなど、とてもできない状態だったのである。

ついで数日後、領主継続の式があり、義信は正式に西条家の領主となった。

義信は、名主となったその日から、内政状態を記す書類を詳しく調べ始めた。

西条家が治める国は、冬の厳しさにもかかわらず、気候には非常に恵まれていて、土壌が豊かで自然の災害も少ないことから、他国が羨むほど豊富な農産物の収穫がある所だった。その収穫の取り締まりや財の分配状態を調べ上げた義信は、それまでの欠陥なき運営を確認できたことを心から喜んでいた。

「さすがに兄上……」

義信は、兄が肌身離さず持っていた守り袋をそっと撫でた。

「この守り袋のご利益《りやく》はなかったようですね」

そう呟くと、寸分違わぬ自分の守り袋を取り出して合わせ、重ねて懐に入れた。


婚儀については、義信から、半年の延期が要請された。勿論、亡くなった名主への配慮からではあったが、もう一つには、一向にはかばかしくなかった結の健康を慮ったためでもあった。

勿論それに異論を出す者はいなかった。結は、不知山で凶暴な賊に襲われて命を落としかけた上に、夫と決まっていた人を失ってしまったのである。城内の憐憫《れんびん》が集まるのは当然といってよかった。

しかし、結の様子が芳しくなかったのは、皆の考えていたようなことだけが原因だったのではなかった。不知山の出来事に加えて隆之の死がもたらした衝撃が突然、それまで子供だった結の目を覚まさせてしまったのである。

――私は今ここで、一体何のために生きているのだろう……。

そのときまで、何も問うことなく生きてきた結の目に、突然、自分の存在が、その辺りに舞う塵《ちり》の一粒と少しも変わらぬもののように映ってきたのだった。

――私は塵……でなければ一個の駒。武士の政《まつりごと》という将棋板の上で、見知らぬ手によって動かされる駒でしかないのだ。しかも、今ここで、私の顔が描かれているこの駒は、私でなければならないというわけではなく、私の立場にある若い女であれば誰のものでもいいはずなのだ。

私がこれまで大切にしてきた夢だの人間性だのといったものは、この将棋板の上でどんな役割を果たすというのだろう。そうしたことに考察を巡らすこともなくここまで来てしまった私は、何と幼稚で愚かであったことか……。

たとえ以前から考察を巡らしていたとしても、塵であり、駒でしかない自分の運命は少しも変わらなかったであろうことは分かっていても、結は自分の愚かさを嗤《わら》わずにはいられなかった。

――ああ、あのときに、不知山の賊に殺《あや》められていたならば、少なくとも私は今頃、何事に煩わされることもなく、静かに眠ることができていただろうに……。

それにしても分からない……。不知山であのとき、自分に取り付いていた凄まじいほどの本能……賊の手から逃げようとした本能とは一体何だったのだろう。私が生きることにそれほど執着していたとでも云うのだろうか……。


結が少しずつ健康を取り戻していった或る日、義信とのお目通りの日が決まった。

その当日、深く頭を下げたままの結をしばらく無言のまま見ていた義信が、優しく云った。

「そなたは、身体の調子が元に戻っていないと聞いておる。気兼ねなく、これからも充分に養生するがよい」

「ありがたきお言葉にございます」

結は俯いたまま、しばらく動かなかったが、身体を少し起こすと、ふいに口を開いた。

「……お殿様」

「何だ？」

「一つだけ、お尋ねしてもよろしいでしょうか」

「ふむ……何なりと」

「遊行僧とは何でございますか？」

義信は思いがけないその質問に、やや驚いたようだった。

「遊行僧とは、雲水《うんすい》とも云い、修行や説法をしながら諸国を巡り歩く僧のことだ。もっとも私の場合は、説法などせずに、ただいたずらに放浪していただけだったがな」

「では、我が思うままに天下を歩き回り、我が思うままの人生を生きることができるのでございますか」

「……そういう云い方もできるであろうな」

「女子《おなご》の遊行僧というのもあるのでございましょうか」

「遊行僧と同じかどうかは知らぬが、神の信託をして歩く尼や、歩き巫女《みこ》の類《たぐい》は見たことがある」

「…………」

「結は出家をしたいとでも考えておるのか?」

結は首を曖昧に振った。

「殿様……もう一つ」

「何でござるか」

義信は苦笑を抑えるようにして結を見た。

「そんなに気ままで素晴らしい人生を、何故《なにゆえ》にお捨てになられたのでございますか」

義信はしばらく黙っていたが、軽い調子で答えた。

「それなりの理由があったからだ」

「領主であることは、それほど大切なものなのでございますか」

「領主が政《まつりごと》を正しく運行していれば、民も家臣も安心して生活ができるということだ」

「…………」

「領国の政が乱れれば、皆が——特に下層の民が苦しむ。政というのはそういった意味で大切なのだ」

結は顔を伏せて、その言葉をじっと聞いていた。

「それにな、そなたが哀れで、愛《いと》しく思えたせいかもしれぬ」

結は顔を上げた。

「私が？……私たちが相見《あいまみ》えましたのは、今日が初めてでございます……。あ、そうでございましたか。お戯《たわむ》れになっておいでなのですね……。いえ、たとえそれがお戯れからでありましょうとも、お殿様からそのようなお言葉がいただけるとは思ってもおりませんでした。嬉しゅうございます」

結は礼をすると、そのままの姿勢で、義信をそっと盗み見た。

初めてじっくり見る義信は、頑丈そうな身体をもてあましている大きな子供といった印象を与えており、その兄が持っていたような厳しさはなかった。どこか空とぼけたような顔をしており、澄んだ目が美しい若者だった。

「では、ご自身の自由を犠牲になさるのみならず、ご自分の選びもしない娘を、不服もおっしゃらずに娶られるのは……全て、政のためなのですね」

「そなたは自分の選びもしない婿を取ることになるのではないのか？」

結はあわてた。

「そ、そんな。決してそのような大それたことを申すつもりではございませんでした。ただ、私は、義信様が還俗なさった本当の理由を知りたかっただけにございます」

「結、そなたはものを詮索し過ぎる。人間はものを知らねば知らぬだけ、仕合せでいられると申すのを知らないようだな。……知り過ぎると火傷《やけど》を負うぞ」

「………」

「もうほかの質問はないのか？」

からかうような義信の声を聞いたとき、結はピクリと飛び上がり、自分の失態に始めて気づいたように赤面すると、深く頭を下げた。

「常軌を逸しました私のぶしつけな振舞いを、心からお詫びいたします。どうかお許しくださいますように」

「結は変わった女子《おなご》でござるな」

「は？……」

「もうよい。休むがよいぞ」

「はい……」


月日が過ぎていった。新しく名主となった義信は、自分の義務を惰りなく果しながら、平穏な日々を送っていた。

義信の結に対する態度はいつも優しく、細かな思いやりに欠けることがなかった。結には義信のそうした心遣いがこの上なく嬉しかったし、日が経つにつれて、ままならぬ運命を嘆いていた自分を恥ずかしく思うことがたび重なるようになっていた。

――これが仕合わせでなくて何だろう……。

結にあてがわれた侍女たちも、控え目で行き届いた世話をしてくれたし、中でも、いつも近くにいて面倒を見てくれる荻野という二十四歳の女性は、結にとっては親身な姉のような存在となっていたくらいだった。義信と結が連れ立って、城下の祭りや、大道芸人などを見に行けるように取り計らってくれたのも、二人が一緒にいる時間をそれとなく増やしてくれているのも、その荻野なのであった。

また荻野より少し若い菊川という美しい侍女は、格好の話し相手で、城内、城下で起こっている様々なことを聞いてきては、結に逐一報告してくれるのであった。

そのほかに、家老たちやほかの重臣たちも次々と結に紹介され、親しく会話をする機会も与えられた。若い臣下もかなりいたが、中でも、まだ大人になりきれないが容姿端麗な志賀源之助と、丸顔で頑丈な身体と賢そうな目を持つ柴田雅之という、義信の異母弟たちが目立っており、結を喜んでもてなしてくれたし、筆頭家老の長男だという、妻木弘成も、結に対して敬意を示すことを忘れない好もしい青年だった。

そうした恵まれた境遇を心から感謝しながら日々を送っていたにもかかわらず、なぜか不知山の赤い提灯と燃える影法師の悪夢は、少しも薄れることなく結の眠りを襲い、脅《おびや》かし続けていた。

そんな或る夜のことだった。

結は引き裂かれるような叫び声を上げて寝床から這い出した。

「隆之様！　ああ、あなたは……隆之様……」

隣の部屋で寝ていた義信はただならない叫び声を聞いて跳ね起き、襖を開けた。そして怯えた目を宙に迷わせて部屋から這い出そうとしている結を捕まえると、両腕に抱え込んだ。

「どうしたのだ、結、悪い夢でも見たのか」

「いいえ、夢ではありません。見えたのでございます。あの燃える影法師の……影法師の顔が見えたのです。あの影法師は……確かに……確かに隆之様だったのでございます。夢ではありません。まことでございます」

義信の腕に抑えられた結はそう叫びながら、全身で震えていた。

「よしよし分かった。さあもうおしまいだ。ほら落ち着いて。明日になれば何もかも忘れてしまう。もう何も考えずに眠るのだ」

義信は、ともすれば腕から飛び出しそうな結を抱き込んだまま、辛抱強く座っていた。

やっと震えが治まったとき、結は急に目が覚めたように身体を離すと、義信の前にひれ伏した。

「見苦しい振る舞いをお見せしてしまいました。どうぞお許しください。悪い夢を見ただけでございます。ただの夢に過ぎません。この通り、私はもう大丈夫でございます。私はよく、おかしな夢を見る人間のようで困っております。今後また、このようなことがありましても、どうぞお気になさらないで、お捨て置きくださいませ。お願い申し上げます」

無理に笑顔を見せようと必死になっている結を見ながら、義信は「ふむ、よし、分かった。本当に大丈夫なのだな?」と、優しく念を押したあと、部屋を出た。

義信は寝床の上に座って考え込んだ。

——悪い夢というのは、不知山のことなのか……。だが待てよ。おかしなことを云ったな。兄上の顔がどうしたというのだろう。兄上と結の悪夢とはどんな関係があるのだろう……。この娘は、何か誰も知らない秘密を抱えているようだ。だとしたらそれは一体どんな秘密なのだろう……。


それからの結は、当夜のような狂乱にも似た騒ぎを起こすことはなくなってはいたが、毎日のように同じ夢を見てうなされていたのは少しも変わらなかった。

義信はときどき夜中に目を覚ますと、仕切りの襖を僅かばかり開けて、結のうわごとにじっと聞き入った。

「義信様、不知山の賊が参ります! 逃げなければなりません、彼らはとても残忍なのです。早く!」

「ああ、あなたは父上様?……。義信様はどこにおいでなのですか……」

「ああ、あなたは誰? 誰? 誰?……。ああ、隆之様、ああ隆之様……なぜ?……なぜそのように恐ろしいお姿で……。血が……血が、ああ、水が……あんなに濁って……」

義信はそのたびに、足音を忍ばせて結に近寄ると、結の手をそっと撫で、幼子を鎮《しず》めるように身体を軽く叩いて、うわごとの治まるのを待った。

こうして、結の心を恐怖で掻き乱して止まない悪夢の内容を、義信は幾日も聞き続けたのであった。


城の至る所に、梅の花のほのかな香りが漂い始めていた。

その頃結は、暇さえあれば庭園を独りで散歩するようになっていた。いつまでたっても得られない心の安らぎをそこに求めようとしていたのかもしれなかった。その庭は、無造作なくらい、自然をそのままに生かしてありながら、隅々まで手入れの行き届いた、心の温まる庭だったのである。

そこで或る日、池のほとりに佇んでいた結は、後ろから声をかけられた。

「こんな所で何をしているのだ?」

振り向くと、そこには義信が立っていた。

「はい……。池……鯉たちを見ております」

「小さな池で生涯を終える鯉たちを、広い海に連れていって放してやりたいと思っているのではないか?」

結はびっくりして義信の顔を見上げた。

「どうしてそれを……。はい。確かに、ここに参りました初めの頃はそう思っておりました」

「今は?」

「今は……正直に申しまして、この鯉たちは、ここで、このままで、とても仕合わせなのかもしれないと思うようになりました」

「なぜだ？」

「それは……よく分かりません」

結は頬を染めて俯くと、答えるのを避けるように、そばに置いてあった餌を手に取り、池に向かって撒き入れた。

瞬間、鯉たちは群れをなして集まってきたが、餌の奪い合いが済むと、以前の静けさを取り戻してゆったりと泳ぎ始めた。

それを嬉しそうに見ていた結の顔から微笑みが消えた。

「水……濁った水……」

鯉たちの乱した水は、底から雲のように湧き上がった泥で濁っていたのだった。

「濁った水がどうかしたのか？」

「いえ、……ただ、鯉たちが、水を濁らせてしまいました」

「それが気になるのか」

「…………」

結はしばらく黙っていたが、池から目を上げずに云った。

「私はこの世を、こうした濁った水を透してしか見ることができない人間のような気がするのでございます」

「ん？」

「私には自分がなぜ生まれてきたのか、なぜ生きるのか、自分の未来がどういう風になっていくのか、何一つ分かっておらず、私の周りで起こる全てのことが濁った水の中に謎のままでうごめいているように思えて仕方がないのでございます」

「分かる必要があるのか？」

「……全てを分かるのは無理だとしても、自分について……自分が一体誰なのか、それだけは知りたいのでございます」

「そなたは自分を知らないと云うのか？」

「……私は、今まで、自分のことを、どこにでも見られる普通の娘だと思っておりました。ところが最近、なぜか自信が持てなくなりました。自分が冷酷で、想像もつかない大罪を犯しかねない残虐な人間なのではないかと疑うようになってきたのです。ときどき、自分で自分のしていることが分からなくなるようで……」

結は、そこまで話すと、はっとして義信を見た。

「おかしなことを申し上げて失礼いたしました」

義信は何も云わず、探るような目でじっと結を見ていた。

そのとき、家臣の一人が近寄ってきた。

「杉田様が殿を探しておいでです」

義信は、家臣の後に続きながら振り返って云った。

「何事も気にするな。でないとまた病気になるぞ」

義信を見送りながら、結は泣き出しそうな顔をして微笑んだ。

「はい。そう努めるようにいたします……」


深夜の城は静まり返っていた。

大分前から目を覚ましていた結はそのとき誰かが、あわただしく廊下を走る足音を聞いた。その足音は結の部屋の前を通り過ぎて義信の部屋の前まで行って止まった。そして声を殺した中老の杉田の声が結の耳に届いてきた。

「殿、どうかお目覚めを」

素早く起きて廊下に出たらしい義信が、杉田と共に足早に去っていくのを、結は眉を顰《ひそ》めて聞いていた。


その夜に起こったことは、城内の誰もが首を傾げるような事件だった。

家臣の一人が何物かに殺害されたのである。城内の警備を終えて部屋に戻ろうとしていた矢先に、背後から襲われたものらしかった。理由は誰にも分からなかった。三浦というその男は、剣の腕の立つ真面目な男で、人に恨みを買うような者ではなかったし、城外でいざこざがあったような話も聞いたことがなかった。

緻密な調査がなされたが、犯人の足取りも動機も掴めないままに日が過ぎていき、やがては外から来た盗賊の仕業だったらしいという意見も出てきて、次第にそのことについて話す者も少なくなっていった。

ところがそれから二ヶ月ほど経った或る日の夜更けに、別の家臣が一人、息絶えて城の庭に倒れていたのが発見された。

今度も背後から襲われており、斬られた理由がまったく分からなかった。

この事件は城内の者全てを不愉快な戦慄で包んだ。

先のことがあって以来、城壁、城門の警護は充分に堅くしてあったから、外部から人が忍び込むことは考えられなかった。そうなると、内部の者への疑惑が強くなってくるからであった。

抜かりなく続けられた調査にもかかわらず、効果は表れなかった。

「城内に、血に飢えた性格異常者がいるのかもしれない」

という言葉も聞かれ、当然のこととして、城内の者同士の、お互いを見る目がどことなく険悪になっていった。

しかし、それから三ヶ月の間は、同じような事件は再発しなかった。

その代わり、西条の領国に、今まで見られなかったような厄介な問題が続発するようになったのである。

あちこちで火元の分からない大火が続発したり、豪雨もないのに堤防が決壊して、家や畑を流したり、大量の作物を枯死させる奇妙な病気がはびこったりという類《たぐい》であった。

義信は問題が起きると、事の原因を見極め、解決を図るために、すぐに現場に赴《おもむ》いた。

領主自らが、被害に見舞われた現地を見回ることが多くなり、頻繁に城を留守にするようになってから間もなく、しばらく忘れられていた不祥事が、城内で再び発生した。

三人目の臣下が前の二人と同じような形で暗殺されたのである。西条家の内部には以前にも増して、陰鬱な雲が重くかかるようになった。

結は菊川に、それら一切の内容を詳しく聞き込んでくるように頼んだ。

「至る所に発生しております被害は、今までにこの国が経験したことのない異例なもののようでございます。その災厄を新しい領主様のせいにする者や、亡くなられた隆之様が何かをお恨みになっての『たたり』ではないかと噂する者も出てきております」

菊川は聞き集めたそれらの内容を詳細に渡って説明した。

「領主様のせい……隆之様の恨み……たたり……。して、城内での臣下の暗殺については？」

「ああ、あの護衛たちでございますか？　依然として犯人については、何も分かっていないようでございます。皆、気味が悪いと申すばかりでございます」

結は眉を寄せると、急に黙ってしまった。

「姫様、どうかなさいましたか？……」

「何でもありません。今日はこのくらいにしておきましょう」

菊川を退かせたあと、結は考え込んだ。

——護衛……菊川は、あの殺された人たちを護衛と呼んだ……。云われてみれば、確かに殺された三浦も永坂も柏原も、私の護衛として尾津に附いて来た者ばかり。それが、この一連の暗殺と何か関係があるのだろうか……。

いたたまれなくなった結は、立ち上がって部屋を出ると、庭に下りて行った。

草木の強い香りが立ちのぼって、息苦しくなるほど春を感じさせるような季節になっていた。

庭石を伝って、小さな水の流れを追っていくと、いつもの池に辿り着いた。

結は立ち止まって、護衛たちのことを考えまいと努めながら、水の中を泳ぎ回る鮮やかな色の鯉にじっと見とれた。

——一生この池の中だけで生きている鯉でも、それで充分に満足しているのかもしれないと思うのは、私がそうだったからなのだわ。知らないうちに、私はここでとても仕合わせになれそうな気がしていた。それなのに、この城を包む険悪な空気はどうしたことだろう。そして、なぜ……何故、私の胸はこうも不穏なのだろう……何故？……。

しばらくして戻ってきた結は、辿ってきた飛び石の脇に、何やら光るものを見つけて立ち止まった。

それは、鞘のない一振りの懐剣だった。

「なぜこんな所に？　さっきは気づかなかったのに……」

結は懐剣を拾い上げ、しばらく見入っていたが、その柄の部分に結ばれた飾り紐の先に垂れている長い房を撫で始めた。

――あら、これは血……乾いた血の痕ではないのかしら……。

低く呟いたとき、人の足音を聞いた結は、素早く懐剣を袖の中に隠して部屋に持ち帰った。

その夜、城内で四人目の家来が殺害された。その名は白石孝輔、やはり後ろから強烈な一太刀をあびていた。それを聞かされた結は、身震いを抑えきれなかった。その白石も、隆之と結の護衛として尾津に附いて来ていた男だったのである。


「ご祝儀も間近となりました」

荻野は嬉しそうに、ほかの侍女たちが運んできた婚礼用の豪華な着物を、一枚ずつ拡げて結に見せていた。

「お気に召されましたでしょうか」

結は微笑んで頷《うなず》いてから、ふと思い出したように尋ねた。

「祝儀はいつでしたかしら」

「は？　まさかお忘れなのではないでしょうね。お式は十五日後に迫っております」

「忘れはしません。冗談です」

「大変失礼を致しました。照れておいでなのですね。了解いたしましてございますよ」

結は荻野と声を合わせて笑った。

実を云えば、結は自分の祝儀のことなど、すっかり忘れていた。その頃の結は何をしても上の空で、ただわけもなく怪しく騒ぐ胸をもてあましながら、落ち着きのない生活を送っていたのだった。

皆を退がらせたあと、結は決心した。

「こんな生活をいつまでも続けているわけにはいかないわ。結、お前は知らなければならない。お前の中で燻《くすぶ》っている不気味な謎の正体を見届けなければならない。義信様は、私がものを詮索し過ぎると仰せになった。ものを知り過ぎると火傷を負うともおっしゃったわ。でも、私は知りたい。どんな火傷を負おうとも、私は全てを濁った水の中に放っておくことはできないのだ」

結は目を閉じると、精神を集中して、それまで考えまいと遠くに押しやっていたことの一つひとつを、記憶の中から引き出そうと努力した。

いくらも待たないうちに突然、目の裏に、庭で拾い上げた懐剣が浮かんできた。

――あの懐剣についている長い房……。ああ、何て迂闊《うかつ》だったのだろう、あれは、辻堂で護衛がくれた短剣……私が握り締めていた短剣の房なのだわ。そう……私はあの剣を握りしめていた。そして、それから……それから?……思い出せない。そうだわ、それから……駕籠に揺られていることに気がつくまで、確かに説明のつかない空白の時間がある。

結はそれから長い間、必死の努力をしてその空白の時間に起こったことを思い出そうと努めたが、そこだけがきれいに切り離されたように、何も出てこないのであった。

——房のついた懐剣が私の握っていたものであることは分かったけれど、それは一体、何を意味するのだろう。そして、なぜそれが、ここの庭に捨てられていたのだろう。


結はあくる日も菊川を呼んで、国の様子を話すよう命じた。

「お聞きになっても、心をはずませるような良いことは一つもございません。何も知らないでいらっしゃるほうが、御身のためでございましょう。お目出度いご祝儀も間近に迫っておりますし……」

「かまいませぬ。私は知りたいのです」

菊川は不承不承に、依然として国に広がっているらしい凶事をことごとく語ったあとで加えた。

「これらのことが、名主様の評判をひどく傷つけているようでございます」

「新しい名主様のせいだと人は考えているのですか……。気候の異変があるわけでもないこの美しい春に、何故、そのような災難が……」

「それにもう一つ、おかしな噂が飛んでおります」

「どんな?」

「先日亡くなられた隆之様が、実は辻堂の中で胸を刺されて殺されたらしいという……」

「辻堂の中で?」

「はい。おかしなことでございます。辻堂にお入りになるまではご存命でいらして、そのあと、周りは護衛に見張られていたと申します……」

結は菊川に、すぐ吉川を捜してくるように云いつけた。

吉川が部屋に入ると、結は戸を閉めきって対座し、前置きなしに尋ねた。

「吉川、この国に数々の災厄が起こっていると聞きましたが、それはまことなのですか？」

「はい、おっしゃる通り、奇妙な害があちこちに……」

「して、殿はどうしておいでなのですか。このところお姿が見えないようですが」

「それが……」

「どうかしたのですか？」

「四日ほど前、国を見回っておいでの際に、猟師が誤って撃った弾に当たって傷つかれたと聞いております」

「何ですって？」結の顔から血の気が失せた。

「ご安心ください。ただのかすり傷だったようで、ひとまず樵《きこり》の家でご休息なさっておいでです。もう間もなくお戻りになられることでしょうが、少し事情がございますので、このことはご内密にしておいていただきたく存じます」

「そうでしたか。ご無事なのですね。よかった……」

安堵の息をついている結を、吉川は微笑を浮かべてじっと見ていた。

「姫様……」

「何ですか?」

「……いえ、何でもございません」

「云いかけたことは必ず云わせてみせますよ」

「姫様は相変わらず怖いお嬢様でいらっしゃいますね。いえ、私はただ、義信様はいいお方だと申し上げたかっただけです」

「そんなこと、分かっております」

結は思わず赤くなって下を向いていたが、やがて急に思い出したように話題を変えた。

「吉川、城内の密殺について何か新しい事実が分かりましたか?」

「いえ、今のところまだ……」

「そなたは、三浦、永坂、柏原、白石と、殺害された四人が皆、尾津に附いて来た護衛だったのを知ってい……」

「姫様……」

突然、吉川は結の言葉を遮《さえぎ》った。その顔には、結が今まで見たことのない、厳しい表情が浮かんでいた。

「この一連の事件のことは、私どもにお任せ願えませんでしょうか。しばらくお待ちくだされば、捜査の結果が出ると存じますので」

「そなたがそう云うのなら……。しかし、何か分かったら、必ず私に教えてくれますか」

「はい、お約束申し上げます」

「それに吉川、もう一つ……」

「はい？」

「辻堂で……」

「辻堂がどうかしましたか？」

「いえ、何でもありません」

吉川は結を探るようにじっと見ていたが、深く一礼して部屋を出て行った。


「……誰？　そこにいるのは誰？……」

結は汗びっしょりになって、唸りながら夢から覚めた。

しかし、今まで見ていた夢が消えてしまわないように、結は目を閉じたまま、じっと動かなかった。

——ここは、辻堂の中……。真っ暗で何も見えない。その片隅に、私は独りで横たわっている。独り？——いいえ、……私は独りではない。誰かがいる。暗闇の向こうに確かに誰かがいる。それは一人？……そう、一人のようでもあり、一人でないようでもある……。ああ、その誰かが動き出した……。私は懐剣を握り締めようと必死になる。震えのせいか指が思うようにならない。その影は一歩一歩こちらにやって来る……私に近づいてくる。

「結……」突然誰かが私の名を呼んだ。それと殆ど同時に私は聞いた。

もう一つの気味の悪い声を……。

ああ、死ぬ……死ぬ……。暗い……何と暗いことか――。


結は起き上がって、夢の内容を何度も頭の中で反芻した。

――あのとき私を呼んだのは誰？……。従者なら「結」とは呼ばないはず。

ということは、隆之様？……。菊川は殿が辻堂で刺殺されたと云った。私に近づいてきたのは何人？……そこで何があったというのだろう？――。

結は夜明け近くまで考え続けた。


翌朝、結は吉川を探したが、家臣の一人が「吉川様は、お出かけになりました。明日の夜にはお帰りになるそうです」と教えてくれた。

しばらく考えていた結は、家老たちのいる部屋へと向かった。そこにいたのは、筆頭家老の妻木だけだったが、結は臆せず声をかけた。

「少し尋ねたいことがあるのですが」

家老はびっくりして結を眺めた。

「これは、結姫様。ご祝儀が近づいて何かとお忙しいことでございましょう。こちらのほうでも、準備が整い始めております。今日は何か御用でも？」

「先にお亡くなりになりました名主様のことでお伺いしたいことがあるのですが」

「と申しますと？」

「どなたが、ご不幸な目に遭われた隆之様を城まで連れてきてくださったのかを教えてほしいのです。ひと言お礼が申し上げたかったものですから」

「それは、ご丁寧なことで。それは確か、足軽の澤田に聞けば分かると思いますが、呼びましょうか」

「いえ、結構です。邪魔をしてしまいました」

結はすぐに足軽の澤田を捜した。澤田は結の質問に、すぐ答えてくれた。

「はい、あのときは、生き残りの賊どもが山の中に逃げ散って、やや静かになってから知らせを受けまして、ただちに辻堂に参りました。けれど殿はすでにこと切れておいででした。私どもはすぐに駕籠にお乗せして、殿のご遺体を城までお運び申しました」

「殿の傷はどんなものでしたか」

「軽い傷がいくつかありましたが、致命傷となったのは、胸に受けた短剣の一突きのようでございました」

「してその短剣は今どこに？」

「それが、申し訳ないことに、私どもの不注意のために盗難に遭い、紛失してしまったのでございます」

「その懐剣がどのようなものであったか覚えてはおりませんか？」

「……ええと、ああ、確か、あの柄の所に巻かれた紐の先に、長い房がついていたかと……」

結は礼を述べて澤田のもとを去った。部屋に戻りながら、結は呟いた。

――だんだん水が澄んでくる……。

そのあと結は忍びの姿で城を出ると、不知山に向かう道を歩いていた。そして、途中にある駕籠屋を片っ端から訪ねて回ったのであった。

城に戻ってきたときはすでに、日が暮れかかっており、門を入るや否や、荻野を始めとする侍女たちが大騒ぎをしている様子が目に飛び込んできた。

結は彼女らに、にっこりと微笑みかけて「突然、姿を消したりしてごめんなさい。近くで縁日が開かれていましたので見に行ってきました。婚礼前に、独りで息抜きがしてみたかったものですから」と云うと、渋々納得してくれたようだったが、荻野の小言はいつまでも続いた。

結はその日、不知山に向かう道沿いにある一軒の駕籠屋で、あの日、自分を不知山から城まで運んでくれた駕籠かきを見つけることに成功した。

彼らは、「あの日、山道には死人や怪我人が多数いて、駕籠はいくつも呼ばれており、自分たちは、頼まれた若い女の人を城まで運んだだけで、それ以外のことは、はっきり覚えていない」と云った。

「その若い女は辻堂から運び出されたのですか？」

「いいえ、辻堂からは大分離れた草叢に血まみれになって倒れていました」

結は礼を云って城に戻った。

――私は辻堂を抜け出していた……なぜ？

――もしかしたら、私が辻堂に入ったときにはすでに、ほかの家来に導かれた隆之様が、賊を逃れて、辻堂に隠れていたということはあり得ないだろうか。そして隆之様は辻堂の中で殺められた……。しかし、誰の手で？……懐剣を持っていたのは、ほかでもないこの私……。だとすれば、あの空白の間に起こったことというのは……。

あのとき私は、懐剣を握り締めていた。どういう風に？……ああ……思い出せない。でも、懐剣を胸の上で上向きに握っていたとしたら、そして、そこに傷ついた隆之様が私の名を呼びながら倒れ掛かってきたのだとしたら……。

いや、もっと可能性の大きいことは、闇の中で恐怖に狂った私が剣を振り回したのではないかということ。……ということはつまり、私……この私が上様を……殺めたことになる。

……ああ、やっと分かってきた。きっとそうなのだ。これで全てが明瞭になってきた。あの恐ろしい夢の中で、懐剣を胸に刺して燃えていた影法師は、私がこの手で殺めた隆之様の姿だったのだ。それに相違はない。

結は明らかになった残酷な事実の前で狂乱し、号泣し、喘《あえ》いだ。

――ああ、恐ろしい。それがたとえ、暗闇の恐怖が招いた犯罪だったとはいえ、私は何という恐ろしいことをしてしまったのだろう――。

結は両手で顔を覆った。

――それに、もう一つ……。どこかにこの事実を知っている者がいる。そしてその者は、この事実を隠そうと、陰で動いている。

結はそれを否認するように何度も首を振ったあと、吐き出すように云った。

――全てが繋がってきたわ。……吉川、お前だったのね。お前は知っていた。私が隆之様を殺めたことを……。だから、その事実を隠そうとして工作をしたのでしょう。

お前は隆之様を刺した私を、あそこから離れた草叢まで運んだ。だから、山賊たちが散ったあと護衛たちが駆けつけたときには、辻堂には殺された隆之様だけしかいなかった……というのが筋書きなのに違いない。お前はそのあと、その真実を知っていると思われる護衛を次々と殺していった。ああ、吉川、何ということをしてくれたの？ 私がこのまま生きていくことができるとでも思っているのですか。お前はこの私を、誰よりもよく知っている人間ではなかったのですか。私は取り返しのつかないことをしてしまったのですよ。そんな恐ろしい秘密を持ったままで生きて、どんな意味があるというのです。

しばらく喘いでいた結は、はっとして顔を上げた。

――そうだわ、この殺戮を一時《いっとき》も早く止めさせなければ……。

立ち上がって吉川を捜そうとした結は、彼が留守であることを思い出して座り直した。

苦しさが胸を締め付け、結は低く呻き続けた。

――「たたり」……ああ、この国のたたりは、全て私が生み出したものだった。それは、名主を殺めて、平然と生きている私が引き起こした禍《わざわい》だったのだわ。

結は棚の奥から、しまい込んでいた短剣を取り出してくると、しばらくその房をじっと眺めていたが、やがて部屋の中央に端座した。

そして義信の部屋の襖に向かって話し始めた。

「義信様、やっとあの恐ろしい夢の謎が解けました。これまで私が抱いていた得体の知れない畏怖《いふ》の原因が分かりました。この国に起こっている不幸の全てを生み出したのはこの私だったのでございます。やっと今、その災いのもとを断ち切ることができそうです。

さようなら、義信様。私は初めてお目にかかったときから、あなた様のことを深くお慕い申しておりました。短い間でしたが、私はここで、胸のときめくような仕合わせに酔うことができました。これが恋というものだったのでございましょうか。だとすれば、それは何と美しいものでしょう。私はもう何も思い残すことはありません。思いも寄らなかった素晴らしい日々を、愛しい貴方様のおそばで送ることができたのですから。

ここに参りましてから、私は義信様と一緒に雲水となって国中を旅する夢を見たことがあります。私が見た夢の中で、たった一度の楽しい夢でした。

けれども、どんなに私がお慕いしていても、私たちは、結ばれる運命にはなかったようでございます。誤りからとはいえ、大切な兄上様を殺めました大罪からは遁《のが》れられるはずがありません。心からお詫び申し上げます。許されようなどと大それたことは考えておりません。これから私は隆之様のもとへ、お詫びに参ります。そして、そのおそばでご一緒に、義信様をお守りしてゆきたいと存じております。私がいなくなりますれば、国の災厄も全て治まりましょう。今しばしのご辛抱でございます」

結は背を正すと、剣を両手に持って、刃先を胸の上に当てた。

「吉川、もう無用な殺戮は止めてください。お前の愛は痛いほど分かりました。幼い頃から私をかわいがってくれたお前が、私にとってどんなに大切な宝であったかを忘れないでいてください」

手に力を入れたとき、義信の部屋の襖が音もなく開いた。

「結、血迷ったか」

驚いた結の目に義信の大きな身体が映った。

「…………」

「剣を捨てなさい」

「…………」

「剣を捨てろと申しておる」

結は狂ったように激しく頭《かぶり》を振った。

「殿、お願いでございます。お見逃しください。私がこの懐剣で隆之様を殺めたのでございます。国の災厄も護衛の死も、この私が招いたものなのでございます。後生ですから、どうぞ、お捨て置きくださいませ」

結の手に更に力が加わった。

「よし、それほど死にたいのなら、死ぬがいい」

結は、「あっ」と叫んだ。

義信の手に短剣が握られており、それが彼の頚部に当てられていたからだった。

「いいか、それでは同時にいくとしよう」

結は泣き崩れながら手を下ろした。

「止めて！　止めてください。そのような恐ろしいこと。貴方様はお分かりにならないのですか。これが、あなた様と私に残されたたった一つの救いであることを……」

「それほど救われたかったら、あとで好きなようにさせてやるから、少しばかり待ってはいかがかな。そなたは何か勘違いをしておるようだ」

義信がそう云ったとき、突然、城内に恐ろしい喧騒の音声が響き渡った。

「謀反だ！　反逆だ！」

という叫びとともに、見る見る城中に広がってきたその騒音は、結に不知山の修羅場を生々しく思い起こさせた。

義信は顔色も変えず、咄嗟に結を抱きかかえるようにしてどこかに連れていこうとした。

そのとき、侍女たちが菊川と共に現れ、「私どもがお守りいたします」と云って、結を背にして囲み、一斉に懐剣を抜いた。

「よし、それなら、北の離れにお連れして、守っていてくれ、すぐに護衛を回す」

義信はそう云うなり、喧騒に向かって身を躍らせて行った。

「姫様こちらでございます」

侍女たちは、結を北の離れに連れ込んで戸を閉めると、その周りに立って、防御の姿勢を取った。

そのとき、三人の下臣が駆けつけ、侍女たちに向かって云った。

「女の力ではどうにもならぬ。お前たちはあちらの城壁の陰に隠れているがいい。姫様は、私共がお守りいたす。さあ、早く！」

初め躊躇っていた侍女たちは、迫る危機を告げるその言葉に押されたように「それでは、お願い申します」と口々に云いながら、走り去った。

室の中では結が、自分から離れないでいてくれた菊川とともに、外のやり取りに耳を傾けていた。

「菊川殿、ご安心ください。護衛は私どもに代わりました」

一人の男が室内に向かって声をかけた。

「分かりました」

菊川が落ち着いた声で答えた。

「あれは？」

「忠臣の竹坂です。護衛が男に代わって、心強くなりましたわ」

安心したように微笑みながら菊川は結に云った。

「そなたは冷静なのですね。この騒ぎが恐ろしくないのですか？　恐ろしい叫びと、謀反という言葉をそなたも聞いたはずでしょう?」

「城に仕える者が、こうした騒動にいちいちびくびくしていたのでは、命がいくつあっても足りませんわ」

「そういうのを気丈夫と呼ぶのでしょうか。私にはとても真似ができません」

小さく震えながらそう云って菊川を見た結は、ふと眉を寄せた。

「菊川、そなたの手の中にあるのは……」

「そうです。隆之様を殺めた懐剣です。先ほど、姫様はこれで自害なさろうとしたのではありませんか?」

「確かにそうでした……でも……」

「では、さっきやり遂げられなかったことを、今ここで果たしてくださいますか?」

「菊川……何を云っているのです? 変な冗談はやめてください」

「冗談なんかではありません。姫様は隆之様を殺めた咎《とが》で、今、自害なさることになっているのです」

「何ですって?……。分からない——。でも……ということは……そなたは隆之様の愛人だったということなのですか? 隆之様をそれほど愛していたというのですか……」

「私が隆之様を? まさか。お笑わせにならないでください。それこそ冗談ですわ」

「では……なぜ?」

「このお城は間もなく筆頭家老の長男、妻木弘成様のものとなるのです。そして、その奥方となるのはこの私だということです。あなたに近くでうろうろされると奥方の座を奪われかねませんから、今ここで死んでもらうのです」

「……ああ……そう、そうだったのですか……。西条家が乗っ取られるということなのですか。私がこれまで深く信頼していたそなたもそれに加担しているということなのですね。……菊川は何て強い女性なのでしょう。今まで仕えていた西条家をこうしたかたちで裏切ってまで、権力のある地位を獲得しようとする逞しさには驚くばかりです」

「戦国に生きる女は、よほど強くなければ塵芥《ちりあくた》と同然です。それをあなたはご存じないようですね」

「いいえ菊川、存じております。そなたが想像している以上によく知っているつもりです……。けれど、これが塵でもなく芥でもない女の生き方なのなら、死を選んでも悔いは残りませぬ」

「そうなれば話が早うございます。では今すぐに、ここで」

菊川は懐剣を差し出した。

「待って。その前に義信様に逢わせてください。お別れが云いたいのです」

「無理です。義信様は今頃、雲の上の隆之様に合流なさっているはずですから」

「いいえ！　嘘です。そんなはずはありません。あの方が死ぬはずがありません」

結は震えながら叫んだ。

「駄々をこねるものではありません。さあ、時間がありません。お覚悟なさいまし」

菊川は結の手に懐剣を持たせようとしたが、結は撥ね付けた。

「義信様はご健在です。間違いなく生きておいでです」

「そう信じたければ、お好きなように」

「菊川、今一つ私は知りたいのです。誰が隆之様を殺めたのですか？」

「姫様ご自身ではありませんか」

「いいえ。違います」

「この期《ご》に及んで自分の犯した罪を否認なさるのは醜うございますよ」

「私はあの声に聞き覚えがあるのです」

「あの声？」

「そうです。外にいる竹坂という護衛の声です。今やっと分かりました。この懐剣はあの人が持っていたものです。隆之様を殺めたのも、同じ懐剣を私に持たせ、濡れ衣を着せようとしたのもあの人に決まっています。そなたたちが一緒に仕組んだことに違いありません」

「よくお分かりになりましたのね」

菊川は手の中の懐剣を持ち直した。

「さあ、往生際の悪い姫様。いつまでもぐずぐずしていると、この私が成敗してさしあげることになりますよ」

「勝手にするがいいのです。とっくに覚悟はできております」

「では、死んでもらいます」

そう云って結の首に懐剣を突き刺そうとした菊川はそのとき、後ろから一撃の殴打を受けてのけぞった。

「菊川、よせ！　外で見張っていたお前の仲間はもうおらぬぞ。そなたの手の内の者は一人残らず捕らえられた。観念するんだな」

「いい加減なことを云うでない！」

菊川は、そう叫びながら男に斬りかかった。

「止めろと云っておる」

男は懐剣を叩き落とし、菊川の手を捩じ上げて、激しく抵抗する女を外から入ってきた侍に手渡した。

「義信様？……あなたは……あなたは義信様？」

結はぼんやりとしたまま、侵入者を見上げた。

義信は近づいてきて優しく結を抱きしめた。

「そうだ。全ては終わったよ」

やっとそれが現実であることを掴んだとき、結はその腕に身と心を委ねて、泣き崩れた。


その日から六日が過ぎた。

幼い結は母の腕の中で優しく揺られていた。嬉しそうに笑って母の顔を見上げた瞬間に目が覚めた。

——母上様。お逢いしとうございます……。

夜はまだ明けていないようだった。

結は起き上がると、廊下を伝い、庭へ出て歩き始めた。池のほうに行きかけた足を、急に思い直して築山の方に向け変え、散った花びらが地面を飾っている梅の木の下にある床机に腰をかけた。

淡い紫に染まり始めた東の空をぼんやりと眺めていると、砂礫《されき》を踏む、ゆっくりとした足音が聞こえてきた。

そして黙って結のそばに座った義信がしばらくして云った。

「そなたに伝えねばならない知らせがある」

「……よくない知らせなのでございましょうか」

「尾津の領主が死んだ」

「父……私の父が？　やはりあのときの病《やまい》が……」

結の顔から血の気が引いていった。

「いや、毒殺されたということだ」

「毒殺？……まさかそんな……。本当なのですか？　なぜ？　誰が？……そして奥方様は？」

「いや、奥方は無事だ。しかし……」

「母？……私の母も毒殺されたのでございますか？」

「ふむ、そのようだ」

「ああ、ひどい……ひどい、あんまりです。母上まで……なぜ？……何故に？」

結は胸を抑えて嗚咽を漏らした。義信は優しくその手を取って、結の慟哭《どうこく》が治まるのをじっと待った。しばらくして結は涙に濡れた顔を上げ、義信を見た。

「なぜこのように不吉なことばかりが起こらねばならないのでしょう。私はどうしたらよろしいのでしょう。義信様、後生ですからどうぞお助けください。あなた様は私たちの周りで何が起こったかをご存知のはずです。何も分からずに、あがくばかりの私は、このままでは死んでも救われません」

結は訴えるように云った。

「承知した。それに、結のお蔭で解決できたことを、そなたに伝えるのは私の義務でもあるからな」

「私のお陰で？」

「そうだ。そなたを日ごと苦しめていた恐怖と悪夢……つまり『濁り水』が、私を解決に導いてくれたようなものなのだ」

義信は微笑んで結を見た。

「でも、私の濁り水は一向に澄みきってはおりません。ただ、筆頭家老を頭とする一団がお家乗っ取りを企《たくら》み、失敗したということと、そしてなぜか時を同じくして私が大切な両親を失ったという酷い事実が見えただけで……」

「西条家乗っ取りの企みは、兄が領主であったときから計画されていた。その頃から、筆頭家老の妻木庸輔とその長男の弘成は、西条家の下臣の一部を金と甘言で懐柔《かいじゅう》していた。妻木弘成が領主になれば、重臣の位をもらえることを約束されて寝返った者は、一人や二人ではなかったのだ」

「では、隆之様はその計略に落ちて命を失われたのでございますか」

「その通りだ。兄の隆之を暗殺する機会を窺っていた弘成一味は、隆之と結がそろって尾津の名主を見舞いに行った帰り道で襲うことに決めた。山賊などの出たためしのない不知山で襲い掛かった賊というのは、牢人や町のならず者たちが金を握らされて演じたものだった。しかし、隆之を殺害したのも彼の護衛たちを斬ったのも、山賊ではなく、彼らに紛れていた弘成の一味である下臣の仕業だったのだ。それを目撃した疑いのある隆之の護衛は、その後、城内で次々と暗殺されていった」

——ということは、城内での護衛の暗殺は、吉川によってなされたことではなかったのだわ——。

結は胸の中につかえていた大きな石のようなものがスッと消えていくのを感じて、思わず安堵の呻きを漏らした。

「しかし、隆之が死んで、いよいよ弘成が領主になろうとしていた矢先に、思いがけない邪魔が入った。この私が帰郷して還俗し、領主の座に居座ったからだ。勿論、私は領主の地位を望んでいたのではなかった。城を出発する間際になって、ただならない城内の雰囲気を感じ取り、深い不審を抱いたからだ。兄の死に疑惑を持ち始めた私は、その謎を解くための手段として兄の跡を継いだ。私に領主の座を奪われたことにいきり立った妻木栄輔と弘成が早速、この新しい邪魔者を消す計画を練り始めたのは云うまでもなかった。国中に災害を作り出して、民の心に新領主への不信を植え付けようとしたのも、国を見回る私を、猟師たちを雇って殺害させようとしたのも彼らであった。実際に私は撃たれて、右腕に傷を受けていたが、逆にそれを利用した。私が森で大怪我をして樵の家で死の危険にさらされていると皆に思わせて、秘かに城に戻り、庭番に姿を変えて、城の内部を窺っていた。取り押さえた猟師に吐かせて、そこから遡り、主犯の弘成まで行き着くのは大して難しいことではなかった。妻木の部屋に極秘に集まって乗っ取り計画の打ち合わせをしていた下臣たちの名が明らかになると、私は一人の間者をそこに滑り込ませ、敵の動行を逐一知ることとなった。そして内藤や杉田、吉川、そして義弟の柴田雅之、亡き兄の忠臣たちと、妻木が反逆の行動に出る日を待っていたというわけだ。妻木側に寝返った者たちはその罠に掛かって、一斉に取り押さえられた。こうして筆頭家老親子の謀反はことごとく暴き出されたのだ」

義信は、語り終わると、「というわけです」と云って、さもその辺で起こった刃物沙汰の一件を語り終えたような態度で腕を組んだ。

「……とても簡単なことのようにおっしゃいますのね」

「いくら込み入っているように見えても、こうした陰謀を企む者の考えには、一定の単純な型があるのです。そしてそれは驚くほど人間性と深みに欠けたものですから、すぐに底を見せてしまいます」

「それは、尭運様のお言葉なのでしょうか」

「僧でなくとも、注意して見てさえいれば、誰にだって見抜けるはずです」

「謀反を起こしてまで国を奪って所有することはそれほど魅力のあることなのでしょうか」

「権力と富だけに目を向けた者たちにとっては、あるいはそうかもしれない」

「権力も富も充分に持っているはずの人たちなのに……」

「そうしたものを求める人間たちの欲望は際限を知ることがないというのが、世の決まりらしい」

「……けれども、私は、まだ解せないのです」

「何が？」

「なぜ私のこの胸が今なお乱れ続けるのか……。それに、辻堂の中で一体何が起こったのかということも、まだ私の中でははっきりしていないのです……」

「兄の隆之は賊に襲われたとき、絶えず数人の腕の立つ護衛に囲まれていた。ところがその中に紛れ込んでいた敵の一人が、兄を安全な所へ隠すと偽って辻堂に連れていき、いきなり胸を刺したあと、何食わぬ顔をしてそこを出ると、今度は結を捜し、そこへ連れ込んだ。辻堂の中で虫の息だった兄は、そこへ結が入ってきたのを知り、最後の力を振り絞って、そなたに近づいたのではないかと思われる」

「あ、お待ちください……ああ、やっと……やっと今、記憶が戻ってくるようです。あの空白の時間がようやく見えてまいりました」

結は目を閉じてしばらく待った。

「……私を辻堂に導いてくれた護衛の声が聞こえます。『――ここに短剣を置いていきます。これをこう、しっかりと握っていてください。くれぐれも声をおたてにならないように――』

護衛は出て行きました。

そのときふと、私の片手が、おびただしい量の生ぬるい血で濡れているのに気づきました。いつの

間にか　手首に傷を負っていたようで、力が次第になくなっていきました。

……そんなことも忘れて、私は震えておりました。その闇の中に、正体の知れない何かが潜んでいるのを知ったからです。そのとき感じた恐怖は、山賊たちに対する恐怖とは比べものにならないほど底知れないものでした。

あ……誰かが私の名を呼んでいます。『結……』と。そして、ゆっくりと歩いてきます。近寄ってきたその人は、とても苦しそうでした。立っているのがやっとのようでした。

そうでした。そしてその人は、私のそばまで来ると、崩れるように倒れてしまったのです。私はその人を、思わず夢中で腕の中に掻き抱いたのでした。この暗闇の中に充満している忌《い》まわしさから守ってあげたかったのです。そうしてしっかりと抱きしめているうちに、少しずつ、その人の息が静かになっていくようでした。すると私の心も限りなく安らいでいきました。その人と死を共にすることによって、二人はやっと恐怖から開放されるのだと思いました。そして……何も分からなくなったのです」

「……すると兄は、そなたの腕の中で息を引き取ったというのか」

「……今思えば、そのようでございます」

「無念の中に、兄が見つけた最後の美しい慰めだったであろう」

「そうであってくれたなら……」

義信は微笑んで空を見上げた。

しばらくして義信は、ふと思い出したように、話を続けた。

「結の手首を切ったのは、そなたを辻堂に連れていった護衛に違いない。……そして、そのすぐ後に、結のことを心配してやって来た吉川は、折り重なるように倒れていた隆之と結を見て、暗闇の中で結が恐怖のあまり、誤って隆之を刺したあと自殺を図ったものだと思った。それが露見されないように、彼はすぐさま結の身体を辻堂から離れた所に運び去ったのだ。そのとき、彼の適切な傷の応急手当がなされていなかったら、そなたも命を失っていたはずだ」

「……そうだったのですか」

そう云ったあと、結は眉を寄せた。

「けれど、けれど……あのとき私を怯えさせていたのは、傷ついていた人……隆之様ではありませんでした。まったく別の存在でした。あの闇の中に、私はもう一つの顔を見たのでございます」

「もう一つの顔？　誰の？」

「それが、どういうわけか……私の……私自身の顔だったのです。それがなぜか私の父の顔と重複して浮かび上がって見えたのです。私が父によく似ているからかもしれません。身を凍らせるような恐ろしい含み笑いは確かに私のものであり、父のもののようでもありました。勿論それは正気を失った私の妄想でしかなかったのでしょうが……」

義信はしばらく黙ったまま、結の伏せた目を覆う長い睫毛を見ていた。

「……結、それは妄想ではなかったのだ」

「は？　何と？……妄想ではない？……分かりませぬ」

「そのうちに、ことの全貌はおのずから明瞭になるだろうから、今、はっきり云ってしまうことにする」

「何をでございますか?」

「結はそうとは知らずに、ただならぬ不吉なことが身の周りで起こっていることを、驚くほどの鋭い勘で感知していた。そしてその不吉さが自分から出てきていると思い込んでいたことにはそれなりの理由があったのだ。しかし全てのことが巧妙に隠蔽されていたために、正体が掴めず、そなたはその内部を、濁り水を通して見ることしかできなかったのだ。

結、聞くがいい、その濁った水の奥にいたのは、尾津の領主輝清、つまりそなたの父上だったのだ。西条家乗っ取りの策謀は、単なる一家中《かちゅう》の騒動だけではなかった。有り余る野心は持ってはいても、西条家の領主となれる力量も金も持たない弘成の後ろにいた強力な勢力は、ほかでもない、尾津の領主のものだったのだ。常から西条の領土を我がものにすることを渇望していた輝清こそが、西条家に浸透して妻木父子をおだて上げ、そそのかし、家来たちを懐柔していた張本人だったというわけだ。戦いを挑みかけるほど充分な兵力を持たなかった輝清は、こうした策略を用いて西条家を横領する手口を選んだのだ。両家の融合を口実に、自分の娘である結を西条家に嫁として送ったのは、隆之を暗殺する機会を作るためだった。二人の婚礼の前に、自分の病気を理由に、娘と領主を呼び寄せ、その帰路で彼らを山賊に襲わせたのも彼だった」

「何と……何と恐ろしい事実なのでしょう……。そういうことだったのですか。あの水の濁りの奥に、これほど残酷な事実が隠されていたとは……。ああ、それがみんな夢であってくれれば……」

結は顔を覆って呻いた。

「でも、これで、何もかもよく分かりました。私の胸があれほど騒ぎ続けたのは、この悪業の源泉が私と血を分かつ人間から出ていたことにあったのですね。立派で尊敬に値する人だと思っていただけでなく、心から慕っていた私の父がどんな人だったのかもよく分かりました。そして娘の私が、賊に殺されようが殺されまいが、父上にとってはどうでもよかったのだということも……」

苦い涙が結の頬を伝った。

「だがそうした輝清の素顔を知って毒を盛り、報復して自らも果てた人がいたのではなかったか?」

結ははっとして義信を見た。

「……ああ、母上、母上が……。そう……そういうことだったのですか……」

重い長い沈黙が続いたあと、結は静かに立ち上がった。

数歩歩いてから結は振り返った。

「殿は、これから城を離れて、遠くに行っておしまいになるのでございましょう?」

義信は頷いた。

「どうぞお仕合わせに。良い旅をお続けくださいますように」

結は礼をすると、顔を隠すようにして小走りに去った。

西条家に起こった騒動の内容は全て公表された。

尾津輝清と手を組んだ妻木弘成の一味はことごとく捕縛されて重刑に処せられた上、尾津家は皮肉にも西条家に併呑《へいどん》されることとなった。

間もなく、西条家の新しい名主として、義信が推薦した異母弟の柴田雅之が任命された。

結は、支度を整えたところだった。

そして立ち上がろうとしたとき、義信が部屋に現れた。

「結……」

「義信様……」

結は手をつき、深く頭を下げた。

「いよいよ、お別れでございますね」

「そんなに私と別れたいか」

「私は、あなた様の兄上様を殺めて罪のない忠臣たちを死に送り、国を乗っ取ろうとした残虐で悪辣な元凶の娘でございます」

「それで尼になるのか」

「……はい」

義信はゆっくりと結の前に座り込んだ。

「結、私が当時、なぜ出家をしたか知っているか？」

結は首を横に振った。

「この豊かで広大な領地が西条家のものになったのは、祖父と父の時代だった。その頃この地を支配していた数々の城を攻め、領主や豪族をことごとく殺戮《さつりく》して奪い取ったものだった。それを人は「戦《いくさ》」とか「乱」と呼ぶ。そう呼んだ時点から、味方でない者を殺戮する権利が生まれるらしい。その残虐さは、お家騒動の比ではない。我々は、そうしたことが正当視される世に生きているのだ。私はそれを知ったとき、自分を含めた人間というものに愛想が尽きたのだ」

「…………」

「そなたが親のやったことを恥じ、自分の身体を流れる血を忌まわしく思うのなら、私も何ら変わりはない。しかしそうした類《たぐい》の良心の呵責に苦しむ人間は、いつの世でも稀な変人でしかない。苦しめば、周りの者に不思議がられるか一笑に付されるのが関の山なのだ」

「…………」

「それに考えてみれば、人というものは、望むと望まぬにかかわらず、どこかで何らかの罪を犯して生きている動物かもしれない……そう思わぬか？」

「……おおせの通りでございます」

「そういうことだ。ちょうどいい。二人で雲水とならないか」

「は？……」

「結はそれを望んでいたのではないのか？」

結は黙って俯いた。

「旅には吉川を連れていくことにした」

「吉川を？」

「そうだ。よし、これでお互いの旅立ちが決まったようだから、出発の祝い酒を持って来させようではないか」

「旅立ち？」

「そうだ」

義信が手を叩くと、突然廊下の障子が開いて、荻野を先頭に、待ち構えていたらしい多くの侍女たちが、結に微笑みかけながら、次々と酒を運んできた。

そのあとからおもむろに、新しい名主の雅之と中老改め筆頭家老の杉田、新中老の内藤が続いて入ってくると、義信と結の前に恭しく座を取った。

「恐れながら私がお酌をさせていただきます」

丸い顔を、笑顔で一層丸くした義信の義弟の雅之がそう云って二人に近づいた。

そのとき、後ろの襖が静かに開き、重臣たちがそこにずらりと並んで座しているのが結の目に入った。

義信は嬉しそうに杯を差し出し、なみなみと注がれた神酒を三度で飲み干した。

「さて、姫様の番にてございます。お目出度いご祝儀を心よりお祝い申し上げます」

「祝儀？」

仰天して、目の前に繰り広げられることをあっけにとられて見ていた結は、あわてて両手を後ろに回すと、口を堅く閉じて、激しく首を横に振った。

家臣たちが一人ひとり進み出て、祝いの言葉をかけてくれるのを茫然として見ていた結は、やがて涙に濡れた顔を義信に向けた。

「僧と尼の婚礼など、聞いたことも見たこともございません」

「では、ただの人間になろうではないか。どこかで百姓をしてもいいし、小さな商いをしてもよかろう。曰《いわ》くつきの血を受け継いだ者同士、慎ましくどこかで何とか生きていければ、それでいいのではないか。どうだ？」

結は、涙を拭った。

「……はい……とても……とても嬉しゅうございます」

結は震える両手を差し出して、杯を受け取った。

「殿と共に、終わりのない旅がしとうございます」

「私はもう殿ではないぞ」

「はい……義信様」

結は、燃えるような熱い眼差しで、義信を見上げた。

冬の漁り火《いさびび》

白銀のきらめきを吐き出しながら大きくうねる藍色の海原が、慧介《けいすけ》の眼前に広がっていた。

——海……ああ、この海の向こうに島がある。あの島が——。

そう呟いたとき、慧介はふと、自分の暗澹《あんたん》とした胸の中に、一条の光が射し込んできたような印象を受けた。そして、なぜかその瞬間から、今まで自分を苛《さいな》み続けてきた重苦しい日々にやっと休止符を打てそうな気がしてきたのだった。

——そうだ、行こう、あそこに。幼い頃からこの俺を強く惹きつけて止まなかったあの島に。何もかも捨てて、そこで生きていくのだ。小さな舟でも造って、魚を釣って食っていけば、餓死することもなかろう——。

波の動きを追って、徐々に延ばしていった視線を、水平線でじっと止めたとき、慧介の心は決まっていた。そしてその顔には、長い間忘れていた微笑がかすかに浮かんでいたのだった。


神崎慧介は、福岡藩の武士であった。

藩の家臣であった父の跡を継ぐべく、二代目藩主忠之《ただゆき》に仕えるようになってから二年になる精悍《せいかん》な若者だったが、剣が強いということを除けば、どちらかというと、孤独で目立たぬ人間だった。

その目立たぬ男はしかし、最近になって、藩主の側近と派手な諍《いさか》いを起こし、藩から追放される処分を受けるほどの騒ぎを起こしていた。

周りの者はびっくりしていたが、当人をよく知る両親たちは、「来たるべきものが来た」と、別に驚きもしなかったようであった。彼らは、この一見飄々《ひょうひょう》とした息子が、頑固なほど一徹な性格を持っていることも、彼が前から脱藩を企てていたのみならず、どこかに道場を建てて、そこで剣を教えながら身を立てていく準備をしていたことも、知っていたのだった。

俗名を黒田藩として知られる福岡藩の内部ではその頃、後に黒田騒動として有名になるお家騒動を生むに至った揉め事が絶えない時期であった。

黒田騒動というのは、江戸時代初期、藩の財を乱費する二代目藩主黒田忠之の暴政を諌《いさ》めるのに躍起だった家老の栗山大膳が惹き起こした騒動である。忠之が大膳の諌言《かんげん》を無視して、一向に態度を改めようとしなかったため、そのままでは藩が改易されると懸念した大膳は、思い余って、藩主忠之に幕府転覆の意があるとして幕府に出訴したのであった。幕閣の取り調べを受けた結果、真相が判明し、藩主の逆意は認められなかったが、家老の大膳は裁かれて盛岡藩に預けの身となった。

そんなこととは関係なく、慧介はもうかなり以前から藩を出ることを計画していた。というのは、武士という名のもとに、これといった意義のある仕事もせず、庶民から巻き上げた税で怠惰に生きている自分を見て、強い自己嫌悪に陥っていたからであった。

しかし、藩主とその取り巻きの乱行が目立っていく中で、必死になって藩を救おうとしている大膳を見て「なぜあれほどまでに……」と疑問に思いながらも、彼の熱意に胸を打たれていたのは否めなかった。

そんなとき、常から大膳に敵意を抱いていた家臣が、陰で家老のことを口汚くののしり、嘲笑しているのに出会った。それをたしなめようとした慧介は、相手の横柄な態度にいきりたち、抜刀寸前の大喧嘩にまで発展させてしまったのであった。それは、結果として、大膳をいささかも助けはしなかったばかりか、自分が職を失っただけだった。

自分の犯した失敗が、父の職務にまで余波をおよぼすことがなかったのは、もしかしたら家老の人知れぬ骨折りがあったのかもしれなかった。それだけになおのこと、以後、大膳を支えることのできない無用な存在になったことを、心から済まなく思い、自分の軽挙を深く恥じていた慧介であった。

しかし藩から追い出されたことを後悔はしていなかった。むしろ非常にせいせいしたし、武士の生活に見切りをつける機会が思いのほか早くめぐってきたことを、心密かに喜んでいたのだった。

ところが、藩を追い出されたことが原因となって、彼は、思いもよらなかった苦悩を経験することになってしまった。

慧介にはすでに、将来を約束していた女性がいた。美穂という十九歳の女性で、同藩の家臣木下嘉《よし》人《と》の娘であった。

その頃、歳のあまり変わらない弟の晋太郎が嫁をもらって落ち着いたことで、そのとばっちりが彼にかかってきたのだった。二十五歳を過ぎても剣ばかりやっていて、仕事にも女にも関心を示さない慧介のことを案じた親戚の者の世話で引き合わされた女性だった。

とはいっても、慧介はそれまで決して女性を嫌っていたわけではなく、女に関心がないわけでもなかった。ただ、女を自分の結婚と結び付けて考えることをしなかっただけなのである。

それに慧介は無口な人間であった上に、しばしば、何か途方もなく深い瞑想に耽《ふけ》っているような印象を周りに与えていたせいで、その雰囲気の垣根が、近づこうとする女性たちに足止めをさせていたことは充分に考えられた。

しかし実際には、慧介は、深く高邁な瞑想に耽っていたわけではまったくなく、ただ、とんでもない白昼夢にうつつを抜かしていただけなのであった。

それはあらゆる分野に於ける夢だった。退屈で無味乾燥な現実にひとたび触れると、たちまち彼の頭の中には、それと平行して、色彩に溢れた詩情豊かな架空の世界や、面白くとっぴな情景がいきいきと展開されてくるのだった。

たとえば城内で合議に呼び出されたりすると、周りの者たちがしかつめらしく思考をめぐらしている間、彼の考えはその場を離れていき、会合の主題とはまったく関係のない世界にすべり込んでいくのであった。

つまりそこで、なぜか突然、自分のみならず、周りの同僚や上司たちが一人残らず猿や狸や鼬《いたち》に変身していることに気づくのである。すると慧介は驚きもあわてもせずに、大真面目な態度で、一人ひとり……いや一匹一匹をじっと検分して、それを種族別に分類することに大わらわとなるのである。そして、それぞれ異なる珍奇な顔に威厳を持たせて、畑から抜いてきた野菜の出来の良し悪しなどを討議している（らしい）彼らを、満足して眺めるのであった。

女の場合も同様だった。城を行き来する女たちが、どうかしたはずみに、観音様や、羽衣をどこかに掛け忘れてきた天女に見えてきたり、そうかと思うと恐るべき夜叉女《やしゃおんな》か、ゾッとするような女猫に変貌していたりする。そんな彼女らと交叉するたびに彼は立ち止まり、惚れ惚れとしてそのあとを見送るか、蒼くなって一目散に逃げ出すようなことをしているのであった。

また城下町を歩いていると、周りがいつの間にか海底と化し、彼は泳ぐような格好で、夥しい数の魚を掻きわけながら遠くに見えている竜宮城（実際にはそれは、彼の勤め先である福岡城に過ぎないのであるが）に進んでいくのであった。

いつからそんなおかしな癖に取り付かれるようになったのかは、自分でもよく分からなかった。

勿論それは、退屈極まりない毎日の生活を紛らわそうとして彼が練りだす幻想であり、とりとめのない稚拙な遊戯であったに違いなかったのだが、慧介にとっては生きるに欠くべからざる魂の糧ともいえるものなのであった。

そんなこととも知らない親類が彼に見合わせた美穂は、その珍奇な幻想を、彼からきれいさっぱり取り払うことを見事にやってのけた女性だった。

美穂は、きりっとした面長の顔がいかにも清らかな、よい躾《しつけ》と、優雅でしとやかな立ち居振る舞いを身に付けた娘だった。二人が出会ったとき、慧介は漠然と「清楚な人だな」と思った。

その日、両方の家族から「似合いの夫婦」と断定されてしまうと、慧介は「そういうものなのか」と、その意味を深く考える手間を省いて、婚約者としての付き合いを始めることに同意した。

しかし、結婚が一年先だと聞いたとき、慧介は思わず「なぜ一年も待つのですか」と無邪気に聞いた。

「あらいやですわ、そんなことをお尋ねになるなんて。お分かりにならないのですか、まっとうな武士というものは、早急に物事を運ばないものでございます」

「はあ?……私はまっとう……ですか」

「勿論ですわ。それに、あなた様はもう少し昇級なさらなければなりませんでしょう」

「昇級?」

「ええ、あなた様ほど良い頭脳と腕を持ち合わされた方は、もっと重要な地位につかれるべきだとはお思いになりませんか」

「いいえ、ちっとも」慧介は正直に答えた。

「まあ、私をおからかいにならないでくださいまし。ご冗談ばかりおっしゃってひどいお方。そうですわ、これからはそんなご性格も少し変えていただきませんとなりませんわ」

「どういう風に?」

「もっと真面目になっていただかないと困るのでございます」

「……真面目?」

慧介は自分が真面目でなかったことをそのとき初めて知ったから、少なからず驚いたが、ふと、彼が奇想天外な幻想に浸る癖があったことを思い出した。

——そうか……あれでは駄目なのか。

慧介は、会うたびに、非の打ち所のない品格と、たおやかな仕草を見せる美穂にうっとりと見とれるようになった。

「女とは優美なものだな……」

以後、慧介は、道を歩くのに、海底を泳ぐような仕草はしなくなっていったし、自分や他人を鶏や猿に見立てることもなくなり、眩暈《めまい》がしそうなくらい馨《かぐわ》しい香《こう》の匂いがする美穂と連れ立って、どちらかというと威張って歩くようになった。

ときどき、その場のなりゆきに乗じて許嫁《いいなずけ》の手を握ろうとしたり、肩を抱き寄せようとしたりすると、美穂は速やかに身をかわして慧介を睨みつけ、きつくたしなめた。

「はしたない慧介様。私たちはまだ夫婦《めおと》ではないことをお忘れですか」

「そういうものか、えらく厳しいものだな」

「お言葉をおつつしみくださいませ。人が聞いております」

美穂が、しばしば、まるで融けることのない氷のように見えて不思議に思うこともあったが、そういうのが貞淑なのだと云われれば、なるほどと感心して、慧介は美穂の意志の強さに敬服し、唾を飲み込みながらも、武士の尊厳を身体中に貼り付けることを心がけて振舞うよう努力した。

慧介は美穂の家によく招待されたが、どういうわけか、そこには、必ず藩の上司が何人か招かれており、当然武士同士の交際に巻き込まれるようになった。

以前ならいつも、慧介が「くだらぬ」のひと言で撥ね除けていた種々の集まりや会合などにも、美穂の巧みな言葉一つで説得され、二人連れで顔を出すようになった。それまではまるで縁のなかった踊りの会、茶会、詩吟の会と、藩主が出席する催し物でさえあれば、慧介はことごとく連れ出されるようになったのである。

美穂は交際の上手な女性で、誰に対してもにこやかな笑みを絶やさなかった。慧介はその笑みを独占できないのが不満なときもあったが、美穂から「大人気ない方」と、いましめられることぐらいは予想できたから、黙って耐えていた。

「あなたはいつも何を考えていらっしゃいますの？　捉え所のない人とは、あなたのような方のことをいうのでございましょうね」

ときどき美穂は、慧介の身体中の骨を残らず抜き取ってしまいそうな妖しげな仕草を見せてそう云うことがあった。

「別に何も……」と口ごもりながら、慧介は心の中で呟いていた。

――私のほうこそ、あなたのその頭の中を巡り回っている考えがよく理解できないで、閉口しているんですよ――。

こうして美穂の魅力に惹かれ、胸をときめかせて、今までとは打って変わった生活に踏み込んでいった慧介は、時として、自分が誰だか分からなくなるような瞬間があったが、そんなことにかまっている余裕がなくなっていた。

それほど彼は美穂に心を奪われていたのである。かいがいしく慧介の面倒を見てくれる彼女がいつも近くにいるのに、なぜか果てしなく遠くに感じたり、二人の間に説明のつかない深淵が横たわっているようなおかしな印象を受けたりすると、気が気でなくなり、胸が激しく荒れるのであった。

——こういうのを恋というのだろうか。世には不思議な感情があるものだな。

女性に夢中になったことのない彼は、そう思うようになっていた。


或る日、ふと気がついてみると彼の昇格が決まりかけていた。仕事の内容はよく分からなかったが、藩主忠之の近習《きんじゅう》ということだった。

美穂の手腕によるものか、彼女の家族の差し金かは分からなかったが、それは浪費家の藩主を支持する家臣たちによって取り決められた昇進らしかった。しかし、慧介はそれすら他人事としか思えず、視線を美穂に向けたまま、夢心地の日々を送っていたのだった。

皮肉なことだが、慧介が藩主の側近の一人と諍いを起こしたのは、ちょうどその頃であった。

藩を追放されてほっとし、「これでやっと好きな剣道に専念し、自由な一本立ちの生活に踏み切れる」と意気揚々としていた慧介はそのとき、思いがけない平手打ちを受けることになった。

彼の失脚を知った美穂の家族が、にわかに態度を変え、即座に婚約破棄の書状を届けてきたのである。

無論、慧介は彼らの憤激が理解できないわけではなかった。

美穂の家族のお陰でせっかく決まりかけていた昇級を踏みにじったばかりか、威信や名分に輝く武士の職を失った「たわけ者」の自分は許されるわけがなかったのである。

しかしそうなると慧介は、こうした家族の憤りの中で四面楚歌となり、苦しんでいるに違いない不憫な美穂のことが気になりだし、じっとしていられなくなった。

もう数日来、彼は美穂の姿を見ていない。

思い余った慧介は無理にでも彼女に逢わせてもらうつもりで家を飛び出た。

――逢わせないと云うのなら、さらってでも連れ出そう。そして二人だけで生きるのだ――。

美穂への熱い想いに駆り立てられて、早春の暮れ始めた町を目的の家に向かって突進していたときだった。彼は突然、呆然として立ち止まった。

「あれ？　はてな……」

淡い夕闇の中を、いつものように仲睦まじく並んで歩いていく美穂と自分の姿を見かけたからである。勿論慧介は一瞬、自分が夢を見ているか、頭がおかしくなったのだと思った。例の妙な白昼夢の癖が再発したのだと疑い、何度も瞬きをしてみた。

しかし幻《まぼろし》のような二つの影は、慧介の驚きをよそに、いつもの道行きを続け、走馬灯のように彼の前を通り過ぎていったのである。

そのあとを見送っていた慧介の背筋を、氷のように冷たい戦慄が駆け抜けていった。

夢でも幻覚でもない黄昏《たそがれ》の中を通り過ぎていったのは、間違いなく美穂であった。

しかし……しかし、隣にいた男は、確かに自分ではなかった。彼と同年輩の見知らぬ若者だったのである。

そして、その二人が近づいてきたとき、すばやく自分に投げられた美穂の一瞥《いちべつ》を捉えてしまった慧介は、思わず竦《すく》みあがった。その眼差しに、思いもよらなかった侮蔑の冷笑を見て取ったからであった。

長い間、彼は息もつけずに石のようになって佇んでいた。日がすっかり暮れた頃になって、やっと我に返った彼は、ゆっくりと家に向かって歩き始めた。

信じ難くはあっても、あまりにも明白になった事実を、慧介は震える手で畳み、懐にしまい込むよりなかったのだった。


それからというもの、慧介は何度も、これが悪い夢であり、何かの間違いではなかったのかと、くどいまでに疑ってはみたが、答えはあまりにも歴然としていた。

彼は失墜したのである。藩から追放されたように、美穂の心からも放逐されたのであった。

有無を言わせぬ速《すみ》やかさで、しかもこれほどあっさりと……。

藩を追われたことに無関心でいられた慧介は、美穂のことでは深く傷ついていた。

彼の抱いていた愛の幻覚と錯覚に目覚めなければならなかったからである。

慧介は、夢のような目くるめく恋さえも、残酷で容赦のない掟という刃物を隠し持っているのを初めて知った。


誰にも会うことなく、四ヶ月ほどが過ぎた。

呆けたように足の向くままに歩いていた慧介は、気がつくと、海辺に立っていたのだった。こうして島に行くことを決心した日、彼はそのまま道場に赴いた。

「昌平、俺は行く。道場はお前にやる」

剣の友、市橋昌平はびっくりして訊いた。

「やる？　行くってどこに？」

「あっちだ」

「あっち……か。ふむ、それで、もう帰って来ないのか」

「帰って来ぬ」

「分かった。道場は俺が預かる。あっちで魂が癒《い》えたら、いつでもこっちに帰って来い」

慧介の心を見抜いていたらしい昌平は、傷ついた友に、優しい眼差しを投げかけた。

海を渡ることになったのは、数日続いた春の嵐が止んだ日だった。

慧介は両親に断わりを入れたあと、僅かの持ち物を携えて漁船に乗り込んだ。

その日の海は凪《なぎ》だと、漁夫たちは彼の心を鎮めるように云ったが、旅の間中、玄海の黒潮は灘《なだ》と呼ばれるにふさわしい荒れ方を見せ続けた。長時間、波に揉まれたあと、やっと魚船は島の南端に着いた。

漁師たちに別れを告げて船を降りると、慧介は岬の砂石を数歩踏んだあと、待ち構えていたように懐かしい空気を胸いっぱいに吸った。

——ああ、何という良い香りだ。この香りは、この島だけのものだ。どこでも同じはずの海がこの島に触れるだけで、たちまち潮の色も香も変わってしまう、ここはそんな不思議な島なのだ——。

胸を膨らませてそう呟いたとき、近くの岩に打ち上げた波が真っ白な飛沫を勢いよく高く散らせて、慧介の顔の上に落ちてきた。

彼が今辿り着いたのは、九州の北方二十七里（六十七キロ）余り、玄界灘に浮かぶ壱岐という島だった。

南北四里（十七キロ）東北三里半（十四キロ）に伸びるその本島は、周りに二十余りの小島を散らして今、瑞々《みずみず》しい姿を横たえていた。

日本と朝鮮半島を繋ぐ位置にあって、神話の中から誕生したというこの古代の島は、過去に蒙古《もうこ》襲来という蹂躙《じゅうりん》と陵辱《りょうじょく》の傷跡を持ちながら、その美しさと豊かさに少しも支障を見せていない、神秘に包まれた浮き島であった。

豊かに茂る緑と土の色は鮮やかで、周りの岸に打ち寄せる波は、場所により、また天候や季節によって、それぞれ驚くほど異なった響きと様相を見せ、あるいは限りなく優しく穏やかに、あるいは凄烈な怒涛に荒れ狂いながら、白い砂丘や、黒光りする玄武岩を洗うのであった。


慧介が始めて島の土を踏んだのは、彼がまだ六歳の頃だった。母は、その頃この島を支配していた平戸藩士の娘であったが、どうしたことか黒田藩の家臣である父のもとに嫁いだ。以来、慧介は三度ほど、里帰りをする母にくっついて海を渡ったのである。


それは七月の明るい太陽が照りつける日だった。

初めての船の長旅で酔い、へとへとになっていた幼い慧介は、港に着くと、漁師の子供たちが歓声を上げて泳ぎ回っている入り江を彼方に見ながら、母の実家の屋敷に連れていかれた。

しばらくして、そっと屋敷を抜け出し、一人で海に近づいた慧介は、子供たちが水と戯れている様子を岩の陰からじっと見ていた。

それを目に止めた一人の子供が水から抜け出して、慧介の隠れている岩場に近寄ってきた。

「お前、そこで何をしているんだ」

「…………」

「何をしているんだ」子供は繰り返した。

「……散歩をしている」

「歩いていないぞ」

「フン」慧介はふんぞり返った。

「泳がないか」

「…………」

「泳がないかって聞いているのに」

「……泳げない……」殆ど聞き取れないくらいの声だった。

「そんなこと簡単さ、来いよ、教えてやるから」

慧介は躊躇《ためら》っていた。

「着物を脱げよ。こんなに暑いのに、なぜそんな格好をしているんだよ」

「ん？　さあ……」

慧介はそう云われて始めて気づいたように、自分の着ているものを珍しそうに眺め回した。

そして、また「フン」と云って胸を反らすと、荒々しく、着物を剥ぎ取るように脱ぎ捨ててしまった。

子供は裸になった慧介の手を取ると、海に向かって走り出した。

「おいらは征吉《せいきち》だよ」

「私……おいらは慧介だ」

「歳は六歳だ」

「おいらも六歳だ」

二人は嬉しそうに声を上げて笑った。

初めて海に入った慧介は、恐ろしくたくさんの塩水を飲むことになったが、征吉から浮くためのコツと泳ぎ方を教わり、その日のうちに泳げるようになったばかりか、潜ることさえ覚えた。その日から、慧介が入り江で朝から晩まで村の子供たちに交じって泳ぐようになったのは云うまでもない。

五日後、征吉は、慧介を西側の岩山の後ろに連れていった。

「ここは深いから気をつけろよ」

「うわあー」

慧介は感声を上げた。澄んだ水を通して、底のほうに、淡い色のさんご礁が見え、その周りを様々な種類の魚が泳いでいた。

「ここは魚の天国かい」

「小さい天国だ。ずっと沖のほうに行くと、魚の種類や珊瑚や貝の多い、本当の魚の天国があるらしいけど、遠くて危ないから、子供たちは行けないんだ」

「もっと大きくなったら、そこに行っていいのかい」

「うん、もうじきにな」

二人はその日、小さな魚の天国で、日が暮れるまで泳いだり潜ったりして過ごした。

一ヶ月の滞在の間、慧介は仲良しになった征吉を離れることがなかった。

征吉は長崎の近くにある島の漁師の子であったが、彼が四歳の年に、漁に出た父を嵐で失くしていた。まだ若かった母親は、征吉と、まだお腹にいた次郎と共に、姉のいる故郷の壱岐島に帰ってきて、小さな店で、漁業の道具や小間物を売って生活していた。

慧介が二度目に壱岐に行ったのは九歳になった年の冬の終わりだった。

「海の水はまだ冷たいよ」

そう云いながら慧介を嬉しそうに迎えてくれた征吉は、島内の探検をしようと勧めた。

「いいね。面白い所があるのかい」

「うん、そりゃあいっぱいあるさ」

そのとき慧介は、征吉の後ろに隠れるようにして立っている五、六歳ぐらいのおとなしそうな男の子に気づいた。

「弟の次郎だ」

「俺、慧介だよ」

「うん、知ってる」

次郎は、顔にかかった長い髪の間から覗いている目を輝かせて云った。この兄弟はあまり似ているとは云えなかったが、どちらも、ヤマアラシのように伸び放題の蓬髪《ほうはつ》を四方に飛ばし、その残りを縄で無造作に後ろで束ねているのだけは共通していた。

「よし、じゃあ行くか」

「行こう」

その日三人は島の奥へ踏み入り、幾つかの窟《いわや》や洞穴を探検して回った。その入り口は狭くて簡単には目につかなかったが、大抵が横穴で、昔の古墳の名残と思えるもの以外は、誰かが崖を穿《うが》ったり、岩を重ねて作ったりしたものだった。以前、その中に人が住んでいたらしいことは、内部を見れば明らかだったが、今では大半が、捨てられて蝙蝠《こうもり》の巣になっているようだった。

「いいな。こんな所に住んでみたいな」慧介は云った。

「そう思うだろう。結構住めるんだよ。去年の夏、俺たち子供ばかり五人でここに来て、二晩家に帰らなかったことがあるけど、楽しかったよな、次郎」

「うん、とっても。あとでみんな、うんと叱られたけどね」

「そりゃあ、俺たちがここに来ていたことがばれたからだよ。というのは、こんな窟にはときどき、大陸やよその島から流れ着いた罪人やならず者たちが住み着いていることがあるんだ。そいつらが子供や女を攫《さら》って島から連れ出して売るという噂があるから、親たちが心配するのさ。それがまんざら嘘でもなさそうなのは、この辺で姿を消してしまった人間が実際にいるということだ。だから、ほらいいかい、あの岩の後ろに一つ窟があるんだけれど、そこには近づいてはいけないよ。何だか怖そうな髭の男が大分前から出入りしているからね」

「ふーん、そうか。分かった」

窟に入ってみると、壁ぎわの、地面がいくらか盛り上がった辺りに、明らかに墓標と思われる古い木のかけらや、むくろの一部と見える白骨が見つかることがあった。

奥行きの深いものになると、途中に石や材木を積んで、なぜか先に進めないように遮断されたものがあって、それが逆に子供たちの好奇心を煽る結果を生んでいた。

多くの知られざる謎や奇怪な物語が壁の中に浸み込んでいるに違いないこれらの洞窟に強く惹きつけられた慧介は、それから四年後に島を訪れたときには、窟の一つを自分の住処《すみか》にしたくらいだった。

夏はひんやりと涼しく、冬は工夫によって寒さをかなり防げるというその住居は、なかなか住み心地が良く、中で松明《たいまつ》に火を点したり、焚き火をしたりすると、昔そこで生きた人たちの霊がどこからともなく現れ出て、壁に映った自分の影の周りでゆらゆらと揺れているような印象を受け、彼は怖さも忘れてわくわくしてしまうのであった。

洞穴を根城《ねじろ》と決めて一ヶ月半ほど滞在したその夏は、慧介が十三歳の年だった。

或る夜明け、彼は、鉄砲玉のように窟に飛び込んできた征吉に揺り起こされた。

「慧介、起きろ！　沖に行くぞ、漁《りょう》に行くのだ！」

その日二人は念願がかなって、漁師たちの仕事の仲間入りをすることが許されたのであった。

初め、ひどい船酔いで吐き気に悩まされていた慧介は、いつの間にかそれをすっかり忘れてしまった。というのは、銀色の鱗を光らせて海面を突き破って飛び出し、見事なとんぼ返りを見せたり、波間を目も止まらぬ速さで縫ったりして漁師を翻弄する魚たちの素晴らしさに心を奪われているうちに、気分の悪さなど吹っ飛んでしまったからだった。

「すごい……何という美しさだ……」

「慧介、ほら何をしているんだ！　網、網だよ！　引くんだ、力を入れて！」

真っ黒に日焼けした若い漁師の底力のある声に気づいて我に返った彼は、「はいっ」と答えてあわてて網に手を伸ばした。そのとき船が揺れ、足元が狂った慧介は船縁を越えて、大きく一回転して海に投げ出されてしまっていた。

波間からやっとのことで顔をのぞかせたとき、船上から響いてくる爆笑を聞いた彼は、もう一度潜り直して、頭を冷やし、きまり悪さを隠したものだった。

——楽しかったな、あの頃は……。

大人になった今、うっかり迷い込んでしまった暗闇から逃げるようにしてこの島に戻ってきた慧介は、海の飛沫を体中に受けながら、素直な感動を込めてそう呟いていた。

それらの美しい思い出は、あたかも今まで胸の奥になりをひそめて待機していたかのように、野性の叫びを上げて次々と飛び出してくるのだった。

——考えてみれば、俺はもう長い間、こんな世界で生きることだけに憧れてきたんだ。紋切り型の武家生活がつまらないと思うようになった原因はここにあったのだ。俺のおかしな白昼夢の病もこの生活を偲ぶ恋歌に過ぎなかったのだ。

ここでは大気が優しく人の魂を撫で、海は強烈な息吹を吐いて「生きろ！」と叫んでいる。そしてこの島に住む人間たちは、厳しくて優しいこの自然を、あきれるほどの素直さで、聖なるものとして受け入れているのだ。

日暮れになってやっと、慧介は海を離れて母の里の家に向かった。

母の実家である浜田家の祖父母は数年前に他界しており、古い屋敷には子供のいない伯父夫婦が住んでいた。

老夫婦は、甥の思いがけない訪問に、顔をくずして喜び、「よく来たな。疲れたであろう。さぞかし腹が空いているのであろう」「今度はどのくらいの滞在なのか」「まさか今度も窟に住むわけではなかろうな」と矢継ぎ早の質問をした後で、甥の答えも待たずに、いそいそと彼のために食事や部屋を用意してくれた。

一夜明けると慧介は、まだ暗いうちに征吉の住む部落へ向かった。

屋根の低い一連の倹《つま》しい家々が入り江に沿って行儀よく並ぶその漁村は、海の彼方から少しずつ射してくる朝の光を静かにじっと待っているようだった。

湾の東の方には、部落と海を見下ろすように聳えている岩山を覆う木々が、黒々とした影を空に描いており、その森に隠されている神社から長々と下りてきて海の中まで続いていきそうな石段の、鳥居の辺りだけが白っぽく浮き上がって見えた。

征吉の家まで来て中を覗くと、店先の粗い格子戸は閉まったままで、中は暗く、ひっそりとしていた。冬はまだ終わっていない。みんなまだ寝ているのかもしれないと思った慧介は、湾に沿ってブラブラと歩いて鳥居まで来ると、暗い石段をゆっくりと登り始めた。

――百段……二百段？……いや、もっとずっと多かったはずだ……とにかくこれは、どこまで登っても尽きない石段だった。子供の頃はこの階段が天に続いているのではないかと思ったことさえあったが、その印象は今でもあまり変わらぬな――。

二十段ほど登ったとき、突然どこからか小石らしいものがバラバラと飛んできて石段に当たり、鋭い音を立てて静寂を破った。

びっくりして周りを見回すと、両側の木の後ろから黒い人影が奇声を上げて飛び出してくるなり、彼に飛びかかった。

「慧介！」

征吉と次郎だった。

「久し振りだな。元気か」

「うん、お前たちも元気そうだな」

三人は階段をもつれるようにして下りながら、薄闇を透かして懐かしそうにお互いを眺め合った。

征吉は身長がぐんと伸びて、驚くほど逞しくなっていたことを除けば、昔のままだったが、次郎は少し痩せたせいか、秩序を欠いた髪以外は以前の面影らしいものが見つけ出せないような若者になっていた。

「俺がここにいるのがよく分かったな」

「次郎が見つけて知らせてくれたのさ。俺は今、沖に出るところだ。慧介、十年以上の無沙汰だぜ」

「うん。お互いに年を取ったな」

「今度はどのくらいいるのだ？」

「……ふむ、そうだな……」

慧介は海に目をやった。

その顔を覗き込むようにして見ていた征吉は同じように海に目を移しながら云った。

「何かあったな」

「……そう見えるか」

「うん。丸見えだ」

「嘘つけ……ただ、あちらの生活に嫌気がさしただけだ」

「お前、いつから本心を隠すようになったのだ？　無駄なことはよせ。今回は、何かあったからここに逃げてきました、とちゃんと顔に書いてあるぜ」

「フン」慧介は胸を反らした。

「その癖はいつまでたっても治らないんだな。何を云っていいか分からなくなると、お前はいつも『フン』だ」征吉は腹を抱えて笑った。

「よし、そういうことなら決まった。お前は今からここで生活するのだ。面倒は俺と次郎が見る。この島に流刑となって来た罪人たちがここは天国だと泣いて喜ぶくらいなんだから、落ちぶれた侍にはもったいないような所さ」

慧介はむしょうに嬉しくなって、兄弟と声を合わせて笑った。長い間忘れていた無邪気な笑いだった。

征吉は自分たちの家に来て一緒に住むように勧めたが、慧介は窟《いわや》に住みたいと言い張った。

「ちっとも変わらない奴だな。じゃあ、特上の窟を捜してやるさ。夕方までには帰って来るから待ってな」

そう云いながら征吉は彼を待っている漁船に向かって走り出した。

「次郎は身体が弱いから漁に出られないんだ。だから店を任せてある。そこで一緒に朝飯でも食っていけ」

征吉の乗った船は湾を離れていった。

いつまでも船のあとを見送っている次郎に気がついた慧介は、漁に行けない次郎の口惜しさを察して胸が痛んだ。

「天気がよさそうだから、いい漁になりそうだね」

「その天候がこのところ不順で、沖で急に嵐に見舞われることが多いんだ。難破した船もいくつか出ているんだよ」

「そうだったのか……心配だな。ふむ……心配になってきたぞ」

「征のことかい、大丈夫だよ。母さんがしっかり守っていてくれるさ」

「……お母さん……?」

「うん、二ヶ月前に亡くなった」

「そうか、亡くなったばかりなのか。……さびしくなったな」

「うん。でも、代わりに慧介が来た」

「少しは足しになるか」

「うん、大いにね」

「それ、お世辞か」

「うん」

「こいつ」

二人は駆け出しだ。

次郎と一緒に朝食をとったあと、客が混み始めた店を、慧介はなぜか逃げるように出ていった。

その日、慧介は髷《まげ》を解いて髪を切り、後ろで束ねた。まだ月代《さかやき》の毛がすっかり伸びきっていなかったから格好がつけにくく、あちこちに鋏《はさみ》を入れていると、驚いたことに征吉兄弟の髪型と似たようなものになってしまった。そのあと、次郎からゆずってもらった漁師の古着に着替えていたら、伯父夫婦がそれを見て、腰を抜かさんばかりに驚いた。

「お前、侍《さむらい》家業をやめるつもりなのかい」

「いえ、もうやめさせられました」

「何だって。え？　本当？　まあ何てことだろうね。それで、これからは……？」

「漁師になろうと思います」

老夫婦は言葉が出てこないのか、それ以上もう何も尋ねようとしなかった。

征吉兄弟と昔の友達の助けを借りて捜し当てた窟は、部落からは少し離れていたが、ちょっとした丘陵の上にあって、海もあまり遠くなかった。内壁は、大きな岩が重ねられて頑丈に出来ており、岩と岩の間に巧妙に作られた空気抜きのようなものさえあった。

「こんなに大きな岩を誰がどうやって動かしたんだろう」

慧介が感心していると、自分の家から余分な鍋や茶碗を運んできた次郎が云った。

「慧はこの島に鬼がいたことを知らないいな。そりゃあおっそろしく力持ちの鬼たちだったそうだ」

「その鬼たちがこれを作ったのか」

「そういうことだ」

「それで、その鬼たちは今どこにいるんだい。桃太郎に殺されてしまったのかい」

「引っ越ししちまったさ」

「どこに?」

「無人島にだ。俺だけしか知らない秘密の島だ」

「そうか。お前だけが知っている秘密の島ね」慧介は頷きながら笑った。

「本当だよ。信じないならそれは勝手だけどさ」

「なぜ引っ越ししたんだ」

「人間が愚鈍で卑怯で醜くて、つきあうのがいやになったからさ」

「ふむ、そうか……。いや……そういうこともあろうな」

「え?」

「いや、なんでもない。だがお前、俺がよそ者だと思ってからかうのはやめな」

「からかってなんかいやしないさ」

そう云うと次郎はクスッと笑って窟を出ていった。

一枚の大きな板の下に幾つもの木の箱を置いて作った寝台が出来上がり、慧介が何枚もの筵《むしろ》や、伯母からもらった古布団を新居に持ち込んだ日の夕方は、彼のために集まった昔の友達や征吉兄弟が、引っ越し祝いをしてくれた。

篝の前で、焚き火を囲んで座り、刺身や焼いた魚介をつまみながら楽しげに酒を酌み交わす漁師たちに囲まれていると、慧介は長い間旅をしてきた自分が、やっと故郷に帰り着いたような気がして、胸が熱くなってしまった。

「慧介、お前漁師になる気はないか」

しばらくしてそばで飲んでいた征吉が尋ねた。

「勿論あるとも、大ありだ。だが、どうしたら……」

「まかしておきな、明日、拓《たく》兄貴に話してみる」

二日後すでに、慧介は征吉と同じ漁船に乗り込んでいた。「金比羅丸《こんぴらまる》」というその船は新しくはなかったが、思ったより大きく、彼らのほかに二人の漁師が乗っていた。一人は拓兄貴と呼ばれている三十歳ぐらいの頼もしそうな男で、ほかの一人は公三という、まだ二十歳に満たない元気な若者だった。

彼にとって最初の船出は感動的だった。水平線を描き始めたばかりのほのかな光を受けた海は、船が波を分けて前進するにつれて、広大さをどんどん増していくようだった。

——これでやっと自分に合った生活ができる……。なぜもっと早く来なかったのだろう。しかも、少しも変わることのない友情がここで俺を待っていてくれたなんて、とても信じられないくらいだ——。

そのとき、遠ざかる島を振り向いた慧介の目に、暗い岸に佇む次郎の姿が映った。

その白い影は、一日中彼の心を離れることがなかった。

慧介が漁師として働くようになってから、二ヶ月が過ぎた。船から落ちるようなへまは一度もしなかったし、日も暮れないうちに慣れない仕事もようやく身についてきた。

しかし、さすがに仕事が終わると、日中の疲れに負けて、日も暮れないうちに寝床に倒れ込んでし寝床に倒れ込んでしまうことがしばしばあった。そのせいで、夜が更けた頃になって目が覚めてしまう変な習慣がついてしまった。そんなときは仕方がないから、穴倉を出て、周りを散歩するようになった。

島の夜は静かで、海の溜息としか思えない神秘的な律動を響かせて打ち返す波の音だけが時を刻んでいたし、潮の香が匂う空気は、風のない日でも、魂を高揚させる活気を孕んで漂っていた。

海を見下ろす崖の上に座って、美しい月や海を眺めていると、彼は、この世に自分ほどの果報者はいないと思って恍惚とした気分になるのであった。ところがそのうちに必ず、忘れようとしている過去のことが目の前に連々と浮かび上がってきて、何ともいえず厭な思いをすることになるのだった。

そこでやりきれなくなって窟に戻ったりすると、なおひどいことになった。朝まで寝返りの打ち続けということになってしまうからだった。だから慧介は、絶壁に座を取ると、できるだけ何も考えずにぼんやりとしようと努力した。

ぼんやりすることに成功したと思った或る夜、赤みがかった光を放つ月の輪の中で何かがうごめいて見えた。そして美穂の強い香《こう》の匂いがした。

「美穂、待て、何をするんだ」

「あら、驚いてらっしゃるの？　おかしなお方」

見かけによらずずっしりと重い彼女の体が覆いかぶさってきていた。

それは、上司に用を言い付かって支藩の秋月陣屋まで行った日のことだった。

「今日はこんなに良いお天気ですから、私もご一緒しますわ」と云ってついてきた美穂は、帰り道で足を痛めた。そして茶屋の一室で休息したときのことだった。

慧介は戸惑いながらも、美穂の貞節に限界が来たのは、二人が愛し合っている証拠なのだと心から嬉しく思ったのだった。

その後、美穂は何かと理由をつけて慧介を茶屋に誘い出すようになったが、清楚に見える女がこういうことを平気でやってのけるのが意外で、それが彼をひどく面白がらせ、喜ばせた。

そんなことが重なるにつれて、慧介は心身ともに未来の嫁に魅了されて、正体を失った虜のようになってしまっていた。

彼が騒ぎを起こして職を失ったのはそんな或る日のことだった。

それ以来、無残に断ち切られた恋の傷と火傷《やけど》の癒えきらぬ今、甘い日々の生々しい熱《ほとぼり》は、意地悪く慧介を放そうとしなかった。

慧介はあの夕暮れに見た美穂の冷ややかな眼差しを早く忘れたかった。だから普段の美穂の眼差しがどんなふうであったのかを思い出そうと試みた。ところが、どう頑張ってみても思い出せないのである。

――もしかしたら、俺はそれまで美穂の目をじっくりと見たことがなかったのかもしれない……あの人は俺にとって一体誰だったのだろう。そして俺はあの人にとって何だったのだろう――。

慧介は頭の中で渦を巻いているそれらの画像を追い払うように、頭と手を何度か振った後、立ち上がって歩き出した。

すぐには眠れそうもなかったせいか、足がひとりでに遠回りをして漁村の方角に向かい、丈の低い疎林の間を縫っていた。

そのとき、男の低い声がどこからか聞こえ、近くの岩陰からスッと出てきた一人の女が足早に遠ざかっていくのが見えた。細身の美しい影だった。

「月夜の逢引か……」慧介は気づかれないようにそっと足を返して、元来た道を戻っていった。

「風が強すぎる、帆だ！　帆を半分下ろせ！　身体をくくりつけろ！」舵を取っていた拓兄貴が叫んでいた。

公三と慧介は目も開けていられないくらい激しく降り出した雨の中を、帆柱にしがみついたまま帆を下げ、それぞれの身体を縄で柱に縛りつけた。

沖でいつものように漁をしていた彼らが予想もしていなかった突然の嵐であった。

慧介はこれほどひどい嵐も激しく猛り狂う海も今まで見たことがなかったから、恐ろしさに生きた心地もせず、全身で震えていた。そして、もうこれで死ぬのかもしれないと観念し始めていたのだった。船は大波の遊戯に手玉に取られたように、大きな浮沈を繰り返していたがそのとき、命綱が解けたのか、艫《とも》（船尾）のほうで帆桁を握っていた征吉が、甲板をズッとすべってきて、船縁にドンとぶつかった。慧介はそれを見ると、咄嗟に自分の身体を縛っていた綱を解き、征吉に向かって投げつけた。

ところがその瞬間に油断して、柱を抱えていた手を放してしまい、今度は慧介自身が甲板をすべり出した。

艫に向かって滑っていく慧介の身体は、すかさずその上に飛び掛ってきた征吉によって抑えられた。そして征吉は、あざやかな手つきであっという間に二人の身体を船梁に結わえ付けてしまっていたのだった。

「お前は、救いようのないばか者だな。それとも侍ってのはみんなそうなのか」

帆桁を素早く掴み直した征吉は、風雨の音をしのぐ大声でわめきながら高らかに笑った。

慧介は、こんな状況の中で人が笑えることが信じられず、ポカンとしていたが、そのうちに自分もつられて笑っていた。声を張り上げて笑っていると、不思議に心が鎮まっていき、震えも止まってきた。

——妙なものだな。

慧介はいつの間にか自分の中に、今まで知らなかった力が生まれてくるのを感じてとてつもなく嬉しくなった。

嵐はそれからかなりの間続いたが、四人の漁師は波と雨をかぶりながら、舵と帆を操り、船底の水を掻き出して、船の転覆を防ぐことに全力を上げていた。

風が少し治まると、拓兄貴が帆を伸ばした。

「帰るぞ」

その日、慧介が食事も摂らずに寝床に直行し、翌朝まで死んだように眠り続けたのは云うまでもなかった。


夜が明けると慧介たちは、金比羅丸を船渠《せんきょ》に運びこみ、船の傷みを点検した。ほかに、かなりひどい破損を受けた四隻の漁船が上がっていたが、漁師たちは皆無事らしかった。

慧介は昨日のことがあってから、あれほどの嵐を制御《せいぎょ》できる漁師たちが皆、特殊な能力を具《そな》えた超人のように見えてきて、非常にへりくだった気持ちになっていた。

傷《いた》んだりはずれたりした板を新しいものに打ち付け替えて、帆や帆柱の傷み具合を調べ、あちこち一応目を通したが、金比羅丸にはたいした毀損がないようだった。

拓兄貴からその日は漁に出ないことを云い渡されたとき、慧介は征吉と一緒に船渠に残って、ほかの船の修理を手伝った。それがきっかけとなって、慧介は船の構造と仕組みに深い関心を持ち始め、それからは暇あるごとに船の修理を手伝うようになった。

春分の日が来ると、村では、漁師たちの無事と大漁を祈る祭りが催された。

前夜祭には、浜いっぱいに張り巡らされた紐につけられた無数の提灯の灯が、明々と海浜を照らし、あちこちに据《す》えられた屋台からいい匂いがしてくる。

そして威勢のいい太鼓の音が響き始める頃、小さな浜は、着飾った村人たちでごったがえすようになるのだった。やがて、そこから立ち上る甲高い笑いと歌の渦は、水面を伝って湾からすべり出て、海の潮騒《しおさい》に合流するのであった。

慧介はそこで、色々な人に紹介されたが、深い皺を顔に刻みつけた非常な高齢者たちが元気に走り回り、祭りの世話をしているのには驚いてしまった。

その一方で、中年の男たちは、浜のあちこちに輪をつくって座り込み、酒をふんだんに呷《あお》っては声高に談笑したり歌ったりしていた。

やがて征吉と慧介は、集まってきた七、八人の若い漁師たちと一緒に、次郎が伯母と一緒にやっている屋台に行った。そこには玩具や釣具が並べてあったが、みんなはその横に並んでいる様々な形の凧を、めいめい手に取って見比べていた。翌日催される凧揚げの競争に参加するためである。

「これはお前が作ったのか」

彩《いろど》りのきれいな、頑丈そうな凧を選んだ慧介は征吉に尋ねた。

「違うよ。それは俺の作品だ」次郎が自慢げに云った。

「お見それしたな。よし、明日はこの出来栄えを、とくと拝見しよう」

「俺にはこちらのをくれ。弟は凧つくりの名人なんだぜ」

「へえ。じゃあ、明日は腕の違いだけが勝負を決めることになるな。俺は凧揚げには自信があるんだ」

「残念だな。ここ三年、俺を負かした奴はいないんだぜ」

「気の毒だが、四年目の希望は捨てたほうがいいよ」

「お前こそ負けて泣き面をかくな」

笑いながら、子供たちに占領され始めた屋台を離れた漁師たちは、ゆっくりと櫓《やぐら》に向かった。若者たちが漁の間を縫って、五日で組み立てたものである。

太鼓と歌に合わせて舞台で踊っている人たちを眺めていると、美しく着飾った若い女性の一群れが、賑やかな笑い声を上げながらやってきた。十二、三歳ぐらいから二十五、六歳に至る娘たちが入り混じっていた。

慧介はそこだけが急にパッと明るく映えたような気がして圧倒され、思わず体を退《ひ》いてしまったが、たちまち彼女らに捉まってしまった。

「慧介ちゃん、私のこと覚えてる？　千代よ、子供の頃一緒に泳いだ千代よ」

「あら、私だって一緒に遊んだわ。あたし民、忘れた？」

「私、登美……」

「私、町よ」

「私は麻紀、慧介ちゃんが足に怪我をしたとき、手当てをしてあげたのは私よ」

「ねえ、これからずっとここに住むの？　だったら変な穴倉なんかに住まないで私の家に越してこない？」

「そうはさせないわ。慧介ちゃんは私の家に住めばいいのよ」

「いいえ、私の家がいいに決まってる……」

慧介の取り合いとなった。

「うるさーい！　慧介は穴倉がどこよりも気に入っているんだ。それに浜田の屋敷だってある。余計な心配はするんじゃあない」

征吉は大声で娘たちをたしなめたが、彼女らも負けてはいなかった。

「まあ、征ちゃんたら、あたしたちが心配してこんなことを云っていると思っているんだわ。まったく初心《うぶ》なんだから」と云って笑い転げた。

それから若い男女は、近くの屋台で買った魚のすり身のてんぷらだの煎餅などをほおばりながら、楽しそうにおしゃべりを始めた。

それをまぶしそうに見ていた慧介は、一人の娘の上に目を止めた。先ほどお町と名乗った、一際目立って美しい娘だった。しかし彼の目はお町から逸《そ》れて、その隣にいた登美という娘の顔の上で留まっていた。

――似ている……確かに……どこかが美穂に――。

そのとき慧介は、自分の内面の意外な変化に気がついて驚いた。美穂の面影を呼び起こす娘をじっと見ていても、胸が少しも疼《うず》かなかったばかりか、如何なる心のぐらつきも感じなかったからである。未練と煩悶の粘々《ねばねば》した糸によって、がんじがらめに縛られ、いつまでも美穂に繋がれていると思っていたのに、その糸が、いつの間にか融けて消えてしまったような感じがしたのであった。

——癒えてきたのかもしれない……。

何となく胸の辺りが楽になったような気がして、深く息を吸いながら征吉の方を向いた慧介は、思わず彼を見直した。

征吉は、憑かれたように何かを見ていた。その眼差しを辿った慧介は、そこにお町の顔があるのを見届けて微笑んだ。

——征吉、あの美人に参ったな。無理もない。

お町は、ただ美しいばかりではなかった。その若さにもかかわらず、激しい情熱を感じさせる華麗な雰囲気を漂わせている娘でもあったのだ。

しかし彼は次の瞬間、はっとして眉を顰《ひそ》めた。

おしゃべりを止めていたそのお町が、執拗に目で追いかけている人物がいたからだった。

——次郎？……お町は次郎のことを？——。

慧介はいやな予感がしてきた。

——なぜこの世のものごとはスンナリいかないで、こう縺《もつ》れなければならないのだろう。

悲しげにそう呟いた慧介は、人混みの中をこちらに向かって歩いてくる次郎をじっと眺めた。じっと見ているうちに、今度は自分の胸が騒ぎ出し、頬が赤らんでくるのを感じて慧介はあわてた。

事実を肯定することを堅く拒んではいたが、それは初めてのことではなかったのである。意外とし か云いようのないその反応は、いつも彼をひどく狼狽させ、いきり立たせていた。

——何だ、バカバカしいったらない。一度や二度、女でひどい目に遭ったからって、この俺が男なんぞに懸想《けそう》するわけがないのだ。

しかし、慧介が次郎の不思議な美しさに気づいたのは、今回この島に来て、神社の階段で再会した瞬間のことであった。彼が兄には似ずに、美人の母親に似てきたことと、虚弱な体質が作用したためだろうが、どこか暗くて儚《はかな》げな印象を与える若者に成長していた次郎はそのとき、慧介の病んだ心の中に、得体の知れぬ妖《あや》しい石を投じ込んでしまったのだった。

全てにおいて自信を失っていた慧介は、何をしでかすか分からない自分を警戒し、現在までなるべく次郎に近寄らないように心がけてきた。だから今こうして、お町という女性が次郎の前に現れてきてくれたのを見届けた彼は、密かな心の安らぎを得たような気持ちになっていたのだった。

——こうなると問題は征吉だ……。

慧介は、依然としてお町に見とれている征吉の腕をいきなり掴んだ。

「征、俺の舟を見にいかないか?　殆ど出来上がった。ちょっとしたものだぜ」

慧介は少し前から、浜に置きっぱなしになっていた古い舟のうちの一隻を譲ってもらい、自分で修理してきたのだった。小舟だったが、舳先《へさき》から艫《とも》へかけてのゆるやかな曲線が美しく、一目見たときから慧介が心を奪われた代物だった。

「……うん、いいよ」

征吉はそう答えたとき、どこかに心を置き忘れてきたかのような顔をしていた。


慧介は自分の舟に「ほたる」という名をつけていた。

この島には蛍が多い。初めて壱岐に来た子供の頃、友達とみんなで、近くに蛍を見に行ったことがあった。夜の闇に飛び交う、数えきれないくらいの美しく優しい光の舞にびっくりし、うっとりと我を忘れて見入ってしまった思い出がいつまでも鮮明に彼の中で生きていたからであった。

二人が「ほたる」を見ていると、四十歳ぐらいの漁師が、微笑みながら近寄ってきた。均整の取れた身体と、活き活きとした目を持つ彼は、以前、肥前で造船に携わっていた修治という人で、二人の若者が深く尊敬している船技師でもあった。彼は旅が好きで、長い間あちこち航海していたらしかったが、そのうちに、壱岐の島に魅せられて居ついてしまったのだった。

「ほたる」の修理の手ほどきをしてくれたのはその修治だった。

「いい舟になりましたね」

「修治さん、この『ほたる』はいつになったら進水できますか」

「もう殆ど手を入れる必要はないでしょうから、いつでもお好きなときに」

「そうですか。おい、征吉、お前の『征夕丸』と俺の『ほたる』とで、帆を張らないで競争しないか」

新しく作り直した櫓《ろ》を撫でながら慧介は云った。

「お前、漕げるのか」

「漕げるかとは何だ。剣で鍛えたこの腕のすごさを見せてやるさ」

「よし、明後日の夕方だ。いいな」

「いいともさ」

そのとき近くで、楽しそうな娘の笑い声が聞こえた。思わず振り返った三人の男は、戸惑ったように目を逸らした。それは、次郎の手を引っ張るようにして歩いてゆくお町の声だった。反射的に征吉の顔を盗み見た慧介は、彼の顔の曇りをはっきり見取っていた。


征吉は凧揚げも舟の競争も、慧介に勝利を譲った。

慧介は勝ったことに腹を立て、くさっていた。恋をしている征吉が征吉らしからぬ人間になっていくようでただ悲しかった。

——俺だってあの頃は、とうてい自分とは思えぬ人間になっていたのだ。こういうときの男とは、そばから見ていると、何とみじめで情けないものだろう——。

しかも、それがままならぬ恋であることを知って苦しむ人間の前では、他人である自分がいくら逆立ちしたって何の助けにもならないことを、痛いほど理解している彼なのであった。

しかし、慧介は、征吉のそばから離れず、始終優しい心遣いを見せていた。

「慧介、お前近頃いやに親切だな。気味が悪いぞ。何か下心でもあるんじゃあないか」

「まさか。俺は生まれつき優しい人間なのさ。特に……」

「特に？」

「特に……悩みを持つ人間たちに対してね」

「へー。だが俺は悩みなんぞ持ってはいないぞ」

「それは結構なことだ。だが、自分が悩む人間であることを認識している者はごく少ない」

「何だそれは。侍の考えか。ややこしいもんだな。少し頭を空にしたらどうだ」

「お前がそう云うのなら、そうしてやってもよかろう」

「まるで殿様だな」

二人はいつものように高らかに笑った。


夏が近づいてきた。

もう大分前から金比羅丸はほかの船と同様、夜釣りに出るようになっていた。

松明《たいまつ》を点してのイカ釣りである。

慧介は暗い夜の海原に、点々と散る漁り火《いさりび》を見るのが好きだった。釣りをするのも忘れて、遠くで揺れ動く美しい光に見とれることさえあった。

夜釣りの終わったあと、いつものように窟で眠り込んでいた慧介は、その朝、珍しく機嫌の良い顔を見せた征吉に起こされた。

「慧介、八幡《やはた》に行くぞ。一緒に来るか」

「八幡？　何をしに行くのだ」

「いいものを見せてやるから、黙ってついて来い」

征吉と一緒に金比羅丸までやって来た慧介は目を丸くした。白い木綿の薄い肌着のようなものを上下纏った数人の娘たちが船に乗り込んでいて、喧しくおしゃべりをしていたからだった。

征吉と慧介、それに一緒についてきた公三は、それぞれいっとき、女の子たちにからかわれたり絡まれたりする拷問にあったが、例の「うるさーい」を発した征吉は、娘たちを威圧するような尊大な態度で帆を張った。

娘たちのきれいな歌声を運ぶ金比羅丸は島の東沿岸に沿って、太陽がキラキラと反射して光る真っ青な海を北に進んだ。お町も次郎もいなかったことが心を軽くしていたのか、慧介は初夏の美しい船旅を子供のようにはしゃいで楽しんでいた。

やがて遠くに停泊した一隻の船が見えてくると、金比羅丸はその船に近づいて行った。

「吉祥丸」という字の書かれた船の上から大声で挨拶を交わしてきた漁師たちは、周りの海を指差して見せた。そこには、二十個ほどの浅底の木桶があちこちに浮いていて、ときどき海面に浮き上がってくる女たちが、海底から持ち上がった獲物らしいものを懐から取り出してはそこに投げ入れていた。

「ようこそー。いらっしゃーい。こっち、こっちよ」

桶のそばで手を振る女たちの呼び声を聞いた金比羅丸の娘たちは立ち上がった。そしてまず、それぞれ自分の小桶を海に向かって遠く投げ、小さな火掻き棒のようなものを手にして、肌着のまま水に入り、海女たちに近づいて行った。

「あの子たちは、八幡の海女たちの手ほどきを受けているのだよ」

「ふーん。いい風景だな。何を獲るのかい」

「いろいろだが主に雲丹《うに》と鮑《あわび》だ」

海女たちは、近づいて来た若い娘たちに何やら説明していたが、やがて皆、次々と水中に姿を消していった。金比羅丸の娘たちも、まんざら駆け出しではなかったと見えて、一旦潜るといつまで経っても浮き上がってこなかった。それを見ていた慧介は、初め、彼女らの身を案じて気が気ではなかったのだが、その驚くべき息の長さに舌を巻いているうちに、心配もしなくなった。

「潜るぞ！」

慧介は征吉のその言葉を待っていたかのように、同時に海に飛び込んだ。そして、深海の底で白い花のように揺れている海女たちに近づこうとした。しかし慧介は、それが如何に容易《たやす》いことではないのかを思い知らされたのであった。

——女というのは不思議な能力を持っているものだな。

慧介は敬意を表すように、いつまでも海女たちの周りを泳いで回った。

「慧介、食事だ。上がって来い」その言葉を聞いたとたんに、慧介は自分の腹がクーと鳴るのを聞いた。

甲板には娘たちが小桶に入れた獲物を次々に空けて集めた大きな桶があり、征吉はその中から一つの雲丹を手にとり、中味を取り出した。

「食ってみな」

獲りたての雲丹を生まれて初めて味わった慧介は唸ってしまった。

「旨い！　これはすごい！　美味過ぎて、罪悪の香りがするほどだ」

慧介は立て続けに幾つもの雲丹を平らげてしまった。

持参のむすびや冷たい茶が並べられて、食事の用意が整った頃、娘たちが次々に上がってきた。

「どうお、たいしたものでしょう」

「たいしたものだ」と答えようとした慧介は、娘たちを見た瞬間、目のやり場を失って、真っ赤になってしまった。彼女等の濡れてぴったりとくっついた肌着から透けて見える、はち切れるような身体の生々しさに度肝を抜かれたからであった。——また冷やかされるな、と覚悟を決めて目を閉じた彼は、すぐに胸を撫でおろした。

娘たちは離れていく「吉祥丸」の甲板に並ぶ海女たちに、手を振っていつまでも別れを告げていたし、船が見えなくなると、よほど腹が空いていたと見えて、歓声を上げて、むすびや雲丹、鮑に飛びつき、それに舌鼓《したつづみ》を打つこと以外は何も念頭にないようだったからである。

気づかれないことを幸いに、彼女らにうっとりと見とれていた慧介はそのとき、征吉のそばにぴったりとくっついている久美という小柄な娘に気がついた。公三と一緒に上気した頬を見せてみんなに雲丹を開いてやったり大きな鮑を刺身にしてやったりしていた征吉は、そのことを意に介している様子がなかったが、彼を見る娘の眼差しはただものではなかった。

——また縺《もつ》れる……征吉、何とかしろ。もうたくさんだ。俺はそうした人間関係のわずらわしさを避けてこの島に逃げてきたのだ。それがどうだ。ここは筑前に輪をかけて厄介な所だったらしい。そろそろ無人島にでも引っ越すときがきたようだ。鬼たちの気持ちが分かってきたぞ。

慧介は頭を冷やすために、もう一度海に飛び込んだ。

春祭りより一段と大掛かりな夏祭りが終わって、きらめき続けた夏が過ぎていった。

その間、征吉は依然としてお町に見とれ、お町は次郎の跡を追い、久美の熱い目は征吉を追い、その四人を、関係のない慧介が憂いを持って見守る、といった滑稽な狂言場面が続いていた。それが続く限り、慧介は手を拱《こまね》いて眺めているしかなかったのだった。

夏中、部落の女たちの手で、湾の至る所に干されていた夥しい数のイカや、アジの開き、海草などが、涼しい風を受ける季節となっていった。

神社の森は、村の裏山の紅葉に負けないくらい、美しい彩りを見せていた。

その森の木々から、長い石段を隠し尽すほどの落ち葉が降り始めた或る夜明け、慧介は出漁前のひとときを、岬に出て過ごしていた。そこで、季節とともに変わっていく海の色を溜息まじりに眺めていたのだった。

——見事だ……恐るべき神秘と驚異を秘めるこの海は、何という謎だろう。魅せられて近づく者をたぶらかしながら激しく愛撫する妖怪なのだ——。

そのとき、ふと人の気配を感じた慧介は振り返った。

「おお、次郎か、こんなに朝早く何をしているんだい」

「海を見ているのさ」

「よく見に来るのか?」

「うん」

「そうか……」

二人はしばらく無言のままで海を眺めた。

「ところで次郎、お前たしか、鬼の引っ越し先の無人島を知っていると云ったな」

「うん」

「どこだか教えてくれないか」

「いいよ。もし時間があるんだったら、今から連れていってあげてもいいよ」

「え?……何?……。鬼ヶ島にか?」

「そうだ」

慧介はあきれて、海から目を離さないで平然としている次郎の横顔をじろじろと眺めていたが、決心したように云った。

「面白い。じゃあすぐに連れていってもらおうじゃないか」

「ああ、いいよ」

二人は「ほたる」に飛び乗った。

次郎の指示する方向へしばらく向かっているうちに、幾つかの小島が見えてきた。

その島々のそばを通り過ぎて更に進むと、風に吹かれて千切れちぎれに漂う朝霧の中に、高く聳える孤島が姿を現した。

「ここだ」

それは密集した木や植物に覆われた玄武岩の島だった。

「こんなちっぽけな島に鬼が住んでいるのか」

「鬼たちはその場の状況に応じて大きくも小さくもなれる」

「勝手なことを云ってやがる」

「さあ、上がって見てくるといい」

「次郎は来ないのか？」

「ここは海流が複雑だし、この風では舟が流される恐れがある。俺は『ほたる』を見張っているから行ってこいよ。ただ、鬼に食われるな」

「フン、逆に俺の朝飯のネタにしてやるさ」

慧介は背の高い植物に覆われている壁面を登っていった。

「あっ……」

慧介は息を呑んで立ち尽くした。崖を登りつめた彼の目の前には、見渡す限り、目のさめるような湖が拡がっていたのであった。遠い昔、海底火山の噴火によって出来たらしいこれらの島々は、それぞれが違った形態を見せて海の中に佇んでいたのだが、今慧介のいる島は、外からは見えないが、島の中央に大きな楕円形の水を湛えていた。いつの頃か、真ん中辺りが陥没して出来たものに違いなかった。

湖の水は、見たこともないような美しい緑色で、外側にいくにつれて淡い琥珀色となり、水際は鍾乳石のような白さとなって縁取りを描いていた。

深さの見当はつかなかったが、水は澄み切っているのに、あくまでも微妙な深い緑色なのだった。湖の周りには、慧介の知らない植物がほどよく交じり合って茂っており、柳に似た細い木が水際のあちこちに糸のような枝を垂らして揺れながら、優しく水の面を撫でていた。

慧介は想像もしていなかったその不思議な景観に、息もつけないほど感動していた。

「極楽とはこんな所ではないのだろうか……」

慧介は夢見心地に、湖の周りをいつまでもゆっくりと歩き回った。

やっと崖を下りてきた慧介に、次郎が尋ねた。

「鬼を食ったか」

「留守だった。散歩に出たらしい」

「ふむ、残念だったな」

「次郎はよくここに来るのか」

「ときどきね」

「鬼と遊ぶためか」

「いや、ものを捨てにくる」

「はあ？　ものを捨てに？　どこに？」

「鬼の風呂の中にな」

「ああ、あれは鬼の浴槽か。それで何を捨てるのだ」

「ごみだ」

「ごみ？……」

「そうだ。心のごみだ」

「心にごみがあるのか」

「うん」

「たとえばどんな？」

「無駄な希望」

慧介は、はっとして次郎を見た。なぜかその瞬間に「この子は死ぬ、もうすぐ死ぬのでは？……」という疑惑が突然彼の中に頭をもたげてきたからである。

虚弱というだけでどこが悪いのかは知らなかったが、次郎の言葉の端々に、謎めいた響きと、妙に解脱した儚《はかな》さが窺われるのは、もしかしたらそのせいなのではないかと思ったのだった。そう思うと、慧介の胸はたまらなく苦しくなってきた。

——いや、待て。この子は幼い頃からこうだった。以前から次郎はこんなことを云う子だった。俺は忘れていないぞ。あの日、まだ五歳ぐらいの次郎が、無心に浜の砂を掘って、小さな袋のようなものを埋めていた。中に何が入っているのかと尋ねたら、夢がいっぱい入っているのだと答えた。「失くさないように隠しているんだよ。慧ちゃんのもこうするといいよ」と……。「いい考えだね。今度持ってきたら埋めてもらおう」そのときから俺の夢も失くされないように隠されて……そうだ、それが白昼夢となっていったのだ。

だから、次郎は今になって死ぬはずはない。死ぬはずがないのだ。死んではならないのだ……。

慧介は平静を装いながら云った。

「それを捨てるとすっきりするか？」

「うん。お前のも捨てるといい」

そう云って次郎はケラケラと笑った。

「俺は無駄な希望なんぞ持ってはおらん」
「本当か？　怪しいもんだ」
「フン」
慧介はグイッと胸を反らし、むきになったように「ほたる」の帆を張った。

潮風が一段と冷たくなってきた或る日、漁を終えて魚を上げていると、征吉が郷ノ浦《ごうのうら》に行かないかと云った。

郷ノ浦というのは、島の東南に位置する港で、島で一番大きな漁港町であり、商業の中心地でもある。彼らの村から船で行くとあまり遠くなく、その町の有名な八日市が立つ日には、征吉兄弟と伯母さんが店の品物の仕入れをするために金比羅丸を出す。慧介も何度か彼らについて行ったことがあったが、島中から続々と集まってくる老若男女の数は想像を超えるものであった。

目を瞠るほど鮮やかな色の種々の農産物や、名も覚えきれないくらい数多《あまた》の海の幸は勿論、農機具から漁具、着物や織布、玩具、そのほか思いもよらない道具や器が、町中に、所狭しと並ぶのだった。客呼びの声や、値段を交渉する声が笑い声に交じって聞こえてくる賑やかさの中に入ると、慧介はひどく心が浮き立ってしまう。そして彼は、町の隅々まで目を皿のようにして忙しく見て回るのである。

武士の世界しか知らなかった彼は、そこへ行くたびに、庶民の生み出すものの豊富さと多様性、そして彼らの優れた創造能力と技術に驚かされ、ただ感服するばかりなのであった。

「郷ノ浦に？……八日市の季節でもあるまい？」

「違う。修治さんを連れていく。明日、商船が郷ノ浦港に寄るらしい」

「分からん」

「修治さんはこの島を離れるのだ。郷ノ浦で商船に乗り換えて旅に出るのさ」

「ここを離れる？　なぜだ。ここがいやになったのか」

「いや、昔から放浪してきた人間は、どうしてもひと所に長く腰を据えることができないからだと云っていた」

「残念だな……あんなにいい人が行ってしまうのか」

「うん。俺もがっかりしているよ」

「それで郷ノ浦にはいつ行くんだ」

「今日これからだ。お前も一緒に来ないか」

「行きたいが、だめだ。今日は浜田のじいさんとばあさんに呼ばれている。雨戸の修理をしてやる約束もある」

思いもかけなかった修治の旅立ちの知らせは彼らを深く落胆させた。修治は造船の優れた技師だったばかりでなく、性格の穏やかな優しい人で、二人は心から慕っていたのである。

修治が、彼の航海録ともいえる様々な冒険談を繙《ひもと》いて語ってくれるときは、二人とも心を奪われて聴き入り、まるでそれが自分たち自身の経験であるかのような錯覚を持ちながら、未知の国々を旅するのであった。

征吉の舟が出発する前に、修治に別れを告げに行った慧介は、帰る道々、首を傾げた。笑いながら「いえ、どうせまた舞い戻って来ますよ」と云った修治は、なぜか憔悴した沈んだ目をしていたからだった。

――この島を離れるのは嬉しそうではなかったが、彼はきっと戻ってこないだろう。なんだかそんな気がする。旅に魅せられた者はこうして終生、終わりのない放浪を続けずにはいられないものなのだろうか。

慧介はつまらなさそうに、足元の小石を蹴った。


秋に二回、冬に入ってから一回、金比羅丸は沖で嵐に遭った。春に経験したものほどには強烈ではなかったが、「自分はもしかしたら、今日、ここで命を落とすのかもしれない」と思うことが重なるにつれて、慧介は生きている一日一日を深く味わうことを覚えていった。

そんな或る日、漁を終えた金比羅丸が島の見える辺りまで帰って来たとき、突然公三が叫んだ。

「止まれ！　止まれ！　あそこを見ろ、あれは一体何だ」

公三の指差す方角を見たほかの三人は、思わず船から身を乗り出した。

「まずい、仏さんだ。間違いないぞ」

金比羅丸は浮いている人体のようなものに近づいていった。

「若い女のようだぜ。着物の色がいやにきれいだ」

漁師たちは力を合わせて女を引き上げた。甲板に横たわった溺死体を見た四人はギョッとして思わず顔を見合わせた。

「ひえっ、こ、こりゃあ、お町、お町じゃあないか」

「そうだ……確かにお町だ。何てえこった」

四人の男は皆、申し合わせたように、へなへなと座り込んでしまった。そして、見るも哀れな娘の亡骸《なきがら》の上に空ろな目を落とした。

征吉はやがて、力なくその屍から蒼白な顔をそむけてうなだれてしまった。

慧介は無言で彼から離れ、帆を操り始めた。


金比羅丸が持ち帰った忌まわしい土産がその日、村中を驚かせ、皆を不幸のどん底に陥《おとしい》れたのは云うまでもなかった。

美しいだけでなく、良い性格を持っており、誰からも好かれていたお町はまだ十八歳になったばかりだった。皆に尊敬されている村長の末娘で、両親の自慢の種でもあったのだ。

お町の死は、明らかに自殺と推量された。彼女が着ていた美しい晴れ着の、千切れかけた袖から、重石《おもし》に使った石の残りが幾つか出てきたのだった。

この優しい娘は、決して誰にも何も打ち明けることをせず、全てを自分の胸の中だけに秘めていたらしく、「なぜ？」という村人の問は、答えのないままに、悲しい葬儀を迎えてしまった。

美人であることから、彼女に言い寄る若い漁師たちが、一人や二人ではなかったことは周知の事実だったが、お町は次郎以外の男は相手にしようとしなかった。

「お町は次郎が好きだったんではないの？　それで……」

「好きだから自殺するのかい？　それはないだろう。次郎もあの子のことをまんざら嫌いではなさそうだったし……」

「しかしほかにどんな原因があったというのだ」

いくら詮索されても、結局、お町を死に導いた動機はいつまでも謎として残ったのだった。

慧介は一度だけ、お町に「『ほたる』に乗せてちょうだい」とねだられて、お千代という娘と一緒に郷ノ浦港の近くの弁天崎まで連れていってあげたことがあった。そのときお町は弁天崎の美しさに目を瞠り、うっとりとしたように呟いていた。

「私今度ここに、恋しい人と二人だけで来たいわ」

「あら、あたしだってそうしたい。こんなに風情のある所で恋を囁くなんて夢だわ」お千代も夢見るように云った。

お町の云うその恋しい人というのが次郎であることを知っている彼は、何とも複雑な気持ちになったものだった。

その後、征吉と次郎は、努めて明るい表情を見せようとしていたようだったが、慧介は両人の心の内を見通さないわけにはいかなかった。

――可哀相に……。こうして人が見境なく罰せられるのが人生なのだろうか。

彼は今まで以上に、友としての自分の無用さを感じていた。ただ、二人の友に付かず離れず見守っているしかないのがうらめしかった。


冬の冷たさが、日々に肌を刺すようになってきた。

最近慧介は、仕事に慣れたのか、夜中に目を覚ますことがなくなっていた。しかし崖の上からの夜景を眺めながら考えに浸ることは、もう欠かせない習慣となっていたから、時間を早めて、寝る前の時間をそこで過ごすことにしていた。

その場所から見る夜景は格別だった。星と月が競って輝く夜空の明るさは、暗い海まで降りてきて、動く波を銀色に光らせるのだった。月はまた、ときどき空にかかる雲の間に隠れたかと思うと、あっという間にそこから抜け出し、まばゆいばかりの顔を覗かせて笑っているかのような悪戯を見せることがある。そんなときには、月に心の隅まで見透かされてしまったような気持ちになり、慧介は恥ずかしさに一瞬赤面することさえあるのだった。

過去のいやな思い出に悩むようなことも殆どなくなっていたから、ただ、うっとりとして月や星に見とれ、潮騒に聴き惚れるのが今の慧介の何よりの楽しみとなっていた。それに、何よりも、そこからは彼の大好きな漁り火が見られる楽しみがあった。

慧介たちは最近になって、夜釣りを止めて日中の漁に切り替えていたのだが、夜釣りを続けている船は、まだ幾らか残っていた。

慧介はその漁り火を見るたびに、なぜか胸が一杯になるのである。あたかもその光の一つひとつが、自分に何かを話しかけているように思えてならないからであった。

——そうなのだ。俺にとっては、この暗い海は人生の海原なのだ。そしてあちこちで光っている漁り火は、自分と同じような人たちが発する輝きなのだ。つまり、その一つひとつは、瞬《またた》きながら放たれる魂の信号なのだ。そうさ、信号なのさ。喜びの信号、苦しみの信号、愛の信号、絶望の信号、孤独の信号、希望の信号と、それは色々だ。とても強烈でありながら、どこかひどく心もとない光でもある……。そして彼らは心の信号を送りながら、答えてくれる光の信号を待っているに違いないのだ。ああ、俺もそんな光の一つになって送りたい。「あなたの光は美しい。あなたは独りではない。あなたを見ている者がここにもいる」という信号を——。

慧介はそう呟きながら、季節とともに海から姿を消していく漁り火を惜しみつつ、飽きることなく眺めていたのであった。


その日、空には三日月が、美しい姿を見せていた。そのくっきりとした美しさゆえに、冷たさが倍増されるような印象を受けた慧介は、ブルルと全身を震わせて穴倉に戻ろうと腰を上げたが、ふと立ち止まって海を見直した。

「あれ、まだいるぞ」

遠い海の上に一つ、小さな光がちらちらと動くのが見えたのだった。

漁り火が、大分前にすっかり姿を消してしまったと思っていた海原に、なぜか一つだけが、いつまでもしつこくその光を見せていたのだった。

――ほかの島から来ている舟かな。

そう思いながら慧介は穴倉に戻っていった。

翌日の夜になって、再び揺れる火を見た慧介は、ふとその漁り火に興味を持ち始め、注意深くその動静を観察した。

――よもやあれは鬼火か火の玉の類ではあるまいな。そうだと面白いのだが……。いや違う、確かに舟だ。ただの漁り火だ。

その夜、慧介は舟が立ち去るまでじっと見ていた。

――何となく変な漁り火だな。遠くてよく見えないせいかもしれないが……。

それからというもの、慧介は、冬の海からちっとも立ち去ろうとしないその漁り火を、欠かさず毎日見に来るようになった。

――あの火こそ、確かに信号を送っているような気がする。喜びの信号のようにも見えるし、深い悲しみの信号のようでもあるし……どこか不思議な光だ。

その夜、慧介は飛び起きた。夜中をとっくに過ぎていたらしかったが、激しい風が、すさまじい音をたてて窟の外に吹きまくっていた。

「いさり火！　あの舟が危ない！」

――待て、俺は寝ぼけている。今夜は、いつも来る時間にあの舟は来ていなかったのだ。それにいくら何でも、こんなに風の強い日に海に出るばかはいない。

慶介は、布団に潜り直して目を閉じたが、なぜか気になって、いつまでたっても眠れなかった。とうとう彼は起き上がると、ふらふらと崖までやってきた。

「いる！……」

慧介の目が覚めた。風に吹かれて、舟はだんだんと遠くに流されていくようだった。

彼は呆然として、激しく揺れ動いている火を見ていたが、いきなり村に向かって走り出した。息せき切って浜まで来ると、「ほたる」に飛び乗った。風を帆に受けて、舟は激しく揺れながら速度を加えて沖を目指した。

「いない……」

一瞬ドキッとしたが、その舟は、自分がいつも座る崖からは見えても、港からは見えない方角にあることに気がついた。慧介は西に舟の向きを変えた。

「あそこだ……」

目指す舟が見えてきた。

「帆も張っていない。このままじゃあ、あの舟は転覆する」

風を最大に帆に受けて速度を増し、漁り火が大分はっきり見える所まで来たとき、彼はびっくりして息を呑んだ。

「女？……」

激しく揺れる松明の火にときどき照らされて浮かび上がったのは、若い女の白い着物姿だった。

荒れる波と戦いながら舟に近づいていった慧介は、もう一度驚いて目を瞬いた。

「狂女か……」

舟の女が歌っているのである。消え入りそうな細い声だったが、その澄んだ声が風向きによって、確かに聞こえてくるのであった。

呆気に取られていた慧介はそのとき「あっ」と声を上げた。歌い止めた女が、舟の中にスックと立ちあがったかと思うと、突然海に向かって身を躍らせたのだった。

——また身投げか。自殺娘がここの名産だとは知らなかったな。

慧介は必死になって舟に接近していった。そしてやっとそのそばまで来ると、女の捨てた舟を素早く自分の舟に繋ぎ、着物を脱ぎ捨てた。もう殆ど消えかかった火を頼りにして見当をつけた彼は海に飛び込み、潜っていった。何度も浮き上がっては潜り直しているうちに、とうとう着物らしいものがれた。そのまま引っ張りあげようとしたが、重くて持ち上げることができない。

「懐と袖に石をいっぱい詰めている、それもここの慣わしというわけか」

女を抱き込んで帯を解き、着物を脱がせようとしたが、濡れた帯の堅い結び目を解くのは不可能だった。

慧介はもう一度浮き上がり、舟から小刀を取って来ると、潜り直して、海中で帯を切り、着物を剥ぎ取ってしまった。

そして、裸の女を抱えて海面に浮かび上がってくると、その身体を舟に押し上げて乗せ、自分の着物を拾って娘の身体を覆った。それから慧介は揺れる舟の中で、両手を重ね合わせて女の胸に当て、勢いよく規則的に何度も圧した。

ゴボッという音とともに水が吐き出され、かすかな呻き声がその口から洩れてきたのを聞いた彼は、すかさず舵を執り、帆を張った。

しばらくして、舟を自分の窟に近い崖の下岸に着けた慧介は女を肩に担いで、女を奪う盗賊まがいの格好で坂を駆け上がっていった。

窟に着くと、慧介は娘を寝床に横たえ、息のあることを確かめてから、乾いた布でその手足を摩擦した。そのあと、ありったけの布団を持ってきて女の上にかぶせながら云った。

「無鉄砲なお嬢さん、待っていてください。すぐに暖かくなりますからね」

慧介は壁際に積み上げてあった丸太を窟の中央に集めて火を点けた。

焚き火が勢いよく燃え出したとき、やっと少し落ち着いた慧介は、着物を着ながら呟いた。

——可哀相に、よっぽど思い詰めたんだな。どんな理由があって死のうとしたのだろう。

頭を振りながら、壁の小さな油灯《あか》りを手に取って娘に近づき、その顔を覗き込んだとき、突然征吉が飛び込んできた。

「慧、大変だ、次郎が……次郎がいなくなった。次郎が死ぬ、死んでしまう……」

征吉はわめきながら泣いていた。

「『征夕丸』がどこにも見つからないんだ。『ほたる』も消えている。それにこの手紙……。次郎が一人で沖に出たに違いない、この嵐じゃあ、次郎は死ぬに違いない、次郎は……」

征吉の言葉が止切れた。初めてそこに、慧介以外の人間がいるのに気がついたのだった。

「そ、それは？　誰だ？」

征吉の乱入が耳に入らないように、じっと娘の顔を眺めていた慧介が、ゆっくりと振り向いた。

「征吉、これは一体どういうことだ」

「……じ、次郎か？」

「女だ。……次郎という娘だ。説明しろ」

「し、し、死んだのか？」

征吉は真っ蒼になって震えながら娘に近寄った。

「大丈夫だ。だが、死のうとした。本気でな。なぜだ？」

征吉は答える代わりに、次郎の手を自分の手の中に包み込んでうなだれてしまった。

しばらくして慧介は酒を入れた茶碗を持ってきて、次郎の口に注いだ。

「さあ、お飲み。身体が温まるよ」

やっとのことで一口飲み込んだ次郎は、静かに泣き始めた。

「ごめんなさい……征兄ちゃん」

「あやまらなきゃいけないのは俺だ。許してくれ、この俺がしっかりしていないばっかりに長い間辛い思いをさせてしまったんだ」

次郎と征吉は手を取り合って泣き出した。

慧介はそっと立ち上がると、窗を出て行った。そして、相変わらず空気を裂くような音をたてて吹きまくる風の中を、当てもなくぐるぐると歩き回った。

しばらくすると征吉が出てきた。

「次郎を助けてくれてありがとう……。ちゃんとしたお礼の言葉も見つからないくらいだ。あの子は眠り込んだようだ。入って俺の話を聞いてくれないか」

二人はそっと中に入ると、焚き火に薪を足したあとで、次郎からできるだけ離れた壁際に座った。

それから征吉が語ったことは、それまでの慧介の想像を根底から覆す事実だったのである。

当時征吉の父親は長崎に近い島で漁師をしていたが、征吉が四歳のとき、沖で嵐に遭って命を失った。母のお浜は打ち砕かれて長い間泣き暮らしたが、やがて、父の面影を映す幼い征吉を抱きしめながら「私にはかわいいお前がいるのだもの、しっかりしなくてはね。見ていてあなた、私一人で征吉を立派に育ててみせますから」と云って涙を乾かした。

母はまだ若く、人目を惹くほど美しかったせいか、夫の死後、「援助」を口実に、彼女に言い寄ってくる男たちが何人もいたのだが、彼女はそれを全て拒んだ。運よく或る料理屋に仕事を見つけて働き始めた母は、しばらくして自分が二番目の子を孕んでいたことに気づき、生まれ育った故郷の壱岐の島に、姉を頼って帰ることを決めたのだった。

壱岐で雑貨屋を始めてやっと落ち着いた頃、二番目の子供が生まれた。

それが女であることを知った母はその日、姉と征吉を呼んで、産婆の前で云った。

「私はこの子を男として育てます。というのは、この子が女だったら養女に上げると約束した人がいるからです。それは長崎でとてもお世話になった方で、その義理を欠くことは死んでもできないのです。壱岐の島にはその人の親類が何人かいるために、この子が女であることはすぐに知らされるに違いありません。私はこの子を誰にも渡したくないのです。分かってくれますね。頼みますから協力してください」

三人は呆気に取られてお浜の云うことを聞いていたが、頷くより仕方がなかった。生まれた子供をほかの誰かに取られるなど、とんでもない話だったからである。

こうして赤子は征吉の弟の次郎となった。

小さい頃は、何から何まで兄の征吉の真似をすればよかったから、女であることが怪しまれる心配はあまりなかった。

しかし次郎が成長するにつれて様々な問題が生じ始め、困ることが多くなってきた。それでも母は意志を変えず、問題の一つひとつを解決することに力を入れていた。

ほかの子供たちのように裸で泳ぐことを堅く禁止したり、胸の隆起が目立つようになってくると、それを晒《さら》しで巻いて押さえ、夏でも着物で隠したり、秘密が見破られないために、病弱であることを理由として、漁に行くことや男の仕事を断わった。それだけではなく、勿論、女の仲間に入って一緒に仕事をすることも禁止した。

次郎の誕生以来、母は、ただ真実を隠すことばかりに気を取られていたせいか、どこか錯乱した考えを持つようになっていた。だからそんな母には、その偽装のせいで日に日に生じてくる歪《ひず》みが、当人の次郎を苦しめていることなど、まったく見えなかったのであろう。

ただ、その戸迷いと苦悩を見抜いていた征吉だけが、次郎から目を離すことなく支え続けてきたのだった。

母に内緒で次郎に「夕《ゆう》」という名前を付けてやり、自分たちの舟を「征夕丸」と命名したのも征吉だった。

「いつかお前をお夕に戻してやるからな」

嬉しそうに頷く妹が憐れで愛《いと》しくて、征吉は何度大声でわめきたい衝動に駆られたか知れなかった。

征吉が十九歳、次郎が十四歳になった秋のことだった。

見知らぬ中年の男が浜に姿を現した。そしてその男が征吉の家にやってきて母に面会を求めたとき、蒼くなった征吉はあわてて次郎を家の後ろの山に隠した。その人こそ次郎を貰いに来た男だと思ったからである。

しかし男は、ひどい剣幕の母に追い返された。

訪問客が帰ると、母はせいせいしたような顔をして説明した。

「以前長崎にいた父さんの親戚の人で、仕事もしないでブラブラしていて、いつも私たちにお金をせびりに来ていた厄介者なの。お金を返しに来たなんて云ってきたから、結構ですと云って追っ払ってやったわ」

それが次郎を連れ去るためにやって来た人間でなかったことを知った伯母と征吉と次郎は、ほっと胸を撫で下ろした。

しかし、征吉はその男を見張っていた。心のどこかに不安が残っていたからであった。

男は郷ノ浦に行く船を捜していたようだったが、やがて船が出港したのを見届けた征吉は安心して家に戻った。

その夜中、なぜかいつまでも眠れないでいた征吉は、ふと耳をそばだてた。

そっと起き上がって、音のする方へ行き、闇を透かして見ていると、母が足音を忍ばせて家を出で行くところだった。

征吉は気づかれないようにその跡をつけて外に出た。母が浜辺に降りて岩場に向かうのが明るい月のもとにははっきりと見えていたが、彼女はやがて岩の間に滑り込んで隠れてしまった。

岩に近づいて覗き込むと、そこには昼間見た男が待っていた。

母が座ると早速、声を殺した云い争いのような会話が始まったのであった。

「臆することもなく今頃その恥知らずの顔を見せるなんて、これは一体どういうことなのですか」

「だから、今までお浜さんがどこにいるのか分からなかったと……」

「では捜さなければよかったのです。それに今更謝るなんてお笑い種《ぐさ》です。それは虫が良すぎるというものです。……子供を引き取るですって？　あなたの跡継ぎ息子が死んだから私のあの子を貰いに来た？　何と図々しい……。とんでもない話です。誰が渡すものですか。あの子は私だけの子です。それにあの子があなたの子であるという確証がどこにあるのですか？　ほかの誰かが父親なのかもしれないではありませんか。……そうです。あの日私は卑怯で浅ましい大の男たちに辱められたのですよ。それが何を意味するのか分かっているのですか。あなたたちは、私が夫を失ってあらゆる意味で無防備だったことを知っていたのです。私はあのとき殺されたのも同然なのです。私が、あなたたち一人ひとりを残らず殺して自分も死ぬ計画をたてていたのを知っていますか。もし、私にかわいい息子がいなかったならば、立派にやってのけていたはずです」

「だから謝っている。あんたに惚れていたんだ。だのに、すげなくされて恨めしかった。あの時、酒……酒さえ飲んでいなかったら……。あいつらだって後悔しているはずだ」

「空々しいことを云うのは止めてください。本当に惚れた人間があんなことをすると思うのですか。何を云われようとも、あなたたちが人非人《ひとでなし》であることには変わりないのですから、さっさとこの島から消えてください。さもなければ、あなたはこの私から、いえ、ここの漁師村全体の人たちからひどい目に遭うことを覚悟していてください。二度とここにその穢《けが》れた顔を見せないのが身のためです」

そう云うと母は男を置いたまま、足速にその場を去って行った。

男は力なく立ち上がると島の奥へと歩いていった。

征吉は、頭に強烈な一撃を受けたかのように、茫然としてその二人を見送った。

それまで隠されていた、思いもよらない次郎の出生の秘密が明るみに出てきたのであった。

――そうだったのか、あの養女の話は、作り話だったんだ。母さんは自分に降りかかったのと同じ不幸を自分の娘に経験させないために、娘を男として育てようとしたのか……。何ということだ――。

そのとき、目の前の岩陰からもう一つの影が立ち上がり、走り去った。

それを見た征吉は、頭を抱えて座り込んでしまった。

「ああ、聞いていたのか、次郎……」

征吉は次郎の跡を追ったが、どこにも見当たらなかった。長い間あちこち彷徨ったあげく、ふと思い当たって浜に行ってみると、次郎は「征夕丸」の中に座って、蒼い顔を暗い海に向け、全身で震えていた。

征吉は黙って舟に乗り込み、帆を張ると、海に出た。

「お夕……お前は俺のかわいい妹だ。誰よりもかわいい妹だ。いつまでも……。死ぬまでな……いや死んでもだ」

そう云って征吉は次郎の肩を抱いた。次郎は征吉の腕の中に顔を伏せ、いつまでも泣き続けた。


その頃から征吉はあることを考えついてそれを決行した。

冬になるとイカの夜釣りが少なくなる、その誰もいなくなった夜の海に、次郎を「征夕丸」に乗せて連れ出すことであった。征吉はそこで次郎に好きなだけ泳がせた。今まで思うように海に入ることのできなかった次郎は、水の冷たさなど問題にもしないで泳ぎ回った。凪の夜などは、一人で舟を出すこともあり、そこで次郎は、兄が郷ノ浦の市で買ってきてくれた女の着物を着てみたり、持ち前の美しい声を響かせてそっと歌ったりしていたのだった。


苦しみを忘れ切ることはなかったかもしれないが、そうした秘密の楽しみを持つようになった次郎は、悲しそうな顔も見せず、健気《けなげ》に生き続けた。

征吉は、母が次郎を男として育てようとした真の理由を知ってから、母に抗議した。

自分が終生責任を持って妹を守るから、もうそれ以上不自然な偽装を次郎に強制するのは止めてほしいと頼んだ。しかし、母は「いいえ、あの子にとっては、これからが最も危険なときなのです。それくらい分かるでしょう。それにあなたの身に何か起こったらどうなるのです」と言い張るばかりで、頑として譲らなかった。

母の言葉にもかかわらず、征吉は折を見て、次郎が女であることを村の皆に公表し、女として生きさせようと決心していた。しかしちょうどその頃、母が病の床についてしまった。当時受けた陵辱の烙印の深さが尾を引いて彼女を苦しめているのか、年と共に母の性格は陰鬱さを増してきた。病は身体ばかりでなく精神も蝕《むしば》んでいたのだった。

そんな彼女に無駄な衝撃を与えることを恐れて、征吉の望む公表も一年一年と見送られていった。

そのうちに、征吉の恐れていたことが起こってしまった。

部落の中に次郎に恋する娘が現れるようになってきたのだった。娘たちは、どこか頼りなげな美少年に惹かれたらしかった。しかし、次郎は自分の身体が虚弱であることを強調して彼女らを避けてきた。ただ一人だけ、その中で、少しもあきらめず次郎に付きまとう娘がいた。それがお町だったのである。次郎はできるだけお町の心を傷つけないように努力をしながらも、できるだけ距離を置くような付き合い方をしていた。

征吉は、こちらから公表する前に次郎の秘密がお町に知られるのではないかと気が気でなく、不安な面持ちで絶えず二人を見張っていた。

そうした或る日、母のお浜が他界した。

深い悲しみに浸る征吉と次郎は、二人の子供を守ることに全力を尽くしてきた母の愛を改めて痛感していた。四十九日が過ぎても、すぐには、母の意志に背いて次郎のことを公表する勇気も持てないままに、更に一ヶ月足らずが過ぎたとき、突然慧介が島に舞い戻ってきたのだった。

喜びの余り、時の経つのも忘れて慧介の世話をしていた頃、お町の自殺という予期しなかった悲劇が起こってしまった。次郎は自分がお町にいつもよそよそしくしていたことが原因だったのを悟り、身の置き所がなくなるほど苦しんだ。取り返しの付かないこととなったその責任を感じたとたんに、それまで彼女を支えていた勇気も力も一時《いちどき》に消えてしまった。次郎は疲れ切っていた。残っていたのは悲しみと絶望だけだった。その絶望が彼女を自殺に追いやったのだった。


「…………」

慧介は言葉もなく、目の前の焚き火を見つめていた。揺れる炎の向こうでは、次郎が死んだように眠っていた。

慧介は、戸外の暴風が自分の頭の中に入ってきて吹きまくっているような錯覚を覚えた。そのために考えることが秩序を失って混沌としてはいたが、彼の胸は悲しい感動に締め付けられていた。今までに彼自身が知った苦しみやこだわりが、残らず吹っ飛んでしまうような深い感動だった。

自分の身にふりかかった不幸を娘に経験させないために、異常なまでの工夫を凝らし続けた哀れな母と、運命にもてあそばされ、自由と希望に縁のない人生を、ひたむきに生きて来たいじらしい娘と、そしてその娘を命がけで支え守ってきた、驚異的としか云いようのない温かい心を持つ兄との、悲痛な葛藤の中に、世にも美しい真摯な愛の姿を見て取ったからだった。


「慧介、まだある……」

「何だ？」

「大切なことだ」

「大切なこと？」

「そうだ、それはお前に関することだ」

「俺に？……」

「次郎は多くの困難にもかかわらず、必死で生きてきた。それは俺という兄がいたからだけではなかったのだ。幼い頃からお前のことを好きだったのは俺だけではなかった。慧介がこの島にやって来るたびに、次郎が別人のようになり、その目が輝いた。次郎が五歳、俺たちが十歳の年にここに来た慧介が帰ってしまうと、次郎は俺に『慧ちゃんは今度いつ来るの？』としつこく毎日聞いた。『なぜそんなに気になるのだ？』と聞き返すと、『慧ちゃんが夢を持って戻ってくるから、それを隠してあげなきゃあいけないんだ』と答えた。俺には何のことかよく分からなかったが、そのあと来島したときに、お前はその夢を預けたそうだな。次郎は嬉しそうだったぞ。

その頃から、次郎の心の中にはお前が住み始めていたのだ。そしてそれは、あの子の中で、女の慕情に姿を変えていったようだった。俺はこの十年近くの間、毎日海の彼方を見つめている次郎を見てきた。何も云わなくても、慧介を待っているということぐらい俺には想像がついた。だから、俺も祈ったさ。戻ってくる当てもない奴がいつか戻ってきてくれることを……な。その長年の果てにお前が現実にやって来たとき俺は、それが自分の強い望みが造り上げた幻影ではないのかと疑った。信じられないくらい嬉しかった。俺のためだけでなく、次郎のためにもだ。分かるか」

「………」

慧介は長い間黙り込んでいた。

「征吉……」

「何だ」

「俺がこの島に戻ってきたのは、自分のためだけだった。お前たちが俺を待っていたなんて夢にも思わなかった。それがこの自分に必要だったから来たのだ。この島とお前たちに救いを求めて来たといっても云い過ぎではない。壱岐に初めて来たときから、俺の心はこの島からも、お前たちからも離れたことはなかった。頭の悪い俺は、それがはっきりと分かるまで、随分時間をかけてしまったけれど。だが、それは確かなことなんだ。俺は、この島にお前たちと一緒にいるときだけ、自由になれるし、偽りのない自分になれる……つまり仕合せなのだ」

「………」

「しかしその一方で、俺はここで、思いもよらなかった自分の異常な性癖を知ってしまった。それは男色《だんしょく》だ。俺の次郎に対する想いは、どう考えても強烈な恋慕以外の何ものでもなかったからだ。俺は悩んだが、そのことを一生隠して生きるつもりだった」

「慧介……」

「お前が初めから打ち明けてくれなかったせいだぞ。それでも友達か。水臭いとは思わんのか」

「悪かった。あやまる」

「いや、それは冗談だ。なぜそれを打ち明けられなかったかも、お前たちがどんなに入り組んだ宿命の迷路に立たされていたのかも、母子三人がそれぞれ違ったかたちでどんなに苦しんできたのかも、今よく分かった。辛かっただろうな。何もしてあげられなかったのがくやしい」

「お前は次郎を救ってくれた」

「征吉、その次郎は海底に沈んだのだ。もうそっとしておいてあげないか。俺が救ったのはお夕ではなかったのか?」

「……その通りだ」

微笑んでしばらくじっと目を見交わしていた二人は、やがて同時に立ち上がり、お夕に近づいて行った。

お夕は眠っていなかった。ぐっしょりと涙に濡れた顔を上げて二人を見た。

——ああ、この目だ、この瞳だけがいつも俺の中で生きていたのだ。こんなにも長い間……。

慧介は熱い眼差しでお夕を包み、その手を優しく握った。

翌朝、漁に出る前に、征吉は村長の家を訪ねた。そのとき彼は村の漁師や女たちに、「大事な話があるから」と云って一緒に来てもらった。

そして、母のお浜が考えだした「養女」の作り話を披露して、次郎が実は女であったことを告白した。

「次郎が女の子であれば、絶対に差し上げなければならなかったその人が数日前に亡くなったことを知りました。これからは、晴れて女として生きさせたいと思います。これまで皆様の目までをあざむいていたことをお詫びしますが、どうかよろしくご了解くださいますように」

村の者たちはびっくりした。

「よくもまあ、うまく男になりきっていたものよなあ」

「云われてみれば、どこか優男《やさおとこ》って感じはしていたがな」

しかし、待つまでもなく、そんな次郎に同情が集まった。

「そうだったのか。あの子も何かと大変だったろうな」

「そりゃあ不自由な思いをしただろうて。かわいそうに」

「あら、あたし次郎ちゃんに恋していたのよ。どうしてくれるの？」

娘の一人がそう云って笑い出した。

「許してやってくれ。お夕には罪がない」

「お夕ちゃん？　これからそう呼べばいいのね。なんだか変な感じがしないでもないけれど、すぐに慣れると思うわ」

「そうよ、私たちにまかせといて」

それから征吉は村長に、その偽装が生んだ誤解のせいで、次郎に想いを寄せていたお町が自殺に追いやられたことを謝罪した。そして、自責の念に駆られた次郎が同じように自殺を図った事実を話した。

それを聞いた長《おさ》は目を大きく見開いた。

「何？　次郎が自殺を図った？」

そしてしばらく黙り込むと、沈んだしゃがれ声で云った。

「わしのせいで二人目の娘までが死ぬところだったのじゃな……」

「は？……」

「お町が次郎を好いていたのは事実じゃ。次郎は優しいだけで、ほかの男たちのようにあの子にうるさく云い寄るようなことをしなかったからな。だが、次郎はお町の本当の恋の「目くらまし」の役に使われていたようじゃ。お町が恋していたのは次郎ではない。あの子が心を奪われていたのは、船造りの修治だったのじゃ。親子ほども歳の違う修治にな。いつの間にそんなことになったのか、わしは知らなんだ。そしてその修治もお町を好いていたらしかったが、歳の差のことを考えて初めはお町を避けていたらしい。それがお町の変わらぬひたむきさにほだされて、いつからか愛し合うようになったのじゃ。それから二人はわしに隠れて逢っていたらしい。だが、或る日、修治はわしの所に来て、お町を嫁にくれと望んだ。歳の差はあるけれど、二人は心の底から真剣に愛し合っている。自分は命を賭けてお町のことを仕合せにするつもりだなどと、たわけたことを云いおった。わしは怒り狂って修治を追っ払った。立派な婿なら掃いて捨てるほどおるような、村一番きれいでかわいいお町を、そんな年寄りに添わせるなど、もってのほかだと怒鳴りつけた。そして、わしは即座に、お町を家に閉じ込めてしまったのだ。間もなく修治は島を去った。その結果があの悲劇となったんじゃ。お町はこのわしが殺したんじゃよ」

村の長は涙を拭いながら顔を隠した。

まだ明け切らぬ浜の岸では、漁師たちが船出の支度をしていた。

金比羅丸の甲板でも四人が忙しそうに動いていたが、ふと征吉が頭を上げて岸を見た。

「慧介、見ろ」

見ると、娘が二人、岸を走ってくる。お久美とお夕だった。

「お久美?……そうか、そうだったのか。征、なぜ隠していたのだ」

「お夕をさしおいて、自分だけ仕合せになることは、とても許せなかったんだ」

「お前らしいな……」

手にそれぞれ小さな花束を持って二人の娘が近づいてきたとき、征吉は云った。

「きれいな花だね」

「ええ、裏山で摘んできたの。もうすぐ春よ」

「俺たちのために摘んできてくれたのかい」

「あら征吉さん、ごめんなさい。これはお町ちゃんのために持ってきたの。これをお町ちゃんが見つかった辺りに投げてほしいの。私たちはこれからからみんなでお町ちゃんのお墓に参るのよ。あなたたちみんなには、ほらこれ、お弁当を持ってきたわ。気に入るかどうか分からないけれど、お夕ちゃんと一緒にこしらえたのよ」

お久美が包みを差し出した。征吉は満面に笑みを浮かべて、嬉しそうに花と弁当を受け取った。

「ありがとう……お久美」

お夕も残りの包みと花を慧介に向かって差し出した。

艶やかな黒髪はきれいに梳かれて後ろで結ばれており、顕《あら》わになった美しい乙女の顔が、はにかむように微笑んでいた。

「……ありがとう」

花と包みを受け取った慧介は、赤くなった顔を隠すように、海に目を向けた。

「ま、また、一緒に鬼ヶ島に行こう」

「うん……。でも、もう捨てるごみがなくなってしまった……」

「じゃあ、鬼たちと、鬼ごっこすりゃあいい」

お夕は首を傾げて嬉しそうに笑った。慧介はまるで開いたばかりの花を見る思いがして、その屈託のない笑顔に我を忘れて見とれた。


二人の娘に見送られて金比羅丸は海の上をすべり出した。

近づく春を感じさせてきた海に、太陽の長い光線が射し始め、藍色の波が輝きだした。

しばらくして四人の漁師は海に向かって花を散らし、合掌した。

「お町は、きっともう修治さんのそばに行っただろうな」

「決まってらあ。二人で一緒に旅をしているに違いないさ」

海面を飾っていた花は、揺れながら次第に拡がり、遠退いていった。


花が見えなくなったとき、慧介は、遠く霞んでいく島に目を移し、いつまでもぼんやりと眺めていた。

――深い愛と苦しみがどういうものであるのかを、俺はここで思い知らされた。これからも、輝く海や空のもとで、輝く人たちに包まれて、俺は少しずつ成長していくのだろう――。

「いつまでぼんやりしているんだ、慧介。さあ、仕事、仕事!」

そう云いながら近寄ってきた征吉が、笑いながら突然慧介の背中をドンと叩いた。

慧介はその不意打ちにあって、あっという間に船から転落しまった。

「こいつーやったな」

波間から顔を出した慧介は、泳ぎながら金比羅丸を追った。びっくりした拓兄貴が船の速度を緩めたとき、笑っている征吉の手が上から差し伸ばされた。

「お前はよく落ちる奴だな」

慧介は掴まる振りをして、その手を両手で掴むと、力を込めて思いっきり引っ張った。油断していた征吉は、あっという間に落ちてきて、波に呑まれた。

「さあ、湯加減はどうだ?」

征吉の頭を水の中に抑え込みながら、慧介は大声を上げて笑った。

「ちきしょう、やるか」

笑いながら征吉は水中の格闘に挑んだ。

「二人とも、いい加減にして上がって来い!」

拓兄貴の声が澄み切った空気の中に響き渡った。

眞海恭子（しんかい　きょうこ）

武蔵美卒業後、パリのエコール・デ・ボーザールに学ぶ。長いパリ生活のあと、現在は黒い森（ドイツ）で執筆活動を続けている。

著書
『捨てられた江戸娘』（2007年、東洋出版）
『霧の音』（2008年、東洋出版）

伊《い》賀《が》の鬼灯《ほおずき》

二〇一〇年七月二〇日　第一刷発行

定価はカバーに表示してあります

著　者　眞海恭子《しんかいきょうこ》
発行者　平谷茂政
発行所　東洋出版株式会社
〒112-0014　東京都文京区関口1-23-6
電話　03-5261-1004（代）
振替　00110-2-175030
http://www.toyo-shuppan.com/
印　刷　モリモト印刷株式会社
製　本　高地製本所

ISBN978-4-8096-7624-6